춤추는 집 1

정석화
장편소설

춤추는 집 1

네오
픽션

차례

축제였다.

호리병을 닮은 호정저수지는 매년 이맘때면 사람들로 시끌 벅적했다. 단지 나무가 자라고 꽃이 피었을 뿐인데 언제부터인 지 꾸역꾸역 사람들이 몰려들기 시작했다.

사람들이 몰리자 군청에서는 눈치 빠르게 대응했다.

솜씨 좋은 인부들을 시켜 나무 벤치와 가로등 몇 개를 저수 지 주변에 만들더니 '서평 벚꽃 축제'라는 플래카드를 여기저 기에 걸어놓았다.

축제 때 사람들이 경쟁적으로 자리싸움을 벌이는 곳은 호정 저수지 둘레로 심어진 벚꽃나무 아래였다. 그곳에는 매년 한 치의 틈도 없이 돗자리와 파라솔이 다닥다닥 붙어 있었다.

호정저수지는 호정파출소의 관할지였다.

일 년 내내 바쁘다는 소리를 거의 잊고 사는 호정파출소의 사람들이었으나 예외적으로 단 열흘, 이때만은 달랐다. 그렇다고 몸이 바쁘다는 소리는 아니었다. 사람들이 몰리면 시시비비도 많아지는 법, 시도 때도 없이 걸려오는 전화가 문제였다.

꼬맹이도 갖고 있는 것이 휴대폰이다. 어른 아이 할 것 없이 사람들은 걸핏하면 전화를 걸었다. 화를 내거나 애원하거나 무엇인가를 찾아달라는 하소연이 전화기를 통해 끊임없이 쏟아져 나왔다.

어쨌거나 축제였다.

4월 중순, 호정저수지는 온통 연분홍빛 봄이었다.

불만과 시비로 목청을 돋워 드잡이를 하다가도 바람이 불어 화르락 꽃잎이 흩날리면 사람들의 입에서는 일제히 환호성이 터졌다.

어찌 보면 상춘객은 야구장의 관중과 비슷했다.

꽃비에 안타나 홈런이 터진 듯 일제히 환호성을 내지르는 것도 그렇지만 맥주나 치킨을 늘어놓는 것도 엇비슷했다. 바람을 따라 저수지 전체로 번져가는 환호성은 파도타기 응원을 연상시켰다.

호정파출소 사람들은 습관처럼 투덜거렸다.

"바빠. 바빠도 너무 바빠. 밥 먹을 시간도 없어."

"밥이 뭐야? 난 오줌도 못 쌌는걸."

"그러게. 난 모닝커피를 거른 지 어언 사흘째야."

그러나 파출소장인 석규는 일 년 중 이맘때가 제일 좋았다.

사람들을 많이 볼 수 있어서 좋았고, 그들 때문에 번잡하고 떠들썩한 것도 좋았다. 그는 누가 시키는 것도 아닌데 휑하니 순찰차를 몰고 나가 호정저수지를 둘러보다가 돌아오곤 했다. 순찰 활동이라기보다는 그냥 심심풀이 삼은 드라이브였다.

오늘도 석규는 순찰차를 몰고 나왔다. 순찰차는 꽁무니에 흙먼지를 매달고 느릿하게 흙길을 내달렸다.

그러나 오늘은 심심풀이용 드라이브가 아니었다. 엄연하게 사고였다. 오전 7시경, 112를 통해 사건이 접수되었다. 보통은 순찰차로 직접 무전이 오는데 어쩐 일인지 파출소로 왔다.

호정저수지에 차가 빠져 있다는 신고가 접수되었습니다. 신고자는 불명. 차는 완전히 잠긴 상태고, 차 안에 사람이 있는지는 아직 확인 안 됐고요.

상식적으로 판단해도 시간이 너무 일렀기에 나들이객의 차가 사고를 당한 것은 아니었다. 방범 지원을 나와 있던 의경 넷을 데리고 현장으로 출동한 사람은 현 순경이었다.

한 시간쯤 후 현 순경으로부터 간략한 상황 보고가 있었다.

"사고 차량은 저수지 가에서 30미터쯤 안쪽으로 들어가 있고요, 차는 잠겨 있는 상태예요. 운전석엔 오십대 초반쯤으로 보이는 귀부인이 앉아 있고요."

'귀부인'이란 소리가 살짝 귀에 거슬렸다. 도대체 어떤 여자이기에 귀부인이라는 것일까? 그러나 이런 의문은 금세 다른

의문에 파묻히고 말았다. 귀부인을 어떻게 봤지? 차는 물속에
잠겨 있는데?

"상철이 너!"

석규는 꽥 소리를 질렀다.

"인마, 물속에 들어가지 말라고 했잖아! 왜 시키지도 않은
짓을 하고 그래!"

"그럼 어쩌겠어요, 궁금한데."

수화기 저편에서 현 순경이 키득거리며 웃었다.

평소에 현 순경은 수영에는 선수라며 우쭐거렸다. 직접 눈으
로 본 적은 없지만 믿지 않는 것은 아니었다. 그렇다고 그것이
직접 저수지로 뛰어들어야 하는 이유가 되지는 못했다. 인명이
위급한 순간이라면 말리지 않겠지만 그런 상황이 아니라는 건
이미 112 명령을 받았을 때 확인된 바였다. 차는 완전히 잠긴
상태라고 했으니까. 이 말은 곧 사람이 안에 있더라도 이미 사
망했거나 경찰이 아무리 빨리 현장에 도착해도 인명을 구할 수
없는 상황이라는 의미였다.

"사고 차량은 검은색 그랜저, 차창은 모두 완전히 내려가 있
어요. 운전석에 앉아 있는 여자의 목덜미에 손을 대봤는데 맥
박이 전혀 잡히지 않더라고요."

물속에 잠긴 탓에 머리칼이 수초처럼 제멋대로 움직이고 있
었지만 옷매무새는 거의 흐트러짐이 없었다. 외상도 찾지 못했
다. 아무래도 자살 같은데요, 라는 말로 최 순경은 보고를 마무
리했다.

석규는 딱 한마디만 질문했다.

"왜 귀부인인데?"

현 순경이 심드렁하게 대구했다.

"목걸이, 반지, 귀걸이, 팔찌 등등 장난이 아니에요. 적어도 돈을 노린 강도짓은 아니라는 거죠. 단순 사고사이거나 자살인 것 같아요."

현 순경은 형사인 척하는 버릇이 있었다. 걸핏하면 형사처럼 말했고 또 행동도 그렇게 했다. 석규는 그런 현 순경을 형사병에 걸린 놈이라며 핀잔하기 일쑤였다. 그러나 그야말로 핀잔일 뿐이었다. 현 순경에게 고깝거나 밉살스러운 감정은 전혀 없었다. 오히려 그는 현 순경을 기특하게 여겼다. 현 순경은 나름 경찰로서의 목표가 뚜렷했다. 3년 안에 강력팀 형사가 되겠다는 것이 현 순경의 첫번째 목표였다.

그때를 대비한다면서 나름 준비도 열심이었다.

범죄학과 정신분석학, 행동심리학, 법의학, 추리소설 등의 책을 꾸준히 탐독했고, 미국과 유럽, 일본의 수사 드라마와 영화도 일일이 찾아가며 보았다. 자기와 비슷한 사람들이 모이는 인터넷 카페에도 가입해 제법 활발하게 활동하고 있기도 했다.

그런 현 순경에게 석규는 가끔씩 어깃장을 놓았다.

"형사가 그리 좋아? 형사 같은 거 하지 말고 그냥 편히 살아."

현 순경은 늘 같은 말로 반박했다.

"소장님은 실패한 형사잖아요. 전 실패 같은 거 안 합니다."

실패한 형사.

아무것도 모르고 그저 지껄이는 소리였다. 그렇다고 아예 틀린 소리도 아니었다. 현 순경의 입장에서는 서울에서 형사를 하다가 지방의 파출소로 내려온 것 자체가 이미 실패로 보였을 테니까. 이미 18년이나 지난 일이다. 무뎌질 만큼 무뎌진 기억이었다. 그래도 아직 생채기가 아물지 않은 것일까? 그 말을 들을 때면 석규는 저도 모르게 기분이 쏠쏠해지곤 했다.

현 순경과의 통화가 끝나고 석규는 약국에 다녀왔다.

아침을 걸렀는데도 이상하게 체기가 있는 것처럼 속이 더부룩했다. 소화제를 사 먹고 곧바로 파출소로 돌아와 귀에 이어폰을 꽂고 빈둥거리며 시간을 보냈다. 중간에 부하 직원이 타준 커피 한 잔을 마셨고 잠깐 졸다가 깼는데 시계를 보니 10시였다. 그는 30분쯤 더 시간을 죽이다가 이윽고 자리에서 일어나 파출소를 나갔다.

"사고 현장 가는데, 상철이한테는 아무 말 말고."

경감 하나가 네, 하고 대답하고 그의 손바닥에 순찰차 키를 올려주었다.

석규는 순찰차를 출발시키고 나서 차에 달린 디지털시계를 보았다.

10시 40분. 사고 현장에 도착하면 11시. 그때쯤이면 시신 수습과 조사가 얼추 마무리됐을 것이고, 그는 본서와 경찰청에서 나온 사람들과 가볍게 악수를 나누는 것으로 의례적인 인사를 끝낼 생각이었다. 파출소 사람이 아닌 그들은 어쨌거나 손님이었다. 파출소장이라는 사람이 얼굴도 내비치지 않고 손님을 돌려보낼 수는 없는 노릇이었다. 그런 탓에 한껏 늑장을 부리다가 시간에 맞춰 파출소에서 출발했던 것이다.

그러나 그의 예상은 빗나갔다.

호정저수지 입구에 다다르고, 양옆으로 빽빽이 늘어선 장사치들을 보는 순간 후회가 빠르게 뇌리를 스쳤다. 순찰차가 호정저수지에 들어서고 나서는 더욱 후회가 깊어졌다.

좁은 흙길 좌우로 차들이 이중으로 주차되어 있었다. 가뜩이나 좁은 흙길을 그는 요리조리 피해가며 힘겹게 운전해야 했다. 도무지 속도가 붙지 않았다. 그래서 그랬는지 그는 좀 넓다싶은 길에서는 무리하게 액셀을 밟기도 했다.

그것이 잘못이었다.

저수지의 중간쯤에 이르렀을 때 석규는 거의 반사적으로 급브레이크를 밟았다.

전면 유리 저편으로 어린 여자애 하나가 쪼그려 앉아 있었다. 얼핏 보기에 아이는 커다란 솜뭉치나 잎이 자라 뒤엉킨 가시덩굴처럼 보였다.

그는 괜찮아? 하고 소리치는 대신 빵빵 클랙슨을 두 번 울렸다. 그래놓고 곧 후회했다. 아이에게 이 무슨 짓인가 싶었던 것이다.

다행히 아이는 털끝 하나 다치지 않았다. 아니, 오히려 까르르 웃음을 터뜨렸다. 열려진 차창으로 들이닥친 흙먼지 탓이었다. 그는 급히 브레이크를 밟았지만 순찰차의 꽁무니를 쫓아오던 흙먼지마저 그런 것은 아니었다. 그는 아이의 상태를 확인하기 위해 서둘러 두 손을 내저으며 먼지를 쫓아야만 했다. 그 모습이 네다섯 여자애의 눈에는 우스꽝스럽게 보였던 모양이다.

석규는 멋쩍게 아이를 향해 웃어주었다. 그러고는 다시 차의 시계를 확인했다. 11시 10분. 이러다 흙길에서 손님들을 만나는 게 아닐까 싶어 약간 불안했다. 하지만 그로서는 선택의 여지가 없었다. 아이는 길에서 비켜줄 낌새가 전혀 아니었다. 아이는 아예 바닥에 퍼질러 앉아 흙장난을 시작했다. 다소 상황이 난감했지만 그로서는 사실 아이에게 뭐라고 할 처지도 아니었다.

석규는 잠자코 아이를 기다려주기로 했다. 기어를 바꾸고 핸드브레이크를 잡고 나서 가만히 아이 쪽을 바라보았다. 양 갈래로 묶은 머리와 너부데데한 얼굴 모양이 딸의 어릴 때 모습과 닮아 있었다. 그것을 확인이라도 하듯 그는 근무복 상의 주머니를 뒤적거려 사진 한 장을 꺼냈다.

한복 차림의 젊은 석규와 아내, 돌옷을 입은 어린 딸이 고스란히 그 안에 있었다. 사진 속에서 세 식구는 환하게 웃고 있었다.

그러고 보면 세월 참 빠르다. 벌써 28년이나 지났다니.

사진은 딸의 첫돌 때 찍은 것이었다.

딸의 돌잔치는 밖이 아닌 집에서 치렀다. 아내는 타고난 약골이어서 임신이 쉽지 않았다. 네 번의 유산 끝에 간신히 낳은 아이가 딸 해미였다. 해미의 돌잔치를 앞두고 아내는 일주일 동안 쉬지 않고 부지런을 떨었다.

집이 좁아 따로 시간을 정하지 못하고 손님이 올 때마다 서둘러 빈자리에 상을 차려 올렸다. 많지는 않아도 손님은 아침부터 꾸준하게 이어졌다. 해가 기울 즈음에야 손님의 발길이 뜸해졌고 그제야 부부는 겨우 발을 뻗고 쉴 수 있었다. 사진은 그즈음에 방문한 친척 어른이 찍어주었다. 셔터를 누르지 못해 여러 번 실수를 했는데도 사진은 마음에 쏙 들게 잘 나왔다.

딸이 초등학교 5학년이 되고 얼마쯤 후 그의 아내는 저세상으로 떠났다. 아이의 돌잔치 때 찾아왔던 사람들 중 반의반쯤을 다시 장례식장에서 만났다. 암 환자였던 아내가 힘든 투병 생활을 겪은 것을 알고 있는 조문객 몇몇은 그 정도면 오래 버틴 거라며 위로 아닌 위로를 해주었다. 그들은 몰랐지만 그 말은 비수가 되어 그의 가슴을 후벼 팠다.

그들은 알지 못했다. 아내가 어떤 고생을 했는지, 어떻게 죽었는지, 어떤 상처를 남겼는지. 그것을 아는 사람은 그와 딸, 두 사람뿐이었다.

한순간 우와, 하고 사람들의 환호성이 터졌다. 다시 꽃비가 흩날리고 있었다.

석규는 아내와 딸의 웃는 얼굴에 지그시 눈도장을 찍어주고는 사진을 도로 주머니에 넣었다.

흙장난을 치던 귀여운 여자아이는 이미 사라지고 없었다. 차창 너머 저수지 쪽으로 허둥지둥 내려가는 여자가 보였다. 여자아이는 그 여자의 품에서 그악스레 울어대고 있었다.

석규는 핸드브레이크와 기어를 풀었다. 시간은 이제 11시 30분. 고개가 비스듬하게 옆으로 기울었다. 그의 예상대로라면

본서와 경찰청에서 나온 사람들을 벌써 만났어야 했다. 저수
지로 들어서기 전에 이미 떠난 것일까? 그게 아니라면 아직 볼
일이 끝나지 않았겠지. 그는 지그시 발에 힘을 주어 액셀을 밟
았다. 차가 트림하듯이 그르렁거리더니 서서히 앞으로 나아가
기 시작했다.

그의 휴대폰 벨소리가 터진 것은 차가 호리병 모양의 길 중
간쯤에 이르렀을 때였다.

액정 화면에 '현상철'이라고 떴다. 석규는 일부러 전화를 받
지 않았다. 받아봤자 파출소에 있지 뭐하러 나왔느냐는 핀잔이
나 들을 것이 뻔했다.

석규는 휴대폰에서 흘러나오는 노래를 흥얼거리며 따라 불
렀다.

사랑은 언제나 눈물이 돼. 가슴에 남아. 떠나지도 못한 채 또
길을 멈추네.[1]

연애 시절 아내는 그에게 자주 시(詩)를 읽어주었다. 그래 봤
자 소귀에 경 읽기였다. 좋다, 라고 말은 했지만 진짜로 시가 좋
았던 것은 아니다. 아내의 목소리가, 시를 좋아하는 아내가 좋았
을 뿐이다.

요즘은 나이가 들어서 그런지 시가 좋아졌다.

---

1 리쌍 4집 앨범 〈Black Sun〉(2007. 5. 17.) 수록곡인 〈Ballerino〉 중 일부.

그에게 시란 어쭙잖게 따라 부르는 노래 가사와 별반 다르지 않았다. 그에게는 노래 가사가 시보다도 더욱 시 같았다. 그런 생각이 들 때면 심통 난 아이처럼 혼잣말로 투덜거렸다. 시란 게 별건가, 다 그게 그거지.

암 환자가 되고 나서 아내는 더 이상 시를 읽지 않았다. 그래도 어디선가 시구(詩句)라도 들려오면 저절로 쫑긋 귀를 세웠다.

시를 좋아하던 아내는 오래전에 죽었다. 석규는 그 세월만큼 나이를 먹었다. 헤실헤실 웃던 딸은 시집을 갔고, 두 달쯤 지나면 딸의 딸이 첫돌이 되었다.

*

현 순경이 호정파출소에 오기 전까지 석규는 따르릉 하고 울리는 구닥다리 벨소리를 사용하고 있었다. 에이, 요즘은 케이팝이 대세예요. 이런 핑계로 현 순경은 그의 휴대폰 벨소리를 바꿔주었다.

이후로 한 달에 두 번 꼴로 벨소리 노래가 바뀌었다. 처음에는 현 순경의 도움을 받았지만 나중에는 그가 직접 노래를 선택해 벨소리를 바꾸었다.

현 순경은 스마트폰의 활용법에 대해 가르쳐주었다. 틈틈이 두 달 가까이 배우고 나니 현 순경의 말처럼 '짱'이 되었다.

그는 노래를 잘 부르지도 못했고, 듣는 것도 그다지 좋아하지 않았다. 젊은 사람들이 허구한 날 귀에 꽂고 다니는 이어폰도 별 이유 없이 마뜩하지가 못했다. 그런데 스마트폰을 알고 나서는 생각이 달라졌다. 남들은 보청기니 뭐니 하며 놀려댔지만 그는 젊은 사람들처럼 이어폰 애용자가 되었다. 필요한 어플을 다운받아 그것을 유용하게 사용하기도 했다.

휴대폰 기능 중 석규가 자주 이용하는 것은 음악 플레이어였다. 그의 휴대폰에는 다양한 장르의 노래가 저장되어 있었다. 그는 노래를 장르별로 묶어 폴더로 구분해놓았다.

그는 현 순경의 조언에 따라 뽕짝이 아닌 요즘 유행하는 노래들을 들었다. 그것만으로도 그가 들어야 할 노래는 차고 넘쳤다. 처음에는 어색했지만 듣다 보니 듣지 못할 노래는 없구나, 하는 것을 저절로 깨달았다.

그의 변화에 대한 파출소 동료들의 반응은 대체로 호의적이었다. 나이 지긋한 사람들의 반응이 오히려 젊은 사람들보다 훨씬 좋았다. 그들 중 몇몇은 스마트폰의 이런저런 기능에 대해 넌지시 물어오기도 했다.

어느 날 그는 동료들에게 농담 삼아 한마디 했다.

"퇴직하고 나서 인터넷 라디오방송 디제이를 해보려고 해. 꽤 재밌을 것 같아."

인터넷을 뒤지며 알아보니 그리 어려울 것도 없었다.

동료들은 농담 반 진담 반으로 축하한다느니 재밌겠다느니 수시로 노래를 신청하겠다느니 지역에 대한 소식도 함께 전해주는 것이 좋겠다느니 하는 식으로 관심을 드러냈다.

퇴직을 하고 무엇을 할 것인가? 한 가지는 오래전에 이미 결정되어 있었다. 그러니까 디제이는 두번째 결심이었다.

그는 이 두번째 결심을 하기까지 나름 고민이 많았다.

그는 수없이 많은 노래를 들었지만 이제껏 단 하나의 노래만은 듣지 않았다. 앞으로도 마찬가지일 것이다.

아내가 질리도록 듣고 또 듣던 노래. 그 노래, 또 듣느냐며 핀잔을 줘도 가사가 좋아, 라는 평계로 듣고 또 듣던 노래. 그 노래는 아내의 노래였다. 누가 노래를 부르고 누가 작곡하고 작사를 했든, 그에게 그 노래는 온전하게 아내의 노래였다. 아내만 듣고 아내만 흥얼거렸으면 하고 바라는 아내를 위한 노래였다.

그러나 듣지 않겠다고 해서 정말로 듣지 않았던 것은 아니다. 그 노래는 귀를 틀어막아도 어쩔 수 없이 들리는 노래였다.

봄날은 가네 무심히도
꽃잎은 지네 바람에
머물 수 없던 아름다운 사람들

〈봄날은 간다〉[2]였다. 가만히 눈 감으면 잡힐 것 같은, 아련히 마음 아픈 추억 같은 것들.

아내는 정말로 봄날에 갔다.

---

2 김윤아 1집 앨범 〈Shadow of Your Smile〉(2001. 11. 20.) 수록곡. 2001년에 발표되었지만 작가의 의도에 의해 1994년을 배경으로 차용했다.

*

　전면 유리 저편으로 현 순경 일행이 보였다. 그제야 석규는 휴대폰의 통화 버튼을 눌렀다.

　"네, 소장님."

　기다렸다는 듯 현 순경의 발랄한 목소리가 들려왔다. 진짜 형사가 된 기분이었는지 목소리 톤이 평소보다 약간 높았다.

　"아직 안 끝났어?"

　"이제 끝났어요. 마무리 중이에요."

　다행이었다. 어쨌든 늦지는 않았으니까.

　"형사들은 몇 명 왔는데?"

　"과학수사반 둘, 형사과 형사 하나요."

　그들은 본서에서 나온 사람들이었다. 현장에서 변사체가 발견되면 청에서 검시관이 나오도록 되어 있지만 그것은 현실하고는 거리가 먼 얘기였다. 청에 소속된 검시관이라고 해봤자 고작 열 명이 전부였다. 이런 말도 안 되는 인원으로 변사체마다 쫓아다닌다는 것은 손오공이 아닌 이상 어림없는 일이었다.

　"검시관은?"

　그래도 석규는 혹시나 해서 물었다.

　"안 나왔죠."

　그다음 수순은 뻔했다.

　"에비슨병원엔 연락했고?"

　에비슨병원은 경찰의 협력 병원으로 시신 검안이 그곳에서 이뤄진다.

"물론 했죠. 레커가 앰뷸런스 늦는다고 난리치는데요."

레커차 기사의 눈치를 보는지 현 순경의 목소리가 잦아들었다. 어떤 분위기일지 대충 짐작이 됐다.

"레커가 무슨 관광버스인 줄 아느냐며 큰소리쳤겠군."

"당연한 레퍼토리죠."

현 순경이 목소리를 낮춰 대답하고는 킥, 하고 웃었다.

"방포천 가져왔지?"

"그럼요."

"일단 시신부터 옮겨줘. 차는 본서 뒤쪽 주차장으로 옮기라고 하고. 에비슨병원에는 내가 연락해볼게."

"네, 그렇게 할게요. 근데요…….”

잠시 뜸을 들이다가 현 순경이 다시 입을 열었다.

"지금 어디세요? 파출소에서는 나가셨다고 하던데?"

이미 짐작했던 일이었기에 그는 담담하게 실토했다.

"거의 다 왔어."

예상했던 일이지만 현 순경의 목소리가 돌연 커졌다.

"속도 안 좋으시면서 여긴 뭐하러 오세요!"

오래전에 딸아이가 그의 곁을 떠나고부터 이것저것 자질구레한 것까지 일일이 챙겨주던 녀석이 현 순경이었다. 오늘 아침 사고 현장으로 출동하면서도 약국이나 병원에 꼭 들를 것을 신신당부했다.

석규는 그의 잔소리에 대비해 이미 핑계를 준비해두었다.

"속은 편안해졌고, 원래는 여기 오려던 게 아니었어. 꽃놀이
하는 사람들이나 볼까 하고 나왔다가 문득 생각나서 온 거야."

"말도 안 되는 거짓말은 하지도 마세요."

현 순경이 살짝 타박하고는 빈말처럼 덧붙였다.

"이번에는 별일이네요. 차가 빠져 사람이 다 죽고."

전화를 끊고 나서 석규는 지그시 브레이크 페달을 눌렀다. 확
실히 속이 좋지 못했다. 아니, 컨디션이 좋지 못했다. 아침부터
뭔가 불길한 기운이 그를 휘감고 있는 것 같은 기분이었다. 이
럴 때면 매번 체한 듯 속이 더부룩했고 끄르륵거리며 연신 트림
이 올라왔다.

뭘까? 대체 이게 뭐지?

징조라고는 아직 생각하지 않았다. 눈에 보이는 것도 손에
잡히는 것도, 그리고 직감마저도 아직은 조용했다. 석규는 께
름칙한 기분을 떨쳐내기 위해 서둘러 에비슨병원의 전화번호
를 눌렀다.

"거기 에비슨이죠?"

겨우 이렇게 말했을 뿐인데 대뜸 저쪽에서 반응이 왔다.

"갔다고요, 갔어요!"

이 사람, 전화 건 사람이 누군지나 알고 성질부리는 걸까?

"난……."

"알아요, 호정파출소. 진작에 갔다고요. 짜장면 배달 오토바
이보다 두 배쯤 빨리 달리니까, 모르긴 몰라도 금세 도착할 겁
니다."

전화는 저쪽에서 먼저 끊었다. 그 바람에 그는 자기가 호정 파출소 사람인지 어떻게 알았느냐고 미처 묻지도 못했다.

에비슨병원은 도(道)에 있는 대학병원이나 도립병원보다 규모가 크고 시설도 좋았다. 올해 의대가 들어선다는 소문도 파다하게 퍼져 있었다. 그곳의 병원장 황민기는 어릴 적부터 잘 알던 사이로 석규와는 초등학교와 중학교 동창이기도 했다.

십 몇 년 전 황민기는 서울의 유명 대학병원을 그만두고 이곳으로 내려왔다. 석규가 서평으로 내려온 지 1년쯤 지나고 난 뒤였다. 에비슨병원이 이곳에 들어선 건 다시 1년이 지난 다음이었다. 에비슨병원이 개원할 때 도지사, 국회의원, 서평군수, 경찰서장 등 이름깨나 알려진 사람들은 거의 다 얼굴을 내밀었다. 황민기의 유명세라기보다는 장인의 이름이 그들을 불러 모은 것이었다.

황민기의 장인은 내로라하는 병원 그룹의 이사장이었다. 자식으로 유일하게 딸이 하나 있는데, 그 남편이 바로 황민기였다.

그날의 행사에 석규도 참석했다. 물론 손님이 아닌 경비를 맡은 경찰관의 자격이었다.

행사가 끝나고 흔히 그렇듯이 주빈들이 퇴장하며 경비를 책임진 경찰관 몇몇에게 악수를 건넸다. 어쩌다 보니 석규도 황민기와 손을 맞잡게 되었다.

석규는 일부러 알은체를 할 생각 따위 추호도 없었다. 알량할지라도 자존심이 허락하지 않았다. 깊이 모자를 눌러쓴 모습 그대로 다소 무뚝뚝하게 손만 잡았다가 놓았다. 세월이 흘렀고 얼굴도 많이 변했다. 당연히 황민기는 그를 알아보지 못했다.

석규는 다행이다 싶었다. 같은 서평에 산다고 해도 서로 부딪칠 일이 없는 관계였다. 어쩌다 만나더라도 모른 척 외면하면 그뿐이었다.

그런데 열흘쯤 후 파출소로 그를 찾는 황민기의 전화가 걸려왔다.

그날 밤 석규는 그를 만나 함께 식사했다. 반주로 몇 잔의 청주도 곁들였다. 어지간히 술기운이 올랐을 때 석규는 내심 궁금했던 것을 그에게 물었다.

"첫눈에 날 알아본 건가? 개원 행사 끝나고 그때?"

"뭔 소리야?"

황민기의 눈동자에 살짝 의문이 얼비쳤다. 그러면 그렇지. 만일 황민기가 그를 단숨에 알아보았다고 말했다면 오히려 그게 더 이상하지 않았을까 하는 생각이 든 것은 바로 그때였다. 석규도 아무런 정보 없이 황민기를 만났다면 그가 어릴 적 그 꼬맹이라고 전혀 알아보지 못했을 것이다.

'접근 금지 수사 중'

노란색 나일론 끈이 길을 가로막고 있었다. 사고 현장과는 불과 20미터쯤 떨어진 곳이었다. 끈의 중간쯤에서 직사각형 모양의 판지 하나가 대롱거렸는데, '접근 금지 수사 중'이라는 글씨는 거기에 적혀 있었다.

나일론 끈은 일종의 폴리스 라인이었다. 누가 설치했는지 충분히 짐작이 가능했다.

나일론 끈을 제거하기 위해 차에서 내리는데 그를 향해 손을 흔들고 있는 현 순경과 시선이 마주쳤다. 석규는 고개를 절레절레 흔들고는 나일론 끈을 걷어 한쪽으로 치워놓았다. 나일론 끈의 한쪽 끝은 땅에 박힌 나무 푯말 하나에 묶여 있었다. 일 미터쯤 되는 나무 푯말에도 글씨가 적혀 있었다.

'호정저수지'

푯말의 글씨는 반쯤 지워져 흐릿하게 변했지만 글씨체는 반듯하고 힘이 넘쳤다. 이런 나무 푯말은 사실 이곳 말고도 일곱 군데에 더 있었다.

이곳 저수지의 원래 이름은 호정(狐精)이 아닌 호리병 속에 들어가면 별세계가 보인다는 일호천(一壺天)이었다.

일호천저수지에서는 매년 일고여덟 명 정도의 사람들이 물에 빠져 죽는 사고가 발생했는데, 낚시를 하거나 꽃놀이를 즐기다가 실족하여 죽는 것이 아닌 작정하고 물에 뛰어들어 죽는 자살자들이었다. 저수지와 그리 멀지 않은 곳에서 옹기종기 모여 사는 호정리 사람들은 저수지의 이름이 잘못된 탓이라고 여겼다.

"별세계가 보인다니까 미친 연놈들이 무작정 뛰어드는 거야."

마을 사람들은 논의를 한 끝에 결국 저수지 이름을 지역명으로 바꾸기로 결정했다. 마을 대표 몇 사람이 탄원서를 들고 군수를 찾아갔다.

그러나 마을 사람들의 희망대로 저수지의 이름이 바뀐 것은 아니다. 그들은 사람의 이름보다 바꾸기 힘든 것이 산과 강, 호수나 저수지의 이름이라는 것을 깨달았다.

사실 그럴 수밖에 없는 것이 사람의 이름이야 바뀌어도 개인 문제지만 지명이나 지역, 산과 강의 이름이 바뀌면 그에 따라 수없이 많은 것들도 바뀌어야 한다. 교과서나 표지판, 지도 등등. 마을 사람들은 고심 끝에 저수지에서 간단히 제사를 지내고 '호정저수지'라고 쓰인 푯말을 저수지 팔방(八方)에 맞춰 꽂아놓았다. 팔방에 꽂은 것은 액운이 들어오는 길목, 사방(四方)과 사우(四隅)의 여덟 방위를 막겠다는 의미였다.

마을 사람들에게는 안된 일이지만 그렇게 했는데도 결과는 신통치가 못했다. 그해에는 오히려 자살자가 더 늘었다. 생전 없던 겨울철 사망 사고도 발생했다. 얼음이 깨져 썰매를 타던 조부와 손자가 함께 목숨을 잃은 것이다.

"아, 이걸 미처 안 치워놨네요."

한달음에 달려온 현 순경이 히죽거리며 뒷머리를 긁적거렸다.

"생각보다 일처리가 늦었네."

운전석에 다시 오르며 물었다. 현 순경이 뒤따라 조수석에 타고는 대꾸했다.

"차가 물속에 있으니까 아무래도 일이 좀 더디더라고요."

차는 움직이자마자 곧 사건 현장 한쪽에서 멈췄다. 다른 차들이 쉽게 빠져나갈 수 있도록 입구에서 약간 떨어진 곳에 주차했다.

그가 차에서 내리자 철수하기 위해 차에 올라 있던 형사들이 마지못해 다시 차에서 내렸다.

그들과 석규는 일일이 악수를 나눴다.

잠시 석규의 정년퇴직과 본서 형사과장의 근황이 화젯거리로 올랐다. 차 안에서 발견된 여자에 대해 몇 마디 오가기도 했다. 타살인지 자살인지 사고사인지 분명한 확신을 갖고 얘기하는 사람은 없었다. 아직은 추정일 뿐이라는 단서를 달았지만 형사들은 사고사나 자살일 것이라는 뉘앙스를 풍겼다.

그것으로 인사치레는 충분했다. 그들은 다시 악수를 나눴다. 이번에는 이별의 악수였고, 형사들이 탄 차는 흙길을 따라 금세 멀어졌다.

"보고할까요?"

옆으로 다가온 현 순경이 슬그머니 물었다.

"보고할 게 아직 남았어?"

"그럼요."

현 순경은 보란 듯이 수첩을 펼쳤다. 깨알 같은 글씨가 수첩에 빽빽했다.

"사건 발생 시각은?"

석규가 콧등에 맺힌 땀을 손으로 닦아내며 넌지시 물었다. 녀석의 형사 놀이에 어느 정도 박자를 맞춰줄 생각이었다.

"4월 15일 새벽으로 추정. 아직 정확한 시각은 나오지 않았어요."

"사인(死因)은?"

"익사예요."

"네 판단이야, 아니면……."

석규는 턱짓으로 흙길 쪽을 가리켰다. 형사들이 그런 말을 했는지를 묻는 것이었다.

"순전히 제 판단입니다. 피해자를 제가 좀 살펴봤는데요, 목이 졸리거나 머리에 둔기를 맞은 흔적이 없더라고요. 부러진 손톱도 없고 손톱에 이물질이 껴 있지도 않았고요."

"신원은 밝혀졌고?"

"아직 미상입니다."

"신분증이나 지갑 같은 건?"

"휴대폰도 자동차등록증도 발견하지 못했어요. 차 번호판과 혹시 몰라서 차대번호까지 조회를 신청해놨고요."

"차 번호판이 있는데 굳이 차대번호는 왜?"

"대포차일 수도 있잖아요."

"자기 입으로 귀부인 운운해놓고 대포차는 무슨."

"혹시 모르잖아요. 암흑계의 대모일지."

"영화나 드라마를 너무 봤어."

현 순경이 머쓱해하며 웃었다.

"신분을 확인할 만한 다른 물건은?"

"다이어리나 영수증 같은 것도 없어요. 차 안과 트렁크를 살살이 살펴봤는데 아무것도 안 나왔어요."

석규는 레커차에 매달려 있는 검은색 사건 차량 쪽으로 시선을 옮겼다. 담배 연기로 허공에 도넛을 만들고 있던 레커차 기사가 그제야 꾸벅 고개를 숙였다. 레커차는 뭔가 불만이 있거나 자기를 과시하고 싶을 때 슬며시 팔짱을 끼곤 하는데 지금도 마찬가지였다. 그의 양쪽 팔뚝에 새겨진 문신이 불룩하게 튀어나왔다. 왼팔은 용이고 오른팔은 호랑이로 이른바 좌청룡우백호. 그러나 문신의 그림은 왠지 좀 어설펐다. 왼쪽의 용은 그럭저럭 봐줄 만한데 오른쪽의 호랑이는 아무리 봐도 고양이에 가까웠다.

"저 친구 왜 안 갔어?"

"죽은 사람 함부로 다루면 부정 탄대요. 그래서 앰뷸런스 올 때까지 기다리겠대요."

"별소리 다 듣네."

"보고, 계속할게요."

"아직 남았어?"

"물론이죠."

계속 해보라는 듯 석규가 고개를 까딱해 보였다. 현 순경은 차 안에 설치돼 있던 블랙박스에 대해 언급했다.

"블랙박스의 SD카드가 발견되었어요. 과학수사팀에서 수거해 갔고요."

"그거 보면 뭔가 나오겠네."

"차가 곧장 저수지로 뛰어들었는지 지그재그 운전하다가 빠졌는지 정도는 알 수 있겠죠. 하지만 기대는 안 하는 게 좋을 거예요. 처음부터 블랙박스가 작동하지 않았을 가능성이 높대요. 블랙박스는 차량에 붙박이로 나온 것이 아니라 별도로 구입해서 설치한 건대요, 차량을 건져냈을 때 블랙박스 선이 시거잭에 연결되어 있지 않았거든요. 다른 곳에도 마찬가지로 연결되어 있지 않았고요. 설령 녹화가 됐더라도 SD카드가 오염됐을 가능성이 크다고 하고요."

그 정도는 석규도 예상하고 있었다.

"저곳이군."

석규는 저수지 수면보다 약간 높은 곳에 있는 도로 쪽을 눈으로 가리켰다. 가드레일이 부서져 흉측해 보였다.

"네, 저곳이죠."

그가 바라본 곳은 하필이면 액운이 들어오는 팔방 중 한 곳이었다. 그리고 호리병을 닮은 호정저수지의 모양으로 보자면 주둥이 쪽 잘록하게 들어간 부분이었다. 그곳 위쪽으로 걸치듯이 도로가 지나가고 있었다. 도로는 저수지 수면에서 4미터 정도 높았고, 차가 떨어진 곳의 저수지 수심은 삼사 미터였다.

석규는 저도 모르게 끄응, 하고 신음 소리를 내뱉었다. 체증이 있는 것처럼 속이 안 좋았던 것은 112 명령이 떨어지고 난 다음부터였다. 사고 지점, 바로 그것이 문제였다. 혹시나 했는데 와서 보니 역시 18년 전과 똑같은 장소였다.

18년 전에도 지금과 비슷한 사고가 있었다. 그때와 지금의 다른 점이라면 예전에는 아스팔트 도로가 아닌 흙길이었다는 것, 그리고 그 길이 지금보다 서너 배쯤 높은 곳에 위치해 있었다는 것 정도였다.

"도로 쪽은 살펴봤어?"

"스키드 마크는 발견하지 못했어요. 급브레이크는 밟지 않은 것 같아요."

18년 전 사고와 똑같은 점이 한 가지 더 추가되었다.

"양쪽으로 좀더 멀리 살펴보지그랬어."

"지금이라도 살펴보고 올까요?"

도로는 알파벳 유(U)와 브이(V)의 중간쯤 되는 급커브 형태였다. 당연히 도로 앞뒤로 사고 위험을 경고하는 여러 교통 알림판이 장승처럼 세워져 있었다. 급커브 지점 전방 2백 미터부터 도로의 최대 속도는 시속 30킬로미터로 제한되고 있었다.

"아냐, 됐어."

석규는 귀찮고 성가신 것으로부터 도망치듯 슬며시 고개를 돌렸다. 바닥에 퍼질러 앉아 담배를 빨아대던 의경들이 그의 눈치를 보며 주섬주섬 자리에서 일어났다.

"일단 시신부터 옮기도록 해."

"그러죠."

현 순경이 의경들을 향해 목소리를 높였다.

"담배 끄고, 2열 종대로 헤쳐 모여. 실시!"

네 명 중 선임인 놈만 조금 행동이 굼떴을 뿐 나머지는 제법 빠릿빠릿하게 움직였다.

의경들이 승용차에 달라붙어 시신을 옮기기 시작했을 때 레커차 기사가 팔자걸음으로 석규에게 다가왔다.

"현 순경 쟤, 참 맘에 안 들어요. 내가 안 된다고 해도 자기가 우겨서 시신을 옮겨놓으면 되잖아요. 관광차도 아닌데 마냥 기다리게 하고 말이야. 머리가 안 돌아가요, 머리가."

레커차가 현 순경의 뒤통수를 향해 눈을 부라렸다.

"현 순경도 부정 탈까 봐 그런 거겠지."

레커차가 히죽 웃고는 머쓱했는지 뒷덜미를 만지작거렸다.

"사람이 죽거나 말거나 저 사람들은 신 났구먼요. 꽃놀이에 낚시에."

레커차는 상춘객과 낚시꾼을 싸잡아 어깃장을 놓았다. 그것으로 부족했는지 담배꽁초를 손가락으로 멀리 튕기더니 캬악, 하고 발치께에 가래침까지 뱉어냈다.

석규는 가래침을 피해 시선을 흙길 쪽으로 던졌다. 흙먼지를 일으키며 달려오는 봉고차 한 대가 보였다. 앰뷸런스였다.

"병원에는 소장님이 가실 거죠? 간 김에 친구 얼굴도 보고요."

어느새 옆으로 다가온 현 순경이 물었다. 석규는 무심코 응, 이라고 대답하려다가 멈칫했다. 친구? 황민기가 친구일까? 황민기는 그를 친구로 여길까? 어린 시절에는 지금보다 생각이 단순하고 보다 분명했다. 그 당시 석규에게는 두 친구가 있었다. 황민기와 이정국. 둘을 친구라고 불렀으나 정말로 그렇게 생각한 것은 아니었다. 한 놈은 얄밉도록 잘난 척을 했고 다른 한 놈은 늘 주인인 양 거들먹거렸다.

"제가 가요?"

현 순경이 다그치듯 재차 물었다. 그 짧은 사이 앰뷸런스가 훌쩍 가까워졌다. 짜장면 오토바이보다 두 배, 아니 서너 배쯤 빠른 것 같았다.

"내가 갈게. 친구 얼굴도 보고."

앰뷸런스가 나무 푯말이 있는 곳을 지나며 빵빵, 하고 클랙
슨을 울렸다.

"야, 늦게 와놓고 차를 거기 대면 어떡해!"

차 문을 열고 폴짝 뛰어내리는 앰뷸런스 기사를 향해 레커차
가 버럭 짜증을 냈다. 앰뷸런스는 길 입구에 멈춰져 있었다. 그
바람에 입구가 막혔다. 늦게 왔어도 이곳에서 제일 먼저 빠져
나가겠다는 심보였다.

"형님, 앰뷸런스하고 119 소방차하고 동급인 거 몰라요? 상
식적으로 생각하자고요, 상식적으로. 잔소리 그만하고 담배나
한 대 줘봐요."

앰뷸런스가 에비슨병원의 주황색 마크가 새겨진 유니폼의
어깨를 접어 올리며 한쪽에 쪼그려 앉았다. 레커차가 그 옆에
앉더니 말없이 담배와 라이터를 건넸다.

두 사람의 입에서 곧 담배 연기가 뿜어져 나왔다.

"죽은 여자 한번 봐봐. 때깔이 좋아."

때깔이 좋다는 말에 혹했는지 앰뷸런스가 히죽 웃고는 방포
천 쪽으로 걸어갔다. 앰뷸런스는 조금의 주저함도 없이 방포천
을 들췄다.

"피부가 탱탱하네요. 보톡스 맞았나 봐요."

"보톡스가 아니라 물속에 있어서 빵빵해진 거야."

레커차가 이내 반박했다.

"아니에요, 저건 보톡스예요. 제가 병원밥 먹잖아요."

"야, 그 밥이 그 밥이랑 같아?"

별것도 아닌 것으로 옥신각신하려는 두 사람을 석규가 뜯어
말렸다.

"어이, 두 사람! 안 바빠? 안 가?"

"바쁘지만 지금 담배 피우잖아요."

레커차가 퉁명스레 대꾸하고는 보란 듯이 희끄무레한 담배
연기를 입에서 밀어냈다.

"그런데요……."

앰뷸런스가 갑자기 뭔가 생각났다는 듯 은근하게 목소리를
내리깔았다. 약속한 것도 아닌데 석규와 레커차의 시선에 동시
에 앰뷸런스에게 향했다.

"이 여자, 왠지 낯이 익지 않아요?"

그 순간 갑자기 레커차가 "어? 나도 그랬는데!" 하고 맞장구
쳤다. 그러면서 석규의 의향을 물었다.

"소장님은 어때요? 정말로 어디서 본 여자 같지 않아요? 한
번 잘 보세요."

별로 내키지 않는 일이었다. 그의 아내가 땅에 묻히는 것을
보고 난 뒤로는 시신을 보는 것이 마뜩잖은 일이 되고 말았다.
호정저수지에서 사망 사고가 발생하더라도 일부러 시신 수습
이 끝날 즈음 현장에 도착하곤 했다. 그런데 지금은 상황이 조
금 묘했다. 한편으로 궁금하기도 했다. 앰뷸런스하고 레커차에
게 익숙한 얼굴이 대체 어떤 얼굴인 걸까?

"어때요? 뭐 생각나는 사람 없어요?"

레커차가 자리에서 일어나며 다그치듯 물었다. 묻지도 않은

엉덩이의 흙을 털며 앰뷸런스도 자리에서 일어났고, 어느새 현 순경도 쪼르륵 곁으로 다가와 있었다.

"글쎄, 난 잘 모르겠는걸."

하지만 두 사람의 말이 아예 틀렸다는 생각은 들지 않았다. 왠지 모르게 여자의 얼굴은 그에게도 낯이 익었다.

"연예인일까요?"

잔뜩 기대에 찬 레커차의 목소리에 현 순경이 풋, 하고 웃음을 터뜨렸다. 그건 아니라는 듯 앰뷸런스도 손사래를 쳤다.

"상철아, 차량번호 조회 재촉해봐."

석규가 넌지시 일렀다.

현 순경이 일행에서 빠져나가더니 이내 무전기로 연락을 취했다.

그러는 와중에도 레커차와 앰뷸런스는 머리를 맞대고 서서 여자의 정체를 넘겨짚느라 바빴다. 저희들끼리 실없는 농담이라도 주고받았는지 조금 떨어져 앉은 의경들에게서 연신 낄낄거리는 웃음소리가 들려왔다. 레커차 기사가 딱, 하고 손가락을 튕긴 것은 바로 그때였다.

"그 여자야, 그 여자!"

여러 시선이 동시에 레커차에게 집중됐다.

"누구?"

앰뷸런스가 짧게 되물었다.

"그 여자, 아 왜 그 여자 있잖아?"

이렇게 말해놓고 레커차는 자기 가슴을 주먹으로 쾅쾅 두들

겨댔다. 막상 이름이 떠오르지 않는 자신도 답답했는지 헤벌어진 입술로 허공을 떠받쳤다.

"그러니까 그 여자가 대체 누구냐고?"

답답하기는 석규도 마찬가지였다. 묻고 나서 떨떠름한 표정으로 콧바람을 튕겨냈다.

"햐, 소장님도 모르시네. 아, 그 여자 있잖아요? 텔레비전에서 난리쳤던 스포츠스타? 아시안게임하면 딱 떠오르는 여자!"

"아!"

감이 왔는지 앰뷸런스가 짝, 하고 손바닥을 부딪쳤다. 갑자기 흥분한 탓에 목소리가 높아졌다.

"그 여자요! 수영 선수 그 여자?"

"수영 선수?"

석규가 무심코 그의 말을 쫓아 중얼거렸다. 그리고 그 순간 현 순경의 무전기에서 굵직한 남자 목소리가 흘러나왔다. 그것은 여자의 이름 석 자였다.

"서. 은. 희."

목소리는 반복해 수영 선수의 이름을 말했다. 서은희.

"그래, 서은희!"

"아시아의 인어!"

레커차와 앰뷸런스가 거의 동시에 소리쳤다.

여자가 누구인지 비로소 석규도 깨달았다. 우리나라 최초로 아시안게임 수영 부문에서 3관왕을 차지했던 여자.

갑자기 분위기가 소란스러워졌다. 남의 일인 듯 관심을 두지 않던 의경들도 무슨 일인가 싶어 가까이 다가와 귀를 쫑긋 세웠다.

"아시안게임 스타라면 언론에서 꽤 시끄럽겠는걸."

레커차는 걱정하는 말투였으나 얼굴은 전혀 그렇지가 않았다. 간만에 재밌는 일이 터져서 신난다는 듯 입가에 미소가 가득했다.

"두말하면 잔소리지."

앰뷸런스 역시 레커차와 별반 다르지 않은 표정이었다. 오히려 그는 한술 더 떠서 휴대폰을 만지작거렸다. 당장이라도 누군가에게 전화를 걸고 싶어 손가락이 근질거리는 모양이었다.

"소장님……."

현 순경이 조심스럽게 석규의 눈치를 살폈다.

"왜?"

최 소장이 침을 꿀꺽 삼키며 은근한 눈빛으로 뒷말을 재촉했다.

"설마, 타살은 아니겠죠?"

석규는 돌연 찌릿, 하고 뒤통수가 당겼다.

설마, 설마…….

석규는 한 손으로 뒷목을 잡고는 지그시 눌렀다. 거울을 보지 않았어도 얼굴근육이 딱딱하게 굳어 있을 것이라고 짐작했다. 석규 탓인지 몰라도 순식간에 분위기가 무겁게 가라앉았다. 난데없이 침묵이 이어졌다.

침묵을 깬 것은 석규였다.

"여긴 일호천이잖아."

석규는 미소 띤 얼굴로 아니라는 듯 손을 휘휘 내저었다. 누가 봐도 석규의 미소는 어색했고 몸짓은 과장스러웠다.

여긴 일호천이야, 일호천!

석규는 다시 빽, 하고 소리를 질렀다. 아니, 그렇게 하고 싶었을 뿐 실제로 소리가 입 밖으로 나간 것은 아니었다. 보이지 않는 누군가의 손이 그의 입을 틀어막고 있는 것 같았다.

그때였다.

"소장님……."

현 순경의 눈썹이 미세하게 떨렸다. 석규는 불안한 눈빛으로 현 순경 쪽을 보았다.

"아시아의 인어가…… 왜 물속에서 죽었을까요?"

"그건, 그건……."

얼른 대답이 나오지 않았다. 갑자기 입안이 바짝바짝 말랐다. 석규는 자기도 모르게 다시 꿀꺽 침을 삼켰다. 그 소리가 천둥소리처럼 머릿속을 울렸다.

어쨌거나 여기는 일호천이었다. 물속에 들어가면 별세계가 보이는 곳. 그러니 자살이어야 당연하다. 그런데 왜 물속에서 인어가 죽었지?

18년 전 호정저수지에 차가 빠졌다. 그 차에는 부부가 타고 있었다. 운전석의 사내는 이정국의 동생 이정수였고, 그 옆자리에는 부인인 송정인이었다.

그리고 오늘, 이정국의 부인인 서은희가 같은 곳에서 사망했다. 하필이면 똑같은 장소에서 거의 비슷한 방식으로.

우연일까? 아니면…….

느닷없이 관자놀이가 툭툭 튀었다.

바지 지퍼가 열렸어요

누군가 찾아왔다. 느릿하게 한 번, 그리고 연이어 두 번. 딩동 딩동. 그 순간 누군가 얼음, 하고 소리친 것 같았다. 누군가 땡, 하고 소리칠 때까지 기다려야 할 것 같은 왠지 모를 압박감에 태주는 뒷덜미가 묵직해지는 기분이었다.

요즘은 늘 이런 식이었다. 사소한 것에도 섬뜩해져서 날카롭게 반응하는.

"너, 수상해."

이렇게 말한 사람은 동료 형사이자 친구인 조진호였다. 그는 사무실에서 나오는 내내 술 한잔하자며 졸랐다. 몸이 안 좋다는 핑계를 둘러댔지만 이유 같지 않은 이유라며 막무가내로 고집을 부렸다.

태주는 결국 그의 손길을 뿌리쳤다. 그를 내버려두고 지하철을 타기 위해 서둘러 계단을 내려갔다.

"너, 신주쿠에서 여고생 납치[3]해 왔지?"

계단 위에 서서 조진호가 소리쳤다. 계단을 오르내리는 사람들의 시선이 그와 조진호를 번갈아가며 살폈다.

"묶어놓고 사육하는 거 아냐?"

여자들은 뭔 소리야, 하는 뚱한 표정인 데 반해 남자들은 킥킥거리며 웃음을 터뜨렸다.

그러나 태주는 웃지 않았다. 계단을 내려가던 걸음을 멈추고 고개를 뒤로 돌려 조진호를 올려다보았다. 건물과 건물 틈새로 나타난 햇살이 조진호의 뒷모습에 가로막혀 있었다. 빛이 밝을수록 어둠은 깊은 법. 조진호의 얼굴은 전혀 보이지 않았다. 눈을 가늘게 뜨고 살펴봤지만 결과는 같았다. 어둠 속 동굴에서 번져 나오듯이 그때 그 소리가 조진호의 입에서 흘러나왔다.

"너, 수상해."

태주의 표정이 차갑게 굳었다. 그때 전동차가 들어온다는 안내방송이 없었으면 태주는 어찌할지 몹시 당황해했을 것이다.

"갈게."

태주는 훌쩍 계단을 뛰어내렸고 도망치듯 개표구를 통과했다. 성큼성큼 계단을 뛰어내려가서는 간신히 지하철 문을 통과했다.

너, 수상해.

---

3 〈신주쿠 여고생 납치사건〉, 와다 벤 감독의 1999년 영화.

다른 사람의 눈에도 내가 그렇게 보이는 걸까? 지하철을 타고 가는 내내 그 소리가 태주의 머릿속에서 왕왕 울렸다.

소리가 사라진 것은 집에 오고 난 다음이었다.

어쩌면 집의 어딘가에는 전파방해장치처럼 기억을 방해하는 장치가 숨겨져 있는지도 모른다.

그는 마트에서 구입한 중국산 카펫에 누워 한동안 눈을 감고 있었다. 그래 봤자 고작 5분 정도의 여유였다.

누군가 차임벨을 눌렀다.

"누구세요?"

문으로 가서 현관문의 보조키를 풀지 않은 채 물었다. 밖에서 대답 대신 흠흠, 하고 헛기침 소리가 들려왔다. 여자였다. 그것도 아주 젊은 여자.

"누구시죠?"

그래도 선뜻 문을 열지 않고 방문한 여자의 정체를 다시금 확인했다. 왠지 모르게 예감이 좋지 못했다. 마치 천적을 만난 것처럼.

"507호예요."

그는 506호였다. 이곳은 지은 지 20년이 넘은 복도식 아파트였다. 엘리베이터가 있는 중앙 쪽에서 좌우로 갈라지는데 오른쪽 맨 끝이 507호였고 506호는 그 옆집이었다.

옆집 여자의 얼굴을 어쩌다 보았을지도 모르지만 그는 507호 여자를 알지 못했다. 이름은 물론이고 뚱뚱한지 날씬한지, 처녀인지 유부녀인지, 가슴이 큰지 작은지. 그렇다고 누군가 땡,

하고 소리치기를 마냥 기다릴 수는 없었다.

　잠금쇠와 보조키를 풀고 문을 열었다. 여자가 반걸음 뒤쪽으로 물러나더니 고개만 살짝 숙여 인사했다. 엉겁결에 마주 고개를 숙였다.

　"이거요."

　여자가 갈색의 택배 상자를 대뜸 그에게 내밀었다. A4용지 반쯤 되는 크기의 상자였다.

　고맙습니다, 라고 일단 인사를 건넸지만 고개가 비스듬하게 기울어졌다. 내게 택배 올 게 있었나? 오히려 그것을 묻듯이 여자를 빤히 쳐다보았다.

　여자는 키가 컸다. 이십대 중후반쯤으로 보였고 아무리 봐도 유부녀는 아닌 것이 분명했다.

　내 시선이 부담스러웠는지 여자가 슬며시 고개를 옆으로 돌리더니 빨간색 밴드로 묶은 말총머리를 매만졌다. 머리 모양이 조금 엉성했다. 머리 스타일이 원래 그런 것 같지는 않았다. 그의 집 문이 열리는 소리를 듣고 나서야 부랴부랴 머리를 묶은 것이 아닐까?

　여자가 그의 손에 들린 택배 상자를 향해 비스듬히 시선을 떨어뜨리며 말했다.

　"그거요, 좀 수상해요."

　수상하다고?

　두번째였다. 겨우 한 시간도 안 지났는데 같은 소리를 또 들었다.

"수상쩍다고요?"

그의 반응이 마뜩잖았는지 여자가 확인시켜주듯 재차 말했다. 그제야 느낀 것이지만 여자는 '수상하다'는 것을 아예 단정 짓고 있었다.

태주는 여자가 부담스러웠다. 507호 여자는 분명 초면인데도 초면이 아닌 사람처럼 행동하고 있었다. 왠지 피곤한 스타일일 것이라고 지레 짐작했다.

"그럼, 이만……."

모르는 척 문을 닫으려는데 여자가 갑자기 반 발짝 앞으로 튀어나오며 몸을 들이밀었다. 그 바람에 문을 닫으려야 닫을 수도 없게 되었다.

"제게 다른 볼일이라도……."

"있죠."

"그게 뭐죠?"

"그건 나중에 말씀드리고요, 지금은 오태주 형사님이 든 그 소포가 더 궁금하네요."

여자는 분명 '오태주 형사'라고 했다. 형사라는 건 어떻게 알았을까? 태주는 자기 입으로 형사라고 떠벌린 적이 없었다. 지금의 506호에 전세로 이사할 적에도 중개업자에게는 공무원이라고만 얘기했다. 그러나 그쯤 알아내는 건 사실 별로 어려운 일은 아니다. 경찰 관련 잡지나 우편물이 1층 입구에 있는 우편함에 가끔 꽂혀 있곤 했다. 우편물 중에는 근무지와 소속, 계급과 이름이 고스란히 적혀 있는 것도 있었다.

"그 택배, 정말로 수상쩍어요. 나랑 얘기 안 하면 후회할걸요."

조롱하는 말투는 아니었고 오히려 시비라도 걸듯이 여자의 목소리 끝이 조금 곤두서 있었다. 여자는 아예 척 팔짱을 꼈다.

도무지 속내를 알 수 없는 여자였다. 이 여자가 원하는 게 대체 뭘까?

마냥 문 앞에 서서 옆집 여자와 씨름할 수는 없는 노릇이었다. 더욱이 옆집 여자인데 차 한잔 대접하지 못할 이유도 없었다.

"일단 들어오세요."

여자는 괜한 체면치레 따위 생각하지 않았다. 말이 떨어지자 마자 조금의 머뭇거림도 없이 냉큼 안으로 발을 들여놓았다.

*

하수연.

507호 여자의 이름이었다. 그녀의 표현대로라면 집에서 열 정거장쯤 떨어진 주민센터에서 근무하는 공무원이었다.

"집이 참 단출하네요."

여자가 거실을 둘러보며 말했다. 조금 짬을 두었다가 다시 덧붙였다. 꼭 게르[4] 같아요.

책상과 그 위에 놓인 노트북, 바닥에 있는 텔레비전이 거실의 거의 전부였다. 여자는 냉장고가 있는 부엌까지 훑어보고

---

4 Ger. 몽골족의 이동식 집.

나서 자기가 깔고 앉은 중국산 카펫을 손바닥으로 부드럽게 쓸었다. 카펫에는 멀리 설산이 보였고, 가까이에는 크고 작은 야크 두 마리가 마주 보고 있었다.

"손님이 왔는데 대접할 게 없네요."

빈말이 아니었다. 냉장고를 열었지만 507호 여자 앞에 내놓을 만한 건 눈에 띄지 않았다. 냉장고에 현미차 티백이 보였지만 컵이 없다는 게 문제였다. 그는 일회용 종이컵만을 사용했다. 그런데 마침 뚝 떨어졌는지 보이지 않았다. 태주는 캔맥주와 마른오징어와 땅콩을 은박 접시에 담아 여자 앞에 내놓았다.

"이것밖에 없네요."

"설마, 엉뚱한 생각을 하는 건 아니겠죠? 저 애인 있거든요."

여자가 샐쭉하니 도끼눈으로 태주를 노려보았다. 다소 어이가 없었지만 태주는 여자의 다음 반응이 궁금해 잠자코 여자가 하는 말을 듣고만 있었다.

"키도 크고 춤도 잘 추고 노래도 잘해요."

거기까지 말하고 여자가 캔맥주의 고리를 잡아당겨 땄다.

여자가 맥주를 입에 댔다가 도로 내려놓고는 뚱한 표정으로 태주를 채근했다.

"안 물어봐요? 애인 직업이 뭐냐, 이렇게 물어봐야 하잖아요?"

그래야 하는 건가? 아무튼 태주는 그녀가 시키는 대로 했다.

"애인 직업이 뭐죠? 가수입니까?"

"땡! 그래도 완전히 빗나간 건 아니네요. 뮤지컬 배우예요."

뮤지컬 배우라고? 문득 당황해했던 것 같기도 하다. 그런데 입에서는 전혀 엉뚱한 소리가 튀어나왔다.

"나도 아는 뮤지컬 배우가 있는데, 혹시 이시우라고 아세요?"

"이시우요? 그 사람을 아세요?"

여자가 무릎을 끌어당기며 호기심을 드러냈다.

태주는 그 순간 후회했다. 내가 지금 무슨 소리를 지껄인 거야? 이시우라니? 그 녀석과 대체 무슨 관계라고. 솔직히 두 번 다시 입에 올리고 싶지 않은 이름이 그 녀석의 이름이었다.

"이시우를 어떻게 아세요? 두 분이 친해요?"

호기심과 기대감으로 여자의 눈동자가 동그랗게 커졌다.

"하하, 농담입니다, 농담. 하도 유명한 사람이니까, 그래서……."

부풀었던 빵의 공기가 빠져나가듯 그 순간 여자의 몸이 푹 꺼졌다. 아무래도 괜한 소리를 지껄인 것 같았다. 태주는 서둘러 본론으로 들어갔다.

"저게 왜 수상쩍다고 한 거죠?"

손을 뻗어 책상에 놓아둔 상자를 도로 가져왔다. 가볍게 택배 상자를 흔들어보았지만 소리는 나지 않았다. 내용물이 없는 것처럼 아주 가벼웠다.

태주는 택배의 송장을 살폈다. 그런데 마땅히 붙어 있어야 할 송장이 보이지 않았다. 설마 여자가 이미 떼어버린 것일까? 따지듯이 여자에게 물었다.

"송장이 왜 안 붙어 있죠?"

"제가 어찌한 게 아니에요. 그거 처음부터 안 붙어 있었어요."

여자가 정색한 얼굴로 손사래까지 치며 변명했다.

송장이 없다면 누군가 사람을 시켜 직접 배달한 물건이라는 건가?

"이거 배달한 사람, 봤습니까?"

"봤죠."

여자의 대답은 단순하고도 명쾌했다. 세상 모든 범죄자들이 여자와 같다면 조서 작성이 아주 쉬울 것이라는 생각이 문득 머리를 스쳤다.

"누구였죠?"

"할머니였어요."

"네?"

의외의 대답이었고 되물을 수밖에 없었다.

"정말로요?"

여자가 눈을 가늘게 치켜뜨더니 상체를 앞으로 조금 기울였다. 그 상태로 은근해진 목소리가 흘러나왔다.

"아마도요."

이건 또 무슨 소리란 말인가? 아마도라니? 태주는 금세 생각이 바뀌었다. 세상의 모든 범죄자가 이 여자와 같다면 조서 작성은 아주 피곤한 일이 될 것이 분명했다.

"상황 설명이 좀 필요해요."

여자가 이렇게 말해놓고는 당시의 상황에 대해 설명을 늘어놓기 시작했다.

"벨소리를 듣고 나갔는데, 사람은 안 보이고 달랑 저것만 바닥에 놓여 있더라고요. 아무 생각 없이 상자를 들고 안으로 들어왔어요. 그런 다음에야 수신자를 확인했죠."

그런데 이상한 것이 수신자는 그녀가 아닌 옆집 506호 '오태주 형사'였다. 여자는 얼른 문을 열고 나가 엘리베이터 쪽으로 뛰어갔다.

"엘리베이터가 도착했을 때 막 문이 닫히더라고요. 분명 할머니였어요."

얼핏 보았지만 엘리베이터 안에 다른 사람은 없었다. 다른 엘리베이터 하나는 17층에 멈춰 있는 상태였다.

"계단으로 내려가보지그랬어요?"

그가 떨떠름하게 말했다.

여자가 가볍게 고개를 한번 내젓고는 왜 그래야 하죠, 라는 표정으로 그를 보았다. 하긴 겨우 택배 하나였다. 그것도 이웃집의 택배. 일부러 계단을 뛰어내려가 배달원의 정체까지 파악할 이유는 없는 것이다.

"근데요, 좀 이상한 게 있어요."

여자가 손가락을 세워 카펫을 죽 밀더니 고개를 갸웃거렸다.

"뭐가요?"

"할머니가 택배 배달을 한다면 기껏해야 용돈벌이나 하는 거잖아요."

아마도 그럴 것이다.

"복도하고 엘리베이터 앞에서 냄새가 났어요."

"냄새요? 무슨 냄새 말이죠?"

"향수 냄새요."

"네?"

순간 태주의 가슴 한쪽에 의심이 송곳처럼 곤두섰다. 용돈벌
이 삼아 택배 배달원을 하는 노파가 향수 냄새를 풍기며 다닌
다고? 아무래도 이건 좀 이상하지 싶었다.

향수, 향수라…….

*

하수연은 추리소설 관련 인터넷 카페의 운영자였다. 사실은
태주도 회원으로 가입되어 있는 카페였다. 사건 때문에 기사를
검색하다가 회원으로 가입했다. 그때 한 시간 정도 게시물들을
둘러보았고 이후로는 거의 발길을 끊고 지냈다.

그래도 카페 운영자로부터 거의 매일 꾸준하게 이메일이 날
아왔다. 카페에 올라온 새로운 글을 소개하거나 새로 나온 추
리소설이나 미스터리 영화, 드라마를 소개하는 내용이었다. 매
일같이 글을 보내는 운영자의 성의가 대단했으나 특별히 관심
을 둘 만한 내용이 아니었기에 현혹되어 카페에 들어가는 경
우는 없었다. 그래도 가끔 카페에 들어갔던 것은 '현장 사건 수
사' 게시판에 무슨 글이 올라왔을까 궁금해졌을 때였다.

어떤 글은 경찰이나 경찰 관계자가 썼겠구나 싶은 글도 있었
지만 대부분은 우리나라가 아닌 외국의 경우를 옮겨놓은 경우
였다. 그의 입장에서 외국의 케이스는 별로 도움이 되지 않았

다. 그야말로 다른 나라의 일일 뿐이니까.

그는 '현장 사건 수사'에 올라오는 글 가운데 닉네임이 '콜롬보'인 사람의 글을 좋아했다. 직업이 뭔지 모르겠으나 현장 감각이 거의 '우리나라' 수준이고 비교적 글 내용이 정확하다는 이유에서였다. 그러나 같은 운영자 중 한 사람이면서 걸핏하면 '콜롬보'와 댓글 다툼을 벌이는 '미스 마플'은 왠지 마뜩치가 않았다.

마플은 미국 쪽 CSI 드라마 마니아였다. 마이애미, 라스베가스, 뉴욕까지 시즌 1부터 시작해 최근 방영된 것까지 거의 전부를 마스터하고 있었다. 어떤 토론을 벌이든 기준은 미국 CSI였다. 〈CSI 라스베가스〉 시즌 8 12화에서, 〈CSI 마이애미〉 시즌 2 5화에서, 하는 식이었다.

오늘 알게 된 것이지만 '미스 마플'은 바로 하수연이었다.

하수연은 술을 못하는지 안 하는지 몰라도 캔맥주를 거의 입에 대지 않았다.

"택배 상자에서 냄새가 나는 것 같아요."

오로지 그녀의 관심은 택배 상자였다.

"무슨 냄새요? 범죄의 냄새 같은 거 말입니까?"

톡 쏘아붙이듯이 말했지만 사실 '냄새'라는 말에 왠지 모르게 구미가 당긴 것은 사실이었다. 요즘에는 덜하지만 얼마 전까지 해도 팀장은 걸핏하면 그 말을 입에 달고 다녔다. 냄새가 나, 냄새가. 범죄의 냄새가 너무 짙어.

"아니요, 진짜 냄새요. 향수 냄새, 안 나요?"

향수 냄새?

태주는 택배 상자를 코로 가져갔다. 일부러 과장되게 큼큼 냄새를 맡아보았다.

"아무 냄새도 안 나는데요."

시치미를 뗐지만 사실 그는 냄새를 맡을 형편이 되지 못했다. 4월이었다. 매년 이맘때면, 아니 계절이 바뀔 때면 알레르기 비염 증세로 늘 코가 막혀 있었다. 물론 이런 세세한 개인 병력까지 옆집 여자에게 고백할 이유는 없었다.

"잘 맡아봐요. 내가 다른 사람에 비해 후각이 뛰어난 편이긴 하지만, 암튼 냄새가 나는 건 분명해요."

태주는 다시 상자에 코를 박고 냄새를 맡는 시늉을 했다.

"제 말이 맞죠?"

여자가 흘러내린 옆머리를 귀에 걸어 넘기며 대답을 재촉했다. 태주는 마지못해 고갯짓을 해주었다.

여자가 히죽 웃고는 넌지시 택배 상자 쪽으로 시선을 던졌다.

"이제 그만 뜯어보죠?"

그렇지 않으면 여자는 내내 이 집에서 나가지 않을지도 모른다는 생각이 한순간 뇌리를 질러갔다. 그러나 그전에 먼저 확인할 것이 있었다. 이 택배 상자에 여자의 관심이 깊은 이유. 대체 그 이유가 무엇일지 궁금했다.

여자가 질문을 받고는 다시 손가락 하나를 세워 카펫을 죽 밀었다. 그 바람에 야크의 코가 완전히 뭉개졌다.

"얘네, 동물원에서 본 적 있어요?"

"아니요."

"왜 그런 줄 아세요?"

그는 정말로 이유를 알지 못했다. 고개가 느릿하게 옆으로
돌아갔다.

"야크 얘네, 고지대에서만 살 수 있거든요. 우리가 사는 이런
저지대로 내려오면 못 살아요."

그랬던가? 그래서 동물원에서 볼 수 없었던 건가?

"그 택배를 받았을 때 느낌이 꼭 그랬어요. 티베트의 고산지
대에 있어야 할 야크가 꼭 내 집 안에 들어와 있는 것 같은. 아,
뭔가 잘못됐구나 싶으면서 가슴이 철렁 내려앉더라고요."

여자가 앞으로 흘러내린 머리칼 몇 올을 손으로 쓸어 뒤로
넘기고는 다시 뒷말을 이었다.

"사실 이런 기분 느끼는 거, 이번이 세번째예요."

그렇다면 나머지 두 번은 언제였을까? 다른 한 번에 대해서
는 여자가 곧바로 입을 열어 실토했다.

"다른 사람의 우편함 속에 있던 물건인데 그걸 내가 대신 꺼
낸 적이 있어요. 기분이 굉장히 안 좋더라고요. 마음이 불안하
고 불길하고…… 그래서 통째로 쓰레기통에 버리고 싶었는데
차마 그렇게 하지도 못했어요."

사실 태주의 기분도 여자가 말한 것과 별로 다르지 않았다.
물론 여자에게 그것을 일부러 알려줄 필요는 없었다.

"공포영화 보면 이런 상자 안에서 동물의 사체 일부나 목이
잘린 구체관절인형 같은 게 나오잖아요. 그런 거 나와도 괜찮겠

어요?"

"괜찮아요. 나 그런 거 좋아해요."

어련하시겠어. CSI 마니아인데.

태주는 상자를 뜯어내기 시작했다.

상자의 중앙을 가로질러 투명테이프가 붙어 있었다. 그것을 볼펜심으로 죽 밀듯이 가르자 상자가 저절로 양쪽으로 벌어졌다.

상자 안은 에어캡으로 가득했다. 안에 깨지는 물건이라도 들어 있는 걸까? 그러나 그렇지는 않았다. 에어캡은 단순히 상자를 가득 채울 목적으로 이용되었을 뿐이었다. 상자를 흔들었을 때 아무 흔들림도 느껴지지 않았던 것은 이 에어캡 때문이었다.

"어휴, 향수 냄새가 엄청나네요."

상자를 뜯고 에어캡을 풀어내면서 하수연은 내내 미간을 찡그렸다. 나중에는 아예 손으로 코를 틀어막았다. 그러나 그는 전혀 그럴 필요가 없었다.

"이 냄새 괜찮아요?"

하수연이 의아한 표정으로 물었다,

"참는 거죠. 이보다 더한 냄새도 맡는데요, 뭐."

"형사라 다르긴 다르네요."

에어캡을 완전히 제거하자 직사각형 모양의 얇고 투명한 플라스틱 박스 하나가 나왔다. 거기에는 은빛 펄이 박힌 연분홍빛 봉투가 들어 있었다.

"무슨 초대장 같은데요? 어서 꺼내봐요."

하수연이 재촉했다. 그러나 태주는 선뜻 그렇게 하지 못하고 머뭇거렸다. 흰 장갑이나 핀셋이라도 있어야 하는 게 아닐까, 하는 생각이 그를 망설이게 했던 것이다. 병이라면 분명 직업병일 터였다.

태주는 범행 현장의 증거물을 다루듯 연분홍빛 봉투를 손끝으로 조심스럽게 집어 올렸다. 그리고 그 순간 또 다른 '증거물' 하나를 더 발견했다. 그 증거물은 '초대장' 밑에 감춰져 있었다.

"이건 우리 엄마가 남긴 쪽지랑 비슷하네요. 크기도 그렇고 두 번 접힌 것도 그렇고."

여자가 뜬금없는 소리를 꺼냈다. 그의 뜨악한 표정을 보았는지 여자가 피식 웃으며 덧붙였다.

"우리 엄마 가출했어요. 그러면서 달랑 쪽지 하나를 남겼는데 꼭 저것하고 비슷했거든요."

가슴이 철렁 내려앉았던 순간 중 하나가 그때였을까? 아마 그랬을 것이라고 태주는 짐작했다.

"일단 초대장부터 살펴보죠."

태주는 말 잘 듣는 아이처럼 하수연의 말에 따랐다.

"이건……."

안에서 나온 것은 뮤지컬 티켓이었다. 〈뮤지컬 햄릿〉[5]이라니. 태주의 입에서 낮게 신음 소리가 새어 나왔다. 하수연도 마찬

---

[5] 이곳에 등장하는 〈뮤지컬 햄릿〉에 관한 모든 정보는 2008년 극장 '용'에서 공연된 〈뮤지컬 햄릿〉 시즌 2를 참고했다.

가지였다. 태주는 이상한 낌새를 느끼고 고개를 들어 하수연을 바라보았다. 그러나 하수연은 그의 시선 따위 전혀 느끼지 못한다는 듯 뻔뻔하게 외면했다.

〈뮤지컬 햄릿〉은 이시우, 그 녀석이 주연을 맡고 있었다. 세계적인 뮤지컬 배우, 천재 뮤지컬 배우로 불리며 언론의 스포트라이트를 받고 있는 뮤지컬 스타가 이시우였다.

이시우는 중학교 졸업 후 일본으로 유학을 떠났고, 그곳에서 고등학교를 마치고는 곧장 미국으로 건너갔다. 몇 년 지나지 않아 그는 두각을 나타내기 시작했다. 동양인이라는 핸디캡에도 불구하고 브로드웨이에서 조연을 따내더니 급기야 주연까지 꿰찼다. 재작년에는 토니상 뮤지컬 부문 남우주연상 후보에 오르기까지 했다. 비록 수상에는 실패했지만 후보에 올랐다는 사실만으로도 사람들은 열광했다. 그야말로 전국적으로 이시우 열풍이 불었다. 그 때문인지 몰라도 이시우는 1년 전 돌연 일시적인 귀국을 결정했다. 작년 가을 인천공항에서 국내 관객을 위한 무대를 선보일 것이라고 기자들 앞에서 큰소리쳤다. 그 작품이 바로 〈뮤지컬 햄릿〉이었다.

태주는 티켓을 내려놓고 이번에는 편지를 펼쳤다.

편지 맨 밑에 이시우, 라고 쓰여 있는 것이 아닐까? 아주 잠깐 이런 생각을 했지만 사실 그럴 가능성은 거의 제로에 가까웠다. 507호는 택배를 배달한 사람이 노파라고 했다. 노파를 심부름꾼으로 고용해 이런 식으로 티켓을 전달해줄 이유가 이시우에게는 전혀 없었던 것이다.

편지글은 짧았다. 누가 시킨 것도 아닌데 507호 여자가 소리 내어 편지를 읽었다.

    내 주여, 당신께 왔나이다. 모든 게 제게서 왔어요.
    내 주여, 당신만이…… 이 모든 것 막아주실 수 있나이다.

"무슨 뜻일까요?"
두 번 더 읽고 나서야 하수연은 그에게 의미를 물었다. 하지만 의미를 모르는 건 태주도 마찬가지였다.
"성경 구절이거나 시의 한 부분이 아닐까요?"
대충 떠오르는 대로 대답했다.
입술을 꾹 다문 채 하수연이 고개를 옆으로 흔들었다.
"그건 잘 모르겠는데, 이건 알겠네요."
그녀의 손가락이 편지지 한곳을 콕 찔렀다. 거기에는 백 원짜리 동전 크기의 얼룩 자국이 남아 있었다. 가만히 보니 얼룩은 한두 개가 아니었다. 작은 것은 일 원짜리, 큰 것은 오백 원짜리 동전만 했다. 대충 헤아려봐도 스무 개가 넘었다.
"이게 향수 냄새의 정체예요."
그러니까 일부러 편지에 향수를 뿌렸다는 의미였다. 여자의 손가락이 다시 얼룩을 콕콕 찔렀다.
"향수병이 스프레이가 아니라 플라콘 타입인가 봐요."
태주는 무슨 소리인지 도통 알아듣지 못했다. 멀뚱멀뚱 두 눈을 껌벅이는 태주를 보면서 그녀가 간단하게 설명을 덧붙였다.

"스프레이가 부착되지 않은 향수병이에요."

그제야 금세 이해가 되었다.

"무슨 향수인지도 설마 알고 있는 겁니까?"

"사람은 시각, 청각, 후각, 미각, 촉각 순으로 예민하대요. 뇌와 가까운 감각이 좀더 예민한 거죠. 그런데 꼭 그런 것도 아닌가 봐요. 아무리 생각해도 저는 미각이나 후각이 훨씬 더 예민하거든요. 하지만 무슨 향수인지는 저도 몰라요. 직업이 조향사라도 그건 어려울걸요."

"암튼 이 향수가 뭔가 단서가 될 수도 있겠어요."

"단서요?"

여자가 눈을 동그랗게 뜨고 그를 쳐다보았다.

"아, 그게 아니라 그냥 습관처럼 나온 소리예요. 직업이 직업인지라……."

"향수 얘기가 나와서 하는 얘긴데, 부향율이라고 아세요?"

"아니요."

"부향율이란 알코올에 대한 향수 원액의 함량 비율이에요. 부향율이 높을수록 당연히 고급 향수고요."

그때부터 하수연은 거침없이 자신의 지식을 뽐내기 시작했다. 누가 왜 향수를 사용하게 되었는지, 어떻게 만들었는지, 중세 유럽의 황실에서는 향수를 어떻게 독으로 사용했는지, 향수를 구분하는 방법으로 어떤 방법들이 있는지를 쉬지 않고 떠들어댔다.

"주민센터에서 일한다고 하지 않았어요? 그런 분이 어떻게 그렇게 잘 아세요. 참, 오늘은 출근 안 한 겁니까?"

"월차 냈어요. 덕분에 택배를 받고 향수에 대해 공부도 할 수 있었고요. 고작 인터넷을 뒤진 것이 전부지만."

하수연의 설명에 따르면 부향율에 따라 향수는 네 가지로 구분된다고 했다. 파르펭와 오 드 파르펭, 그리고 오 드 투알렛과 오 데 콜로뉴.[6] 원액의 함량 비율이 높으면 그만큼 향기의 지속 시간도 길다. 파르펭은 보통 열 시간 정도, 오 드 파르펭은 다섯 시간에서 일곱 시간, 오 드 투알렛은 세 시간에서 다섯 시간, 오 데 콜로뉴는 한두 시간 정도이다.

일반적으로 용기도 모양이 다른데 파르펭은 플라콘 타입, 오 드 파르펭과 오 드 투알렛은 스프레이 타입이라고 했다.

하수연의 설명을 듣고 나자 머릿속에 생각 하나가 떠올랐다.

향기의 지속 시간을 알면 편지를 쓴 시각을 어렴풋이나마 추정할 수 있지 않을까?

"택배 상자는 언제 받은 겁니까?"

"오후 2시쯤요."

태주는 벽에 걸린 원 모양의 시계를 슬쩍 곁눈질했다. 조금만 더 있으면 밤 9시. 택배를 보낸 사람이 이런저런 사정으로 한두 시간쯤 시간을 소요했더라도 대략 여덟아홉 시간쯤 향기

---

6 파르펭(Perfum)은 원액의 함량 비율이 20~30퍼센트 이상, 오 드 파르펭(Eau de Perfum)은 10~20퍼센트, 오 드 투알렛(Eau de Toilette)은 5~10퍼센트, 오 데 콜로뉴 (Eau de Cologne)는 3~5퍼센트 정도.

가 지속됐을 것이다. 그렇다면 파르펭인가? 하수연의 생각이
궁금했다.

"그건 아니죠. 사람의 몸에 뿌리는 것과 종이에 뿌리는 건 향
기의 지속 시간에 차이가 있으니까요. 종이에 뿌리면 지속 시
간이 훨씬 길어요. 하루나 이틀은 보통이고 특수한 종이의 경
우 몇 달 동안이나 냄새가 지속된대요."

실망스러웠다. 하지만 겉으로는 드러내지 않고 아무렇지 않
은 듯 다시 질문을 던졌다.

"그 부향율이란 게 다르면 향수 가격도 달라지는 겁니까?"

"당연하죠. 오 드 파르펭만 해도 수제품은 가격이 만만치 않
은데 파르펭은 오죽하겠어요. 향이 매우 진하고 깊어서 수집가
들에게는 '액체의 보석'으로 불린대요. 웬만한 사람은 구입하
기도 쉽지 않을걸요."

어쨌든 향수에 대해 하수연에게 들을 수 있는 것은 거기까지
였다.

결국 편지지에 적힌 글의 의미를 알지 못하는 한 뭔가를 알아
낼 수 있는 방법은 거의 없었다. 물론 한 가지 방법을 제외하고.

사실 그 한 가지 방법이야말로 가장 간단하면서도 가장 확실
한 방법이라고 할 수 있었다. 바로 티켓을 사용하는 것.

태주는 티켓에 적힌 날짜와 시간을 확인하고는 그것을 편지
지와 함께 봉투 속에 도로 집어넣었다.

"편지지의 글이 성경 구절인지 시인지 알지 못해도 한 가지
는 분명한 것 같아요."

하수연이 또 뭔가를 알아낸 건가? 그녀의 다음 말을 태주는 잠자코 기다렸다.

"분홍빛에 향수까지 뿌려져 있지만 오태주 씨에게 보내는 연서는 아니라는 것. 직업을 감안하면 오히려 협박 편지일 가능성이 높겠어요. 누구한테 원한을 살 만한 일이 있었는지 한번 생각해보세요. 아무래도 형사니까 본의 아니게 그런 일이 생길 수도 있잖아요."

하지만 그건 아니었다.

파출소에서 근무한 지 3년쯤 됐을 때 본서로부터 형사 발령이 났다. 그는 예외적으로 처음부터 강력계 형사로 일했다. 남들은 형사로 발령받고 수년이 지나야 가능한 것이 강력팀 형사였다. 그런데 그는 곧바로 강력팀으로 진입했다.

모든 게 '발바리' 덕분이었다.

경찰청의 높으신 분들도 주시하던 연이은 강간 범죄사건. 생각해보면 운이 좋았다. 순찰 중에 허름한 빌라의 유리문을 열고 나오는 작달막한 사내와 우연히 눈이 마주쳤다. 사내는 어딘지 모르게 행동이 부자연스러워 보였다. 시선을 자꾸 피했고 걸음걸이가 점점 빨라졌다.

그는 뒤를 쫓아가면서 사내를 불렀다.

"이봐요. 이봐요, 아저씨!"

발바리가 냅다 도망치기 시작한 것은 바로 그때였다. 꼬리에 불붙은 강아지처럼 줄행랑을 치는 것이 죄 지은 게 아니라면 오히려 이상할 정도였다.

태주는 단거리든 장거리든 달리기라면 누구에게도 지지 않을 자신이 있었다. 그는 달리기 선수, 아니 마니아였다. 가을이면 열리는 이런저런 마라톤 대회 가운데 한두 경기에는 매년 꼬박꼬박 참가하고 있었다. 덕분에 그는 쫓고 쫓기는 추격전에 누구보다 자신이 있었다.

발바리는 골목골목 날다람쥐처럼 잘도 빠져나갔다. 지리를 잘 알고 있는 놈이었다. 태주는 놓치지 않을 정도로만 녀석의 꽁무니를 쫓았다. 그렇게 40분쯤 지나자 결국 발바리는 기진맥진하여 길바닥에 쓰러졌다. 그는 느긋하게 다가가 발바리의 뒷덜미를 움켜잡는 것으로 추격전을 끝냈다.

연락을 받자마자 서장이 직접 파출소로 달려왔다. 이것저것 꼼꼼히 확인한 다음에야 서장은 발바리를 본서로 데려갔다.

형사과에서 다시 조사가 이뤄졌다. 발바리는 21건의 범행을 실토했지만 나중에 밝혀진 여죄를 포함하면 실제 사건은 그 두 배에 가까웠다.

기자회견 때 서장은 직접 브리핑을 했다.

이후로 태주는 발바리를 체포한 공으로 1계급 특진했고, 덤으로 형사과로의 보직 변경이 허락되었다.

3년 전의 일이었다. 그러니까 그가 형사가 된 지 겨우 3년째라는 의미였다. 혹시나 하여 기억을 되짚어봐도 경찰로서 누군가에게 원한을 살 만한 짓을 한 것은 전혀 기억에 없었다.

"그래도 뭔가 짚이는 게 있지 않을까요?"

하수연은 형사를 앞에 두고 마치 형사처럼 행동하고 있었다.

태주는 살짝 자존심이 상했다.

"그런 거 없거든요. 그보다…… 남자친구가 뮤지컬 배우라는 거 진짜입니까?"

하수연이 엉덩이 뒤쪽으로 빼냈던 두 다리를 앞쪽으로 끌어당기더니 책상다리를 했다.

"사실이에요."

"지금 어느 뮤지컬에 출연하고 있죠?"

"저거요."

여자의 시선이 비스듬하게 미끄러지더니 연분홍빛 봉투에서 멈췄다. 티켓을 펼쳤을 때 그녀의 입에서 나왔던 신음 소리가 줄곧 그의 마음을 께름칙하게 했었다. 그 이유가 이제 분명해진 것이었다.

"묘하네요."

묘하죠, 라고 하수연은 말꼬리를 잡듯이 중얼거렸다. 그러고 나서 질문 하나를 넌지시 던졌다.

"이시우, 개인적으로 친분이 있는 거죠? 친구인가요?"

발뺌한다고 통할 하수연이 아니었다.

"어쩌다 보니……."

여자가 했던 말이 머릿속에서 리플레이되었다. 이런 기분 느끼는 거, 이번이 세번째예요. 여자는 기분이 굉장히 안 좋았다고 했다. 마음이 불안하고 불길하고, 그래서 통째로 쓰레기통에 버리고 싶었는데 차마 그렇게 하지 못했다고 했다. 그리고 이런 말도 했다. 야크가 꼭 집 안에 들어와 있는 것 같은 기분이었다고. 그래서 뭔가 잘못됐구나 싶었다고.

사실은 그도 별다르지 않았다.

그녀에게 택배 상자를 건네받았을 때 불에 달궈진 쇳덩이를 만진 듯 화들짝 놀라야 했다. 5층 아래로 던져버리고 싶은 것을 억지로 참아야 했다. 그녀처럼 그도 마음이 불안하고 불길했다. 대체 왜 그랬던 것일까? 그녀와 그는 왜 똑같은 기분을 느꼈던 것일까?

"그만 가봐야겠어요."

여자가 무릎 옆에 있던 거의 마시지 않은 캔맥주를 한쪽으로 조금 밀쳐놓더니 느닷없이 자리에서 일어났다. 다소 뜬금없었지만 여자를 붙잡을 이유도 없었고 그녀가 가는 것이 왠지 싫은 것도 아니어서 얼른 여자를 뒤따라 일어났다.

"오 형사님."

여자가 신발을 발에 꿰고는 뒤돌아서서 그를 불렀다.

"왜요? 아직 할 말이 남은 겁니까?"

"오태주 형사님."

무슨 의도인지 몰라도 여자가 그를 똑바로 쳐다보며 다시 그의 이름을 불렀다.

"할 말이 남았다면……."

"더는 할 말이 없고요……."

여자가 그의 말을 자르더니 슬그머니 시선을 아래쪽으로 미끄러뜨렸다. 그녀의 입에서 엉뚱한 소리가 흘러나온 것은 그다음이었다.

"지퍼, 열렸어요."

"네?"

화들짝 놀라 태주는 얼른 뒤돌아섰다. 손으로 바지 지퍼를 확인했다. 그러나 아무런 이상 없이 멀쩡했다.

"아니, 장난을 쳐도……."

돌아서서 항의하려는데 여자가 다시 말했다.

"Examine your zipper."

메치나 둘러치나 의미는 같았다.

"도대체 뭡니까? 뜬금없이."

해명하라는 듯 미간을 찡그렸다.

"알파벳의 마지막 세 글자 xyz는 지퍼가 열렸어요, 라는 의미예요. 속어죠. 또 칵테일 이름이기도 하고요. xyz는 이별주예요. 굿바이라는 의미죠. 다른 의미도 있어요. 구해주세요, 도와주세요, 라는."

"그래서요?"

"편지의 글, 아무래도 두 가지 의미 중 하나가 아닐까 싶어요. 굿바이, 아니면 도와달라는……."

여자는 이후로도 그에게 질문 한 가지를 더 던졌다.

그 질문을 던질 때의 그녀는 여러 감정이 뒤섞인 것처럼 얼굴 표정이 복잡해 보였다.

그 얘기가 끝나고 여자는 문을 열고 나갔다.

507호의 문이 열렸다가 다시 닫히는 소리가 들리고 나서야 태주는 506호의 문을 닫았다.

"Examine your zipper."

황당한 기분이었다. 신기루를 본 것 같았다. 하수연 저 여자, 대체 뭘까? 주민센터 공무원과 인터넷 카페의 운영자라는 건 믿을 수 있었다. 하지만 그것 말고 또 다른 정체는 없는 걸까?

굿바이, 혹은 도와주세요, 구해주세요.

도대체 누가 굿바이 하는 거야? 아니, 누군데 도와달라는 거야? 누가 물에라도 빠졌어?

스프링 인형과 스카이댄서

갓 고등학교를 졸업했을까. 유니폼 차림의 앳된 안내데스크 아가씨는 원장실의 위치를 설명해주는 내내 얼굴에 미소가 가득했다.

"어떻게 저럴 수 있죠? 훈련하면 가능할까요?"

현 순경은 신기하다는 듯 엘리베이터를 타러 가면서도 쉬지 않고 좋알거렸다.

두 사람은 경찰 근무복 차림이 아니었다. 오랜만에 양복 정장을 입었다. 넥타이나 와이셔츠 모두 근무복과 별 차이가 없는데도 이상하게도 뻣뻣하게 목에 힘이 들어갔다. 그때마다 석규는 넥타이의 매듭진 곳을 만지작거려 목을 느슨하게 해주었다.

지금 입고 있는 옷을 장만한 것은 딸이 결혼하기 한 달쯤 전이었다. 오랫동안 연락조차 없던 딸에게서 그즈음 느닷없이 전화가 걸려왔다.

"결혼할 사람이 있어요. 그쪽에서 상견례를 하재요."

해미는 날짜와 장소, 약속 시간을 알려주고는 무뚝뚝하게 전화를 끊었다. 서울에 있는 대학에 합격해서 집을 떠난 이후로 딸의 목소리를 들은 것은 그때가 처음이었다. 연락을 해오지도 않았지만 그가 먼저 연락을 해도 해미는 전화를 받지 않았다.

그런데 상견례를 한다고 전화가 온 것이었다. 해미가 결혼이라니. 석규는 자기가 결혼을 앞둔 것처럼 가슴이 설레고 떨렸다.

그런 그를 채근하여 시내로 데리고 간 사람은 현 순경이었다.

현 순경은 뒤를 졸졸 쫓아다니며 온갖 잔소리를 해댔다. 색깔이 얼굴에 안 맞는다는 둥 나이 들어 보인다는 둥 점잖은 느낌이 아니라는 둥 이런저런 핑계를 대며 퇴짜를 놓다가 급기야 이렇게 말했다.

"아무래도 안 되겠어요. 서울로 가죠."

서울의 한 백화점에 들어간 다음에는 일사천리로 쇼핑이 이뤄졌다. 양복과 구두, 와이셔츠와 넥타이를 구입하는 데 한 시간이 채 걸리지 않았다. 서평에서는 까다롭게 굴던 녀석이 서울의 백화점에서는 매장 아가씨가 골라주는 것을 불평 한마디 하지 않고 오케이를 남발했다.

양복은 그가 계산했지만 나머지는 기어이 현 순경이 계산했다. 거의 옷값과 엇비슷한 액수였다.

"소장님을 위한 게 아니라 해미를 위한 거예요. 해미가 아버지 때문에 쪽팔리면 안 되잖아요."

그래도 그가 부담스러워하자 "사실은 현씨네의 사장님이 사주는 거예요"라고 말을 바꿨다.

'현씨네'는 시장에 있는 생선 가게였다. 요즘은 그렇지 않지만 전에는 이삼 일에 한 번꼴로 그곳에 들르곤 했다. 아내 때문이었다.

항암 치료를 받기 시작하면서 아내는 통 아무것도 먹지 못했다. 어떤 음식이든 젓가락을 조금 께적거리다 도로 내려놓기 일쑤였다. 그런 아내가 바짝 구운 삼치의 살을 발라 숟가락에 얹어주자 웬일로 꿀꺽꿀꺽 잘도 받아 넘겼다. 다른 때처럼 억지로 씹는 척하다가 꿀꺽 삼키는 것이 아니라 맛을 음미하듯이 오물오물 씹다가 삼켰다.

생선을 잘 먹는 아내가 석규는 조금 이상하게 여겨졌다. 생선을 먹는 아내는 그의 기억과는 거리가 멀었다. 그것이 이상해서 아내에게 물었다.

"당신, 생선 싫어하지 않았어?"

아내는 그의 기억과는 전혀 다른 대꾸를 해서 그를 당황스럽게 만들었다.

"그건 당신이지. 비린내 난다면서 싫어했잖아."

비린내를 좋아하는 사람이 있을까? 그제야 문득 깨달았다. 비린내를 싫어하지 않는 사람들도 있다는 것을. 그러나 다짐하건대 아내에게 난 비린내가 싫어, 라고 말한 적은 그때까지 단한 차례도 없었다. 그런데 아내는 그가 생선을 싫어한다는 것을 어떻게 알았을까? 굳이 말하지 않아도 젓가락이 어디로 가는지를 보고 판단했을 것이다.

그날 이후로 석규는 종종 생선 가게에 들렀다.

싱싱한 것으로 사서 굽고 절이고 기름에 튀겨 아내의 밥상에 올려주었다. 아내는 입안이 꺼끌꺼끌해 죽조차 입에 대지 않는 날에도 생선은 남기지 않고 다 먹으려고 애썼다. 꾸역꾸역 먹는 모습이 애처로워 그만 먹으라고 해도 맛있어서 먹는 거라며 해해거리며 웃었다.

자주 들르다 보니 현씨네 현 사장과는 자연스레 친해졌다. 현 사장은 그가 가게에 들를 때면 늘 아내의 안부를 물었다.

"형수님은 좀 어떠세요?"

"응, 좋아지고 있어. 생선 덕분인 것 같아."

현 사장은 그가 올 때면 꼬챙이처럼 비쩍 마르고 키만 큼지막한 사내아이를 불러 인사시켰다. 머쓱하게 고개만 끄덕이고는 쪼르륵 가게 안쪽의 조그만 온돌방으로 달려가던 아이가 바로 상철이었다. 현씨네의 연년생 세 아들 중 막내아들인 상철은 그의 딸 해미보다 두 살이 더 많았다. 당시만 해도 숫기라고는 전혀 없던 녀석이었는데 커서는 완전히 달라졌다. 웃음이 커졌고 넉살도 좋아졌다. 말도 많고 또 오지랖도 넓었다.

현 순경은 제 아비를 닮아 인정이 많았다. 석규에게는 특히 살갑게 굴었다. 팔자에도 없는 아들 녀석을 얻은 것 같아 술에 취하면 넌지시 너 내 아들 해라, 하고 말할 때도 있었다.

상견례 당일에도 현 순경은 일찌감치 그의 집에 들이닥쳤다. 예약을 해놨다며 그를 이발소에 데려갔고, 호정파출소장에 대한 당연한 예우라며 사이렌을 웽웽거리며 시외버스터미널까지 태워다주었다.

오늘만 해도 굳이 쫓아올 필요가 없다는데도 기어이 따라가야 한다면서 고집을 부려 결국 여기까지 오고야 말았다.

"장례식장에 가서 혼자 앉아 있으면 그것만큼 초라한 것도 없다니까요. 육개장 국물도 안 넘어가요."

사실 좀 께름칙하긴 했다. 현 순경의 말처럼 되는 것이 아닌가 하는 불길한 예감도 없지 않았다.

그런데 다행이랄까, 황민기에게서 전화가 왔다. 장례식에 함께 가자면서 원장실에 들르라는 것이었다. 어차피 장례식장은 그의 병원에 딸린 부속 건물이었다. 어떻게 할까 고민하는데 현 순경이 친구잖아요, 라는 말로 그를 부추겼다.

원장실은 22층이었다.

석규는 엘리베이터에서 내렸다. 끝까지 보필하겠다고 우기던 현 순경은 무슨 이유인지 엘리베이터 안에서 꿈쩍하지 않았다.

"왜 안 내려?"

"제 역할은 여기까지요. 말씀 나누시고 오실 때 연락주세요."

엘리베이터의 문이 저절로 닫히는 순간 녀석은 재빨리 거수경례를 올려붙이는 것으로 작별 인사를 대신했다.

원장실 앞에 서서 잠시 망설였다.

노크를 해야 하는데 몇 번을 해야 할지 가늠이 되지 않았다. 그는 되는대로 세 번 노크했다. 안에서는 아무런 기척이 없었다. 그는 다시 노크를 할까 하다가 그냥 문을 열고 안으로 들어갔다.

정장 차림의 젊은 남자와 여자가 동시에 그를 쳐다보았다. 여자가 살포시 자리에서 일어나며 무슨 일로 왔는지 물었다. 젊은 남자는 컴퓨터의 모니터 화면으로 이내 시선을 옮겼다.

"황 원장님을 만나러 왔는데요."

"최석규 선생님이세요?"

"아, 네."

선생님이라는 호칭이 어색했지만 아니라고 할 수도 없었다.

"이쪽으로 오세요."

여자가 안쪽으로 통하는 또 다른 문을 열더니 최석규 선생님 오셨습니다, 라고 보고했다.

원장실에 들어가는 건 처음이었다. 경찰서장실보다 훨씬 크고 화려할 것이라는 생각은 막연하게나마 했었다. 비서실만 해도 서장실의 두 배가 넘었고 인테리어도 제법 화려하게 꾸며져 있었다. 그렇다면 원장실은 또 얼마나 크고 화려할까? 영화나 드라마 속 몇몇 장면을 떠올리며 원장실로 발을 들여놓았다. 그리고 그 순간 그의 기대감은 연기처럼 어디론가 사라졌다. 원장실은 서장실과 비교하여 그리 크지도 화려하지도 않았다. 석규는 내심 실망했다.

"아, 어서 오게."

원장실 책상 앞에 앉은 채 황민기가 목소리를 높였다. 그의 옆에는 검정 옷을 입은 거구의 사내가 바짝 붙어 서 있었다.

두 사람은 그가 들어오기까지 컴퓨터 모니터를 들여다보고 있었던 것 같았다. 무엇을 보았는지 몰라도 석규를 대하는 태도가 어쩐지 자연스럽지가 못했다.

석규는 족히 90킬로그램은 나갈 것 같은 거구의 사내에게서 시선을 떼지 못했다. 처음에는 황민기의 경호원인가 싶었는데, 가만히 보니 나이가 너무 들었고 또 낯이 익은 것 같기도 했다.

"여어, 오랜만인걸. 나야, 나."

거구의 사내가 먼저 알은체를 했다. 석규는 뜨악한 표정으로 황민기 쪽을 보았다. 그의 입에서 정국이야, 이정국, 하는 소리를 듣고 나서야 비로소 거구의 사내가 누구인지 알 수 있었다.

이정국이 다가오더니 석규를 가볍게 포옹했다.

석규는 내심 당혹스러웠다. 이 녀석이 왜 여기에 있지? 그러나 곧 생각이 바뀌었다. 착각을 한 것은 오히려 이정국이 아닌 바로 자기였다. 장례식장의 상주는 엄연하게 이정국이었다.

"황 원장한테 파출소장 하고 있다는 얘긴 들었어. 자넨 나보다 낫군. 고향을 위해 그래도 뭔가 봉사를 하고 있으니까."

"봉사는 무슨. 그냥 일인데."

"일이라도 고향을 위한 일이잖아. 그게 좋은 거지. 안 그래?"

녀석이 이번에는 그의 한쪽 어깨를 솥뚜껑 같은 손으로 툭툭 쳤다. 이정국의 말투와 행동에서 비웃음은 느껴지지 않았다. 그렇다고 썩 기분이 좋은 것도 아니었다. 단지 목소리를 듣는 것만으로도 기분이 엉망이 되는 인간도 있는 법이니까. 석규에게는 이정국이 바로 그런 부류였다.

문상을 가야 하는지 말아야 하는지 석규로서는 고민할 수밖에 없었다. 결국 그는 문상을 가기로 결심했다. 황민기에게 전화가 오기 전의 일이었다.

그에게는 그럴 만한 이유가 있었다.

18년의 시간을 뛰어넘어 같은 곳에서 같은 가족이 같은 상황으로 목숨을 잃었다는 것이 순전한 우연일 수 있을까? 우연일지라도 솔직히 쉽게 믿기 힘든 우연이었다. 그는 누군가의 의지가 작용했을 것이라고 생각했다. 그리고 그런 자가 있다면 '범인'은 이정국일 것이라고 내심 짐작하고 있었다. 그러나 그런 그의 의심을 뒷받침할 수 있는 근거는 아직 제시할 수 없었다.

"부인 일은 정말 안됐어."

"뭐 살다 보면 그럴 수도 있는 거지. 생각보다 충격 같은 건 크지 않아. 아들놈 일에 문제 생길까 봐 그게 염려스러울 뿐이지."

해외에서 이름을 떨치던 이정국의 아들이 우리나라로 돌아와 뮤지컬 공연을 하고 있다는 소식은 여러 기회를 통해 그도 알고 있었다.

"자, 서 있지 말고 자리에 앉아."

황민기가 책상 앞을 벗어나 석규 쪽으로 다가오며 말했다. 그 순간 웅, 하며 돌아가던 컴퓨터 본체의 팬 소리가 멎었다.

이정국과 석규가 마주 보고 앉았을 때 노크 소리가 들렸다. 안으로 들어온 사람은 찻잔이 든 쟁반을 들고 있는 비서실 여자였다. 여자가 석규 앞에 찻잔을 내려놓으며 살짝 미소를 지어 보였다.

"우리도 한 잔씩 더 줘."

찻잔을 석규 앞에 내려놓고 돌아서는 여자를 향해 황민기가 소리쳤다. 그러면서 덧붙였다.

"국화차는 첫 잔보다 두번째 잔이 더 맛있는 것 같아."

여자가 나가자마자 이정국은 아들 자랑을 늘어놓기 시작했다. 그러나 아들 자랑은 곧 자기 자랑으로 바뀌었다. 아들의 성공을 위해 자기가 얼마나 많은 공을 들였는지 침을 튀겨가며 열변을 토했다.

여자가 다시 나타나고 나서야 이정국은 조금 목소리를 낮췄다.

"하여간 내 전화가 불난다니까. 기자들이 가만 놔두질 않아요."

여자가 쟁반에 담아 온 새로운 찻잔 두 개를 탁자에 내려놓는 사이 석규는 두 사람이 이미 사용한 찻잔 두 개를 집어 여자의 쟁반 위에 옮겨주었다. 여자가 고맙다는 표시로 그를 향해 살포시 고개를 숙여 보였다.

여자가 나가자마자 이정국은 본래대로 목소리 톤을 올렸다.

"배우들 오디션을 보는데, 정말 구름같이 몰려들더만. 800명이 넘게 왔다니까. 심사를 보는데, 하하, 정말 깜짝 놀랐어. 우리나라 배우들 실력이 그 정도였나 싶을 정도로 대단하더라고. 나도 모르게 입이 쩍 벌어지던걸."

아들인 이시우 덕분이겠지만 이정국은 덩달아 유명 인사가 되었다. 그에 대한 기사도 심심치 않게 눈에 띄곤 했다.

"오디션은 콜백7까지 무려 한 달간의 짧지 않은 여정이었어. 뭐 결과는 흡족했지. 좋은 배우를 많이 뽑았을 뿐만 아니라 홍

---

7 callback. 어떤 역을 맡을 후보를 불러서 여러 차례 세밀한 오디션을 보는 것.

보 효과도 톡톡히 누렸으니까. 따지자면 이 모든 게 이시우 효과잖아. 이시우, 이 세계적인 예술품을 조각한 사람이 바로 나라고. 그러니까 이시우는 내 작품이고 난 훌륭한 조각가인 거야."

이정국은 허공에 대고 정을 내리치는 석공의 흉내를 내며 하하, 하고 웃었다.

이정국이 조각가라는 말에는 석규도 쉽게 수긍이 갔다. 기사를 읽은 적이 있었다. 좀 별나다 싶은 아들 교육에 대한 기사였다.

이정국은 아들이 어릴 때부터 철저한 계획하에 '조각'을 시작했다. 발레를 배우게 했고 밴드와 연극부 활동을 하게 했으며, 담배는 아예 배우지도 못하게 했다. 러닝머신 위에서 노래 부르는 것을 매일 세 시간씩 시켰다. 러닝머신 위에서 노래 부르기는 요즘도 빼놓지 않고 한다고 했다.

"내 꿈이 뭔지 알아? 한국의 카메론 매킨토시 경이 되는 거야. 그 사람이 누군지 알아?"

황민기와 석규는 아무런 대꾸를 못했다. 황민기는 한쪽 다리를 다른 쪽 다리 위에 포개며 다시 찻잔을 집어 들었고, 석규는 손으로 꺼끌꺼끌한 턱수염을 쓸어내렸다.

"영국의 웨스트엔드를 브로드웨이 뮤지컬이 휩쓸고 있을 때 영국식 뮤지컬의 부활을 꿈꾸었던 사람이야. 그 사람의 첫 작품이 〈캣츠〉야."

황민기가 가만히 고개를 끄덕이는 것으로, 석규는 가볍게 헛기침을 하는 것으로 대꾸를 대신했다.

석규는 어쩐지 갈증이 났다. 그제야 찻잔을 들어 입으로 가져갔다. 차에서는 정말로 국화 향이 났다. 비위에 맞지 않을 것 같아 찜찜했지만 꾹 참고 한 모금을 넘겼다.

역시 예상은 들어맞았다. 입안에 번진 국화 향이 미간을 찌푸리게 했다. 그냥 참고 마시기가 아무래도 힘들 것 같았다. 아내를 위해 생선을 다듬던 시절, 비린내를 견뎌내는 일이 쉽지만은 않았다. 그때나 지금이나 참기 힘든 것은 같았지만 확실히 생각의 차원이 달랐다. 생선의 비린내보다 꽃향기가 비위에 거슬릴 수 있다는 게 우스웠지만 그에게는 이것이 현실이었다.

"그야말로 고양이들은 무적이었어. 단숨에 대서양을 건너더니 브로드웨이를 점령[8]해버린 거야. 나도 그렇게 하고 싶었지. 태평양을 건너 오프오프브로드웨이나 오프브로드웨이가 아닌 브로드웨이로 곧장 진출하고 싶었다고. 하지만 그게 쉬워? 그래서 난 내 아들을 보낸 거야. 내 아들놈에게 기자들이 붙인 별명 중에 내 마음에 쏙 드는 별명이 뭔지 알아? 문화 정복자야. 시우는 정복자라고, 문화 정복자. 하하."

황민기가 찻잔을 내려놓으며 쓸쓸하게 웃었고, 석규는 아무런 반응 없이 이맛살을 찡그렸을 뿐이다. 이정국의 자화자찬이 거슬렸다기보다는 국화차의 진한 향기가 오히려 문제였다.

"최 소장은 차가 영 입에 안 맞는 모양이네."

황민기가 금테 안경 너머로 그를 주시하며 말했다. 그런 다음, 잠시 여유를 두었다가 다시 뒷말을 이었다.

---

8 〈오페라의 유령〉, 〈레미제라블〉, 〈미스 사이공〉, 〈맘마미아〉 등.

"처음에는 다 그래."

그때 석규의 주머니에서 짧은 휘파람 소리와 함께 진동이 느껴졌다. 문자메시지가 도착했다는 알림 신호였다.

석규는 찻잔을 내려놓고 메시지를 확인했다.

소장님, 친하지 않아도 친한 척하면서 말씀 나누세요. 어른이잖아요. ㅋㅋ.

*

장례식장의 빈소를 지키고 있는 사람은 이시우였다. 텔레비전에서는 몇 번 보았지만 실제로 보니 뚱뚱한 아버지와 달리 키도 크고 훤칠하게 잘생긴 청년이었다. 조문이 끝나고 이정국은 아들을 인사시켰다. 뻔뻔하게도 이정국은 아버지 친구들, 이라며 두 사람을 소개했다.

석규와 황민기는 빈소를 나와 접객실의 한 곳에 자리를 잡았다. 이정국은 아들과 할 얘기가 있다며 빈소에 남았다.

"문상객이 너무 없지?"

황민기가 휑한 접객실을 둘러보며 눈살을 찌푸렸다.

"왜 이런 거야?"

"아들 때문이래. 괜한 소문으로 아들에게 피해가 갈까 봐 일부러 안 알린 모양이야."

"18년 전 정수네 부부가 죽었던 그 일 때문에?"

정수는 이정국의 동생이었다.

"응, 그때 소문이 많이 안 좋았잖아. 하긴 소문이 무서운 세상이긴 하지. 그래도 이건 너무했어. 쉬쉬하느라 일부러 조화도 안 받고, 상주 알림판에도 아예 이름조차 안 걸었어."

"정국이 아들, 지금 공연 중 아냐?"

"프리뷰 기간이라고 하더라고. 왔다 갔다 하는 모양이야."

"프리뷰라는 게 리허설 같은 건가?"

"아니, 그것과는 다르지."

이렇게 대답한 사람은 황민기가 아닌 이정국이었다.

"리허설은 그전에 다 끝나. 가창 구도와 블로킹[9], 오케스트라 리허설, 드레스 리허설 등 여러 리허설을 끝내고 나서 하는 게 프리뷰야. 관객이 오니까 본 공연과 모든 게 같지."

"아무리 소문이 무섭다지만 이건 너무 심한 거 아냐?"

황민기가 텅 비다시피 한 접객실을 다시 둘러보며 양미간을 좁혔다.

"죽은 사람한텐 미안하지만 차라리 이게 낫지. 요즘은 워낙 소문이 빠른 세상이니까. 찌라시 기사라도 하나 터지면 몇 시간 만에 전 세계가 알게 되잖아. 예전처럼 그런 소문이 퍼지면 이젠 손쓸 겨를도 없어. 난 두 번은 그런 꼴을 겪고 싶지 않다고. 다행히 이 짓도 오늘 밤이면 끝이니까 그때까지 아무 일도 없었으면 하고 바랄 뿐이야."

---

9 무대 위에서 벌어지는 모든 상황을 맞춰보는 것.

이정국이 술병의 마개를 비틀어 따더니 황민기와 석규의 빈 잔에 따라주었다.

"누가 이쪽으로 오는데?"

석규가 술잔을 든 손으로 슬쩍 빈소 쪽을 가리켰다. 황민기의 어깨 너머로 이쪽으로 걸어오는 검정 한복의 젊은 여자가 보였다. 한눈에도 눈에 띄는 아름다운 여자였지만 빈소에서는 미처 보지 못했다.

이정국과 황민기는 거의 동시에 고개를 뒤로 돌렸다.

"지아야, 정수 딸."

이정국이 중얼거리듯이 말했다.

이지아가 이정국의 옆에 섰을 때 이시우에게 그랬던 것처럼 그녀를 인사시켰다. 이시우 때와 엇비슷하게 큰아버지 친구들이라고 소개했다.

가까이에서 본 이지아는 더욱 아름다워 보였다.

"예쁘지? 중학교 국어 선생을 하고 있어. 좋은 청년 있으면 소개 좀 시켜봐."

이정국은 곧 이지아를 쫓아 빈소 쪽으로 다시 돌아갔다. 자리에서 일어나기 전에 알 듯 모를 듯한 소리를 남겨놓았다.

"아들놈은 날 안 닮았나 봐. 사내놈이 무슨 눈물이 그리 많은지."

석규는 빈소 쪽으로 걸어가는 이지아의 뒷모습을 물끄러미 지켜보았다.

"이지아 말이야……."

황민기에게 무엇인가를 물으려다가 석규는 도로 입을 다물었다. 황민기는 그의 말을 전혀 듣고 있지 않았다. 이지아의 뒷모습을 지켜보고 있던 것은 그만이 아니었다. 오히려 황민기는 이미 이지아가 빈소로 사라지고 없는데도 그녀의 환영이라도 쫓는 사람처럼 여전히 초점이 그쪽에 머물러 있었다.

황민기의 눈빛을 보고 나서 석규는 흠칫 놀랐다. 눈빛이 몽롱했다. 왜 그랬는지 몰라도 순간 석규는 차가운 기운이 뒷덜미를 휘감고 지나간 것 같은 오싹한 기분을 느꼈다. 예전에 형사였을 적에 그는 이런 것을 두고 형사의 직감 운운했다.

그의 판단으로 황민기의 눈빛은 결코 평범한 그것이 아니었다. 나이 든 사내가 젊은 여자를 욕망하는 그런 눈빛하고도 거리가 멀었다. 마치 보이지 않는 것을 보려고 애쓰는 아스라하고 아련한 사람의 눈빛이랄까? 정확하다고 자신할 수는 없어도 석규의 느낌은 분명 그러했다.

석규는 빈 잔에 스스로 술을 채워 일부러 천천히 입안으로 넘겼다. 그 와중에도 황민기에게서 눈길을 떼지 않았다.

"이 선생에 대해 황 원장은 뭘 좀 아는 게 있어?"

"선생?"

이렇게 말해놓고 황민기는 금세 아, 하고 이해했다는 듯 반응했다.

"18년 전 장례식장에서 보고 처음 보는 거야. 그때는 꼬맹이였는데 지금은 어른이야. 하긴 그땐 나도 젊었지."

황민기의 시선이 슬그머니 미끄러지더니 벽걸이 텔레비전에 닿아 멈추었다. 소리는 들리지 않고 화면만 나왔는데, 자막

덕분인지 얼마든지 내용 파악이 가능했다. 화면에는 '토네이도
미 중서부 강타'라는 글씨가 떠 있었다.

"저런 거에 휩쓸리면 모든 게 끝장일 거야."

화면이 바뀌더니 손상된 병원 건물과 공군기지의 격납고, 강
풍으로 날아간 대형 트레일러가 덮친 주택의 모습이 비쳤다.

"저런 거에 휩쓸린 적 있어? 젊었을 적에."

석규가 넌지시 물었다.

"있지, 있고말고. 젊었을 적엔 누구나 다 그렇잖아."

황민기가 단숨에 잔을 비우더니 다시 빈소 쪽으로 시선을 옮
겼다. 그러나 두 사람이 앉은 곳에서는 빈소가 보이지 않았다.

"이 선생은 아빠를 안 닮았어. 엄마를 쏙 빼닮은 것 같아."

석규가 말했다.

황민기가 술잔을 들다가 문득 멈추고는 의아하다는 표정으
로 석규에게 물었다.

"최 소장, 자네 지아 엄마 본 적 있어?"

석규는 술잔을 만지작거리며 어떻게 대답할 것인지를 고민
했다. 대답이 마땅치가 않았다. 보았지만 본 것도 아니고 또 못
본 것도 아니었다.

"보기 봤는데 살아서는 아니야."

"그게 무슨 소리야?"

"18년 전 그 사고가 났을 때 나도 거기에 있었으니까."

그러니까 그가 본 이지아의 엄마 송정인은 살아 있는 사람이
아니었다. 그렇다면 본 것인가, 보지 못한 것인가?

서울에서 석규는 강력반 형사였다. 지금은 서울에서 지방으로의 전출이 힘들지만 당시만 해도 그 반대였다. 지방 전출을 신청하고 얼마 지나지 않아 마침 자리가 생겼는지 곧바로 일 처리가 진행되었다.

강력반 동료 형사들은 섭섭해하면서도 격려를 아끼지 않았다.

"잘 결정했어. 서울에 있어봤자 몸만 축나지."

전출 날짜가 결정되고 환송식이 있었다. 술잔이 빠르게 돌았고 일찌감치 취기가 오른 선배 형사가 지방으로 가는 진짜 이유가 뭐냐며 시비조로 물었다.

"우리 모르게 사고라도 쳤냐?"

"아내가…… 아프잖아요."

언제부터인가 그의 모든 핑계는 아내였다.

그것이 지겨웠던 것일까? 서평으로 오고 나서는 아내가 아프다는 것을 일부러 주위에 알리지 않았다. 그래도 시간이 지나면서 알 만한 사람들은 다들 알게 되었다. 워낙 좁은 바닥이었다. 그렇다고 땅덩어리가 좁다는 건 아니었다. 험악한 산세로 유명한 서평은 땅 크기만 본다면 서울과 엇비슷했다. 문제는 고작 10만에 불과한 인구였다. 8만의 사람들이 서평군청과 서평경찰서가 있는 곳에 밀집해 있었고, 나머지 사람들은 서평 땅 곳곳에서 흩어져 살았다.

순전히 인구가 적은 탓에 지금도 서평은 시(市)가 아닌 군(郡)

이었다. 경찰서 역시 1급서가 아닌 3급서였다.

석규가 서평에 내려오고 난 뒤로 서울과 아예 발을 끊고 산 것은 아니었다. 그러려야 그럴 수도 없었다. 이삼 주에 한 번꼴로 아내를 데리고 서울로 가야 했다. 집에서 시외버스터미널로, 거기서 다시 서울의 병원으로 갔고, 접수하고 한 시간쯤 기다려 의사를 만났다. 그래 봤자 불과 이삼 분의 미팅이 고작이었다.

"좋습니다. 지금 상태만 꾸준히 유지해도 아주 좋은 겁니다."

"오다가 또 구토했는데요."

"그럴 수 있어요. 환자잖아요."

"집에서도 그래요."

"구토억제제를 처방했으니 받아 가요."

의사를 만나고 돌아올 때면 늘 후회했다. 의사를 계속 만나야 하는 건가? 차라리 만나지 않는 것이 더 좋지 않을까?

의사에게는 고작 몇 분의 만남이었지만 아픈 아내에게는 장장 왕복 열 시간에 가까운 견디기 힘든 외출이었다. 아내는 병원에 가는 날이면 이 핑계 저 핑계를 둘러대며 집 밖으로 나서는 것을 꺼려했다.

"속이 메스꺼워. 토할 것 같아."

버스 안에서, 터미널 근처에서, 병원에 이르러 실제로 아내는 여러 번 토했다. 그리고 난 다음에는 어린아이처럼 징징거렸다.

"나 이러는 거 정말 싫어."

아내의 애원에도 그는 늘 듣지 못한 척 외면했다.

아내의 세상은 이미 좁아질 대로 좁아져 있었다. 서평에 내려간 뒤로 아내는 하루의 반 이상을 침대에서 지냈다. 나머지 반은 집의 어디쯤에서 쳇바퀴처럼 맴돌았다.

화장실에도 혼자서 가지 못해 침대에서 실례하게 되었을 즈음에야 그는 옆집 아줌마를 간병인으로 구했다. 해미가 학교에서 돌아오면 옆집 아줌마와 교대했다.

서평으로 내려가면서 혹시나 했던 기대는 맥없이 무너진 지 오래였다. 그저 더 나빠지지 않기만을 바랐지만 그마저도 가망 없는 바람이라는 것을 잘 알고 있었다.

웃음을 잃은 아내에게 웃음을 찾아준 것은 우습게도 스카이댄서였다.

어쩌다 가끔 그는 아내를 휠체어에 태워 산책을 나갔다. 하루 종일 집 안에 틀어박혀 사는 아내로서는 그 시간을 무척이나 좋아했다.

아내는 사람들을 보는 게 좋다고 했다. 그래서 그는 일부러 사람들이 많은 곳을 찾아 휠체어를 밀고 다녔다. 마스크와 모자, 온몸을 단단히 이불로 감싸고 있는데도 아내는 이리저리 고개를 돌리느라 바빴다. 휠체어에 앉아서는 보이지 않는 것도 많아서 무엇인가를 보기 위해 거북이처럼 고개를 쭉 내밀기도 했다.

하루는 어느 호프집 앞을 지나는데 아내가 갑자기 깔깔거리며 웃음을 터뜨렸다. 왜 그런가 싶어 봤더니 거인 하나가 음악에 맞춰 신나게 춤을 추고 있었다. 쉴 새 없이 몸을 흔들어대는 공기인형. 스카이댄서를 보면서 뭐가 그리 우스운지 아내는 쉽게 웃음을 그치지 못했다.

스카이댄서는 병원에 갈 때도 볼 수 있었다.

시외버스터미널에서 국도를 따라 나가다 보면 반드시 지나치는 주유소가 있었다. 어느 날 그 주유소에 스카이댄서가 생겼다. 아내는 거기에 이르면 스카이댄서에게 눈을 떼지 못했다. 버스에 사람이 많든 적든 실실거리며 웃다가 급기야 까르륵 웃음을 터뜨렸다. 덕분에 병원에 가는 길이 조금은 홀가분해졌다.

그러나 그런 마음도 그때뿐이었다.

시외버스를 타고 가는데 어찌된 일인지 그날은 스카이댄서가 보이지 않았다. 아내는 안절부절못하며 그 이유를 내게 물었다. 아내의 얼굴에는 근심이 가득했고, 곧 울음이라도 터뜨릴 사람처럼 눈가는 물기에 젖어 있었다.

"아직 시간이 안 돼서 그래. 나중에 내려올 때는 볼 수 있을 거야."

"하루 종일 춤추는 거 아냐?"

"당연히 아니지."

대답을 너무 쉽게 했던 것일까? 아내는 이후로 스카이댄서를 보면서도 웃지 않았다. 그리고 얼마 지나지 않아 병원마저도 완전히 발길을 끊었다. 병원에 가야 한다며 하소연하고 또 화도 내봤지만 모로 누운 아내는 꿈쩍하지 않았다.

딸아이도 스카이댄서를 좋아했다.

해미가 중학교 1학년 때였다. 순찰차를 타고 가던 석규는 교복 차림의 해미를 발견하고 도로 한쪽에 차를 세웠다. 학교가 아닌 길거리에 쪼그려 앉아 있는 딸아이를 보는 순간 솔직히 당혹스럽기도 했고 화도 났다. 신경질적으로 차 문을 열고 내리려다가 그는 도로 자리에 앉았다.

무엇인가를 보며 까르르 웃는 해미를 보았다.

엄마가 죽고 해미는 웃음을 잃은 아이가 되었다. 걸핏하면 그와 부딪쳤다. 딸아이는 일부러 그를 피했고 어쩌다 얼굴이 마주쳐도 본체만체하기 일쑤였다. 사람들은 사춘기라서 그런 것이라고 했다. 하지만 그것이 이유의 전부가 아니라는 것쯤 어렴풋하게나마 느끼고 있었다.

그런데 해미가 웃었다. 웃는 해미의 얼굴은 영락없이 아내와 닮은꼴이었다.

그 당시에는 걸핏하면 그를 찾는 전화가 걸려왔다.

"자네 딸 또 여깄다. 도대체 몇 번째야? 빨리 안 오면 그냥 확 넘긴다."

경찰관이나 그와 딸을 알고 있는 사람으로부터 걸려온 전화였다.

아빠가 경찰인 덕분에 딸의 어긋난 행실은 학교에는 통보되지 않았다. 가끔은 다른 파출소로 딸을 데리러 가야 할 때도 있었다. 그때마다 얼굴이 화끈거렸다. 딸 교육을 제대로 시키지 못하는 그가 못마땅했는지 눈살을 찌푸리거나 혀를 차거나 노골적으로 이죽거리는 사람들도 있었다.

"딸 교육을 저따위로밖에 못 시키나. 나 같으면 다리몽둥이를 부러뜨려서라도 그냥."

보통 아빠라면 그럴 수 있었다. 다리몽둥이가 아니라 더한 짓을 해서라도 아이를 훈계할 수 있었다. 그러나 보통의 아빠가 아니라면 어떻게 해야 하는가?

그는 집이 싫었다. 그것은 딸도 마찬가지였다. 어떤 사람들에게 집은 창살 없는 감옥이었다. 기억이 멈춘 곳, 혹은 기억을 가둔 곳. 아버지와 딸은 그것을 알았다. 그러나 다른 사람들은 조금도 눈치채지 못했다.

그날 해미가 보고 있던 것은 스카이댄서였다. 거인이 아닌, 키가 1미터도 채 안 될 것 같은 꼬마 스카이댄서였다.

며칠 후 석규는 꼬마 스카이댄서를 딸아이의 방에 갖다 두었다.

그날 해미는 밤늦게 집으로 돌아왔다. 그는 모른 척 안방에서 나가지 않았다. 찰칵, 방문을 잠그는 소리가 들린 다음에야 석규는 안방에서 나갔다. 딸의 웃음소리를 기대했던 탓인지 저절로 입가에 웃음이 매달렸다. 그러나 그 웃음은 방문에 귀를 갖다 대는 순간 싸늘하게 굳어졌다. 이게 어찌된 일이란 말인가? 분명 착각은 아니었다. 그의 귓가에 들리는 것은 웃음소리가 아닌 난데없는 흐느낌 소리였다. 무슨 일이야? 대체 뭐가 문제인 거야?

그는 방문 손잡이를 비틀었다. 그러나 단단히 잠긴 문은 꿈적하지 않았다. 해미야! 해미야! 딸의 이름을 불렀지만 여전히 방문은 열리지 않았다. 오히려 울음소리만 더욱 커졌을 뿐이다.

다음 날 해미는 일찌감치 집에서 나갔다. 쾅, 하고 현관문이 닫히는 소리를 듣고 나서야 딸의 방으로 가보았다.

방 안은 난장판이었다. 꼬마 스카이댄서는 칼로 난도질당해 갈기갈기 찢겨 있었다.

*

정수네 부부가 탄 차가 호정저수지에 빠진 것은 아내가 죽기 아홉 달쯤 전이었다. 그가 호정파출소에서 근무한 지 두 달쯤 됐을 무렵으로 현장에 처음 도착한 경찰관은 바로 석규였다.

"18년 전 사고의 목격자는 한 사람이었어."

"누구?"

황민기가 흘러내린 안경테를 손으로 조금 추켜올리며 관심을 드러냈다.

"이정국."

"그렇지, 정국이뿐이었지."

"정수네 차가 앞에서, 정국이네 차가 그 뒤를 쫓아서 달렸으니까. 앞차에는 정수네 부부가, 뒤차엔 정국이 부부랑 어린 이지아와 이시우가 타고 있었어."

"그래서 지아가 용케 목숨을 건졌고."

"내가 현장에 도착했을 때 정수가 탄 차는 저수지 바닥에 가라앉아 있더라고. 부력 때문에 뜰 것 같아 보였는데도 그렇지가 않았어."

당시에는 지금보다 수심이 더 깊었다. 깊은 곳은 오륙 미터 쯤 되는 곳도 수두룩했다.

"정국이가 자네 못 알아봤어?"

"난 정국이를 단박에 알아봤지만 정국이는 날 못 알아보더 군. 자네처럼."

"그 얘긴 왜 또 해? 자네 얼굴이 많이 변한 탓에 그런 거라니 까. 어쩌면 제복 탓이었는지도 모르고."

"사실 난 정국이를 피해 다녔어. 별로 만나고 싶은 생각이 없 었으니까. 만나서 유쾌한 사이도 아니고."

"그렇긴 하지."

"얼마쯤 지나고 본서에서 형사가 나와서 사고 조사를 했어."

황민기가 비어 있는 석규의 잔에 술을 따라주었다. 반쯤 남 은 자기 잔에도 마저 술을 채웠다.

"정국이의 증언으론 정수네 차가 급커브 길인데도 속도를 줄이지 않았다고 했어. 마치 작정한 사람처럼 곧장 저수지로 뛰어들었다는 거야. 깜짝 놀라 요란하게 클랙슨을 울려댔는데 도 브레이크조차 밟지 않더래."

사고가 호정파출소에 접수된 것은 사고 발생 후 한 시간쯤 지난 다음이었다. 사고 현장 근처를 지나던 트럭 운전사가 정 국이의 부탁을 받고 파출소에 신고를 해준 것이었다.

호정파출소에서는 신고를 받자마자 곧바로 사고 현장으로 출동했다. 당시에는 지금처럼 저수지 주위로 차가 다닐 수 있 는 넓은 길이 아니었다. 짐승이나 사람이 겨우 다닐 수 있을 정도의 좁은 길뿐이었다. 석규가 탄 순찰차는 이정국의 차가 있는 벼랑 위쪽 비포장도로로 접근했다.

석규가 순찰차에서 내렸을 때 이정국은 무릎을 꿇고 앉아 벼랑 아래쪽을 향해 울부짖고 있었다. 차 안의 한 여자와 두 아이는 기절한 듯 눈을 감고 있었다. 사실은 잠에 취해 있는 상태였다. 그런 이유로 서은희는 사고 상황을 목격하지 못했다.

"그 때문에 은희 씨에 대한 소문이 참 안 좋았었지."

황민기가 술잔을 들었다가 입만 대고는 도로 내려놓으며 말했다.

"그랬지."

당시에는 보통 이삼 일 만에 사고 조사서 보고가 끝났다. 그게 관례였다. 그런데 그 사고는 이례적으로 1주일이 지나고 나서야 사고 조사서가 보고되었다.

두 가지 원인이 작용한 결과였다.

하나는 현실적인 문제로 사고 조사에 필요한 과학적인 장비나 시스템을 제대로 갖추고 있지 못했기에. 또 하나는 죽은 자와 목격자의 사회적 유명세 때문이었다. 죽은 젊은 부부는 꽤 알아주는 건설 회사의 사장과 부인이었고, 유일한 목격자인 이정국은 제작자로 연극계에서 제법 명성이 자자했다. 그리고 그 부인은 대단한 스포츠스타였다.

경찰은 사고 조사서를 신중하게 작성했다.

국립대학교의 교수라는 사람은 차가 저수지 수면에 부딪쳤을 때 상당한 충격을 받아 탑승자가 혼절과 동시에 감당하지 못할 부상을 당했을 가능성, 더 나아가 그 상태로 사망했을 가능성을 피력했다. 실제로 시신을 수습했을 때 경추와 늑골에서 골절이 발견되었다.

그러나 경찰이 발표한 부부의 직접 사인은 기도에 물이 흡인되어 질식한 익사였다. 국과수 부검 결과에 근거한 발표였다. 살아서 물에 빠졌다는 증거로 경찰은 외적으로 코와 입에서 흰 거품이, 흉부 팽대가, 선홍색 시반이 보였고, 손과 발바닥이 불어서 약간의 흰 주름이 잡혀 있었다는 점을 제시했다. 부검 결과로는 폐가 팽창해 있었고 십이지장의 익수를 비롯해 전신 장기에서 민물성 담수 플랑크톤이 발견되었다고 했다.

이렇듯이 사인은 의심할 바가 없었다.

정작 문제가 된 것은 부부가 어떻게 왜 죽었을까 하는 것이었다. 사람들은 젊은 부부의 죽음이 자의와 타의 중 어느 쪽인지를 궁금해했다.

경찰은 같은 말만 앵무새처럼 떠벌렸다. 젊은 부부의 죽음에는 부부가 아닌 다른 사람의 의지가 전혀 관여되지 않았다는 결론이었다. 사람들은 몹시 실망했다. 경찰의 사고 조사 발표를 엉터리라며 노골적으로 비난하는 사람들도 많았다.

그들의 의심은 서은희와 연결되어 있었다.

"바다도 강도 아닌 고작 저수지에서 아시아의 인어가 어째서 시동생 내외를 구해내지 못했다는 거야? 그게 말이 돼?"

서은희는 침묵했다. 아니 변명조차 할 수 없는 처지였다. 잠들어 있었어요, 라고 진실을 말한다고 해도 사람들은 믿지 않았을 것이다. 설령 믿어준다고 해도 더 큰 비난을 각오해야 했을 것이다. 시동생 부부가 물에 빠져 죽어가고 있는데 잠이나 즐기고 있었다고? 그게 무슨 개소리야!

시간이 지날수록 소문은 가라앉지 않았다. 오히려 더욱 흉흉하게 변해갔다.

"서은희가 일부러 시동생 부부를 죽게끔 내버려둔 거야. 돈 때문이야, 돈. 시동생이 알아주는 건설 회사 대표잖아. 그 재산을 노린 거지."

"초등학교에 다니는 예쁜 딸도 있다잖아. 어떤 미친놈이 그 많은 돈이랑 토끼 같은 딸내미를 놔두고 자살하겠어."

결론은 서은희가 남편하고 짜고 시동생 부부를 죽게 내버려두었다는 것이었다. 나아가 사고가 나도록 교묘하게 손을 썼을 것이라는 소문도 나돌았다.

몇몇 언론사는 사람들의 의문을 더욱 증폭시켰다. 확인도 되지 않은 소문을 그대로 기사화했다. 그 언론사의 기사를 접한 사람들은 자신의 입에서 시작된 소문이 진실인 양 아무런 거리낌 없이 받아들였다. 경찰과 서은희에 대한 비난의 목소리는 그럴수록 더욱 강도가 높아졌고, 급기야 몇몇 언론사는 사람들의 분노를 근거로 서은희가 직접 해명할 것을 요구하는 논설을 싣기도 했다.

그러나 빗발치는 비난에도 서은희는 여전히 입도 뻥긋하지 않았다. 오직 집 안에만 틀어박혀 옴짝달싹하지 않았다.

좀더 시간이 지나고 나서 사람들은 아무렇지 않게 서은희를 살인자라고 불렀다. 어떤 교수라는 사람은 아시안게임에서 획득한 금메달을 박탈해야 한다는 황당한 주장을 펴기도 했다. 이런 얼토당토않은 주장에 대해 몇몇 언론사는 발 빠르게 동조했고 그때마다 사람들은 서은희를 수백 번 수천 번 찢고 죽이기를 반복했다.

"다 헛소문이었잖아."

황민기가 결론을 내리듯이 말했다. 그러면서 판사처럼 빈 술잔으로 탁탁탁 세 번 탁자를 두드렸다.

"그렇긴 하지만, 아직 풀리지 않은 의문이 있는 것도 사실은 사실이니까."

"그게 뭔데? 뭐가 있긴 있는 거야? 사람 답답하게 만들지 말고 말 좀 해봐."

황민기가 빈 잔에 술을 채우며 채근했다.

"지금은 나도 몰라. 아무것도 말할 게 없다고."

반쯤은 진실이었고 또 반쯤은 거짓말이었다. 그는 무엇인가에 촉이 꽂혀 있었다. 18년 전 사망 사고에 대해 의심쩍어하는 것도 사실은 바로 그 '촉'이 이유였다.

그것이 무엇인지 처음부터 석규가 알고 있었던 것은 아니다. 까맣게 잊고 있다가 문득 그것이 떠오른 것은 서은희가 죽고 난 다음이었다. 그는 현 순경에게 그것이 차 안에 있는지 확인했다. 현 순경은 고개를 옆으로 저었다. 그러니까, 18년 전 정수네 부부가 죽은 차 안에서 발견된 그것이, 그리고 이정국의 차 안에서도 본 그것이 이번에는 없다는 것이었다.

"정국이 오는군."

그 얘기는 그만하자는 듯 석규가 넌지시 말했다.

황민기의 옆에 앉은 이정국은 아까와는 달리 싱글벙글 웃는 얼굴이었다.

"기자들이 한시도 그냥 놔두질 않아. 인터뷰 좀 하자고 난리야. 사정만 이렇지 않았으면……."

이정국이 쯥, 하고 혀를 차더니 술잔을 들어 단숨에 들이켰다.

"하긴 마누라 덕에 옛 친구들을 만났으니 그건 고마운 일이 겠군."

이정국이 다시 빈 잔에 술을 채우더니 건배라도 하듯이 허공에 대고 잔을 부딪치는 시늉을 했다.

"그렇지, 다시 보는 게 18년 만이니까."

그에 응하듯 황민기도 술잔을 잡았다. 이정국이 곧바로 황민기의 말에 딴죽을 걸었다.

"아니지, 최 소장은 훨씬 더 오래됐지. 40년도 넘었을걸?"

"아니야, 정수네가 죽었을 때 서울 생활을 청산하고 이미 이곳에 내려와 있었대."

황민기가 쓸데없는 소리를 주절거렸다.

"그래?"

이정국이 고개를 갸웃했다. 정수네 부부가 죽은 그때를 떠올리고 있는 것이 분명했다. 그때 석규를 보았는지, 보았다면 어디에서 보았는지 머릿속을 뒤적거리고 있었을 것이다.

그러나 이정국은 그를 기억하지 못하는 눈치였다.

그때를 기억하지 못한다면 그로부터 3개월 전을 기억하는 것은 더더욱 무리일 것이다.

정수네 부부가 죽기 석 달 전쯤 석규는 이정국을 만났다. 따로 연락이 있었던 것은 아니다. 그가 이정국의 사무실로 찾아갔다. 그때는 이정국의 모습이 지금과는 또 많이 달랐다. 지금보다 몸에 훨씬 더 살이 붙어 있었고, 얼굴은 시커먼 수염으로 덥수룩했다. 얼핏 보면 외국인처럼 보이는 외모였다.

이정국과 사무실에서 대면했을 때 석규는 솔직히 그를 알아보지 못했다. 이정국도 마찬가지였다.

석규가 이정국을 기억한 것은 사무실을 나와 엘리베이터 앞에 섰을 때였다. 엘리베이터가 멈추고 문이 활짝 열리는 순간 그는 이정국의 이름 석 자를 떠올렸다. 하필이면 왜 이정국이었을까? 그를 왜 알아보지 못했을까? 그는 넋 나간 사람처럼 엘리베이터 앞에 멍하니 서 있었다. 선배 형사가 그의 팔을 잡아끌지 않았으면 영원히 거기에 꼼짝 않고 서 있었을지도 모른다.

이정국을 만나고 얼마쯤 후 석규는 서울에서 서평으로 내려갔다.

호정파출소에서 근무하면서도 그때의 기억이 가끔씩 떠올랐다. 사람은 자기 편할 대로 생각하는 법이라지만 그때쯤에는 이미 이정국과의 만남을 단순한 해프닝쯤으로 여기고 있었다.

"정국이 놈이 날 몰라보는 건 당연한 일일 거야. 아무리 중학교까지 함께 다녔어도 한낱 소작농의 아들을 어찌 기억하겠어. 소작농의 자식만 이삼백 명이 넘는데."

그때를 생각하면 지금도 석규는 등줄기가 서늘했고 이마에 식은땀이 송골송골 맺혔다.

석규는 술잔 너머로 가만히 이정국의 얼굴을 살폈다.

그의 사무실에서 만났던, 아니 호정저수지의 벼랑 위에서 보았던 그때와 비교해도 이정국의 모습은 상당히 변해 있었다. 살이 많이 빠졌고 덥수룩하던 수염은 이제 기르지 않았다. 머리칼은 반백이었고 정수리는 극심한 탈모 탓에 민둥산처럼 훤하게 드러나 있었다.

"최 소장, 서울에서 형사였다면서? 지역이 종로였고. 근데 왜 난 한 번도 못 만났을까? 지금이야 집을 용산으로 옮겼지만 그 당시엔 집도 극단 사무실도 거기에 있었는데."

"서평에서도 만나기 어려운데 종로라면 더 힘들지."

석규는 눙치듯이 어물쩍 이정국의 말을 받아넘겼다.

"그런데 너희들······."

이정국이 자기 잔에 술을 따르다 멈칫하고는 석규와 황민기를 번갈아 바라보며 눈에 잔뜩 힘을 주었다.

"지금껏 그 옛날 얘기를 속닥거렸던 거였어? 그게 그렇게 재밌는 얘기였어?"

"그게 아니라······."

황민기가 뭔가 변명을 하려는데 이정국이 한 손을 들어 제하더니 한쪽 눈을 실룩거리며 으르렁거리듯이 말했다.

"너희들이 어떤 말을 지껄였든 상관없어. 난 그따위 신경 안 쓰니까. 하지만 너희들의 그 말들이 밖으로 새어 나간다면 얘기는 달라져. 내 말, 무슨 뜻인지 잘 알지?"

엄포를 놓는 이정국의 눈이 무섭게 희번덕거렸다. 그 순간 저절로 몸이 움츠러들었다. 석규는 자기도 모르게 진저리를 쳤다. 그것은 황민기도 마찬가지였다.

세월이 흘러 기억은 망가져도 끝내 과거를 잊지 못하는 것은 몸인지도 모른다. 다 잊었다고 생각했지만 어느 순간 불현듯 떠오르는 것은 기억 때문이 아니라 몸이 반응하기 때문이다. 이정국의 눈이 희번덕거리는 순간 석규의 몸은 스스로 반응했다. 그러고 나서야 스멀스멀 머릿속에서 기억 하나가 기어 나왔다.

중학교 마지막 겨울방학 때였다. 그날 석규는 이정국을 흠씬 두들겨 패주었다.

*

서은희가 죽고 석규는 강한 운명의 힘을 느꼈다. 단순히 우연으로 치부하기에는 뭔가가 몹시 찜찜했다. 누군가 보이지 않는 끈으로 그를 묶어놓은 것 같았다. 그렇게 그는 속수무책으로 18년 전의 사건 속으로 끌려갔다.

석규는 18년 전의 사고 조사서를 다시 읽어보고 싶었다. 본서에 연락해 그것을 찾을 수 있는지 알아봐달라고 부탁했다. 한 시간쯤 후에 연락이 왔다. 보존 자료 대상이 아니기에 자료를 찾을 수 없다는 답변이었다. 사실 예상한 결과였다. 설령 보

존 자료 대상이었어도 보존 기간[10]이 훨씬 지난 탓에 관련 자료
는 모두 폐기되었을 것이다.

그는 자신의 기억을 더듬었다. 그리고 여러 사람의 도움을
받았다. 그리하여 당시 사고 조사에 참여했던 두 사람을 찾아
내는 데 성공했다. 한 사람은 다행히 서평에 살았고, 다른 한
사람은 일산으로 이사했다.

먼저 서평에 살고 있는 선배 경찰을 만났다. 나이가 팔순에
가까운 사람이라 만나기 전부터 염려스러운 점이 없지 않았다.
하지만 그것은 괜한 염려였다. 선배 경찰은 18년 전 사고를 또
렷하게 기억했다. 그러나 거기까지였다.

"둘의 합의에 의한 자살이거나 아니면 한쪽은 자살, 다른 한
쪽은 타살이겠지."

뒷말에서 여운이 길었다. 운전을 한 이정수는 자살, 부인인
송정인은 남편에 의한 타살이라는 의미인가? 혹은 그 반대일
수도 있다. 그러나 여기서 이정국의 증언을 되새겨봐야 한다.
이정국은 차가 지그재그 하지 않고 곧바로 저수지로 뛰어들었
다고 했다. 이 말은 곧 젊은 부부의 어느 쪽도 운전을 방해하는
행위를 하지 않았다는 의미다.

---

10 형의 실효법률 제8조의 2에 의하면 다음과 같다. 1. 법정형이 사형, 무기징역·무기금
고, 장기 10년 이상의 징역·금고에 해당하는 죄는 10년. 2. 법정형이 장기 2년 이상의 징
역·금고에 해당하는 죄는 5년. 3. 법정형이 장기 2년 미만의 징역·금고, 자격상실·자격정
지, 벌금, 구류 또는 과료에 해당하는 죄는 즉시 삭제. 다만, 제1항 제1호의 기소유예 처분
이나 제1항 제2호·제3호의 판결 또는 결정이 있는 경우는 5년간 보존한다.

석규는 선배 경찰에게 한 가지를 더 확인했다. 18년 전 그 사건 자체를 타살로 의심할 만한 점은 없었는가 하는 점이었다.

선배 경찰은 고개를 저었다. 그러면서 슬쩍 일산에 살고 있다는 당시의 동료를 언급했다.

"찾아가봐. 그 친구가 나보다 네댓 살 적으니까 기억력이 더 낫겠지."

그 말에 혹했던 것은 아니지만 그래도 어느 정도 기대를 했던 것은 사실이었다. 그러나 전화를 했을 때는 이미 늦었다. 사위라는 사람과 통화했는데 몇 달 전 저세상으로 떠났다는 말만 전해 들었을 뿐이었다.

*

"아까 그 눈 봤어?"

황민기가 떨떠름한 표정으로 물었다. 둘은 접객실을 나와 나란히 장례식장의 복도를 걸어가고 있었다. 무슨 얘기인지 석규는 단박에 알아들었다. 하지만 대꾸 없이 넥타이만 조금 느슨하게 풀어 헤쳤다.

"어릴 적에 많이 봤지. 꼭 미친놈 같았는데."

"지금도 별로 달라진 것 같진 않아."

그 말을 해놓고 황민기가 히죽거리며 싱겁게 웃었다.

유니폼 차림의 여직원 하나가 옆을 지나며 황민기를 향해 황급하게 허리를 꺾었다. 황민기는 여직원을 본체만체하고는 마침 생각났다는 듯 엉뚱한 질문 하나를 던졌다.

"참 그 애는 어떻게 살지? 우리 중학교 때 정국이에게 성폭행당한 여자애 있잖아."

"당한 건 아니지."

"그렇지, 네가 죽기 살기로 막아줬으니까. 혹시 그 애 소식 알아?"

"그게 왜 궁금한데?"

"글쎄, 그냥 궁금해지네. 갑자기."

"오래전 일인데, 쓸데없는 얘긴 해서 뭐해. 그만해."

그러나 황민기는 그만두고 싶은 생각이 아닌 것 같았다.

"말투가 그 애 어떻게 살고 있는지 아는 모양이네?"

"소문에 듣기론 그 애 죽었다는 것 같아. 오래전에."

"설마 그 일 때문에 자살한 건 아니지?"

"그건 아냐. 결혼을 했다니까."

복도 끝 화장실 팻말 아래쪽에 사람들이 몰려 있었다. 석규는 얼핏 여자화장실로 사라지는 한 여자를 보았다. 이지아였다.

"잠깐 밖에서 좀 기다려. 나 저기 좀 갔다 올게."

석규는 턱짓으로 화장실 팻말을 가리켰다.

"그래, 밖에 있을게."

석규는 황민기와 서둘러 헤어지고 싶었다. 하지만 그럴 수 없는 사정이 있었다. 그에게 꼭 묻고 싶은 것이 있었다. 석규가 원장실에 들어갔을 때 두 사람이 보고 있던 컴퓨터의 모니터, 두 사람은 대체 무엇을 보고 있었던 것일까? 무엇을 보았기에 그가 들어가자마자 황급히 컴퓨터를 꺼야 했던 것일까?

그러나 지금은 이지아가 먼저였다. 그녀의 부모가 사망했을 때 이지아는 불과 열한 살의 소녀였다. 그 어린 여자아이의 기억 속에는 어떤 그림들이 들어 있을지 궁금했다.

얼마 후 다시 이지아의 모습이 보였다.

"이 선생."

이지아가 그를 알아보고 습관처럼 살짝 고개를 숙였다.

"정국이하고 동창이지만 어릴 적엔 이 선생 아빠하고 더 친했어요."

이지아가 입가에 미소를 매단 채 다시 살포시 고개를 숙여 보였다.

"사실은……."

석규의 용건은 간단했다. 조만간 서울에 올라갈 일이 있는데 그때 시간 좀 내달라는 것, 그리고 따로 한 가지 부탁을 해두었다. 이지아는 순순히 받아주었다.

이지아와 헤어지고 장례식장을 나갔다.

황민기는 계단이 시작되는 곳에 우두커니 서 있었다. 달리 시선을 묶어두고 있는 곳은 없었다. 계단을 오르내리는 사람들을 무연하게 지켜보고 있을 뿐이었다.

"최 소장, 관절염 같은 거 안 걸렸지?"

헛기침을 하자 그가 불쑥 물었다.

"아직은 멀쩡해."

"그럼 걸어서 가자고."

계단을 이용하지 않는 사람들을 위해 계단 양쪽으로 엘리베이터가 마련되어 있었다. 계단 옆으로 S자 모양의 구불구불한 길이 따로 만들어져 있기도 했다. 사람들은 대부분 S자 모양의 그 길을 이용하고 있었다.

"이 계단 몇 개 같아 보여?"

계단 중간쯤에 이르렀을 때 황민기가 걸음을 멈추고 물었다.

"글쎄."

"정확히 108개야. 일부러 이렇게 설계를 한 게 아니라 만들고 보니까 108개였다고 하더라고. 이 계단을 작업한 사람의 센스랄까, 뭐 그런 거겠지. 108가지 번뇌를 모두 비운 사람들이 머무는 곳이 장례식장이라는 의미가 아니었을까 싶어."

"그럴싸하군."

"시간 괜찮으면 차 한잔하고 가."

"국화차만 아니라면야……."

황민기가 안내한 찻집은 병원 부지 안에 있는 전통 찻집이었다. 네모반듯한 병원의 다른 건물과 달리 2층짜리 한옥 건물이었다.

"병원을 짓기 전부터 있었던 거야. 헐지 않고 손만 봤어."

찻집의 2층에 자리를 잡고 앉아 나무창을 통해 바깥을 보았다. 나무도 없이 풀만 훌쩍 자라 있는 너른 벌판이 한눈에 들어왔다. 소문이 맞다면 의대가 들어설 부지였다.

황민기가 직접 소문에 대해 확인을 해주었다.

"별문제가 없다면 올해 안에 의대가 들어설 거야. 공사도 곧 시작될 거고."

"잘됐네."

그때 종업원이 다가와 탁자에 찻잔을 세팅했다. 그 바람에 잠시 침묵이 흘렀다.

"자네한테 뭐 좀 물어보고 싶은데……."

종업원이 물러나고 먼저 입술을 뗀 것은 석규였다.

"뭔데?"

"아까 원장실에서 정국이랑 뭘 보고 있었던 거야? 내가 들어 가자 서둘러 컴퓨터를 끄는 것 같던데."

"별거 아냐."

별거 아니라면서도 황민기의 시선은 창밖으로 향했다.

석규는 잠자코 기다려주기로 했다.

찻잔을 들어 한 모금 삼켰다. 허브 향이 목젖까지 번졌다. 그 래도 국화차보다는 향이 옅었다. 그만하면 그럭저럭 참아줄 만 한 수준이었다.

"정국이가 나한테 부탁한 게 있는데……."

이윽고 황민기가 입을 열었다.

"그게 뭔데?"

"은희 씨 염습할 때 정국이는 거기에 없었는데, 자기 말로는 징크스 같은 거래. 중요한 일 있을 때는 시신을 직접 보지 않는 다고 하더라고. 그래서 염습하는 거 비디오로 찍어달라고 해서 직원한테 시켰어. 아깐 그걸 보고 있었던 거고."

징크스는 아니어도 석규 역시 이정국과 별반 다르지 않은 증상을 겪고 있기는 했다.

"나도 아내가 죽고 나서 왠지 시신을 보는 게 힘들어졌어. 이런 것도 외상 후 스트레스증후군인가?"

"아마도. 심하면 참지 말고 진료를 받아봐. 그거 얼마나 됐지?"

석규는 가볍게 손사래를 치는 것으로 대답을 대신했다. 그리고 곧바로 질문을 이어갔다.

"정국이가 일찍 왔나 보군. 염습하는 거 다 보려면 적어도 꽤 걸리지 않나?"

"자네보다 한 시간쯤 일찍 왔을 거야."

거기서 석규의 관자놀이가 툭 튕겼다. 뭔가 손에 잡힐 듯 말 듯 아슬아슬한 기분이 든 것은 바로 그때였다.

"그거 보면서 정국이가 뭐라고 했는지 알아? 마네킹에 인형 옷을 입혀놓은 것 같대. 그러면서 낄낄거리며 웃더라고. 내가 민망해서 한마디 했더니, 원래 자긴 피는 있는데 눈물이 없는 사람이래. 그게 무슨 뜻인지 알아?"

석규는 고개를 저었다.

"눈물이 안 나온대. 말라버렸는지 어쨌는지 몰라도 언제부턴가 아무리 짜내도 눈물이 안 나온대. 필요할 땐 점안액을 사용한다나?"

오늘은 몹시 싫어하는 인간과의 흔치 않은 공통점을 두 가지나 알게 된 날이었다. 시신을 보는 것을 꺼리는 것은 물론이고 눈물까지 흘리지 못하는 인간이라니. 이정국처럼 석규도 마찬가지였다. 아내가 죽고 장례를 치르는 사흘 내내 석규는 한 방울의 눈물도 흘리지 못했다. 이정국처럼 점안액이라도 넣는 것이 죽은 아내에 대한 도리가 아니었을까? 하지만 이미 늦었다. 무려 18년이나 지난 일이니까.

"나도 의사지만 의학적으로 그게 가능한지 아닌지는 잘 모르겠어. 하지만 어떻게 그럴 수 있는지 그게 몹시 궁금하다니까."

젊었을 때 그의 아내 역시 황민기와 비슷한 말을 했다. 동그랗게 눈을 치켜뜨고 따지듯이 물었다. 어떻게 그럴 수 있지?

그는 우물쭈물 대답하지 못했다. 오히려 적당한 이유를 만들어준 사람은 아내였다.

"사람은 평생 흘려야 할 눈물이 정해져 있을 거야. 신이 정해준 양은 사람마다 다를 거고."

무언가를 생각하듯이 잠시 침묵한 뒤에 아내는 다시 이어서 말했다.

"그 눈물, 나 죽을 때 한꺼번에 다 나올지도 몰라. 그때 내가 죽었더라도 축하한다고 말해줄게. 꼭."

이런 말을 생글거리며 하던 아내는 아직 암 환자가 아니었다. 아니, 어쩌면 아내는 자신의 짧은 인생을 그때 예감했던 것인지도 모른다.

아내의 삼우제가 지나고 석규는 안과를 찾아갔다.

의사의 진단은 간단했다. 특별한 이상은 없는데요. 그를 진찰한 의사는 자신의 진찰이 잘못되지 않았다는 것을 강조하듯 간혹 선생님 같은 분들이 있죠, 라고 덧붙였다. 스트레스가 원인일 수도 있다고 했다. 그러면서 신경정신과에 한번 가보라고 권유했다.

그러나 그는 신경정신과에는 가지 않았다. 울고 싶어도 울지 못하는 마네킹쯤으로 자신을 간주해버리자고 생각했다. 그 당시에는 오히려 그쪽이 훨씬 마음이 편했다.

이후로 그는 다시 의사를 찾지 않았다. 아내 일도 그렇고 그 자신도 그렇고 더는 의사를 신뢰하고픈 마음이 아니었다.

의사를 신뢰하지 않는 것은 지금도 마찬가지였다.

뭔가 손에 잡힐 듯 말듯 아슬아슬한 기분이 들었던 이유가 무엇인지 방금 생각났다.

비서실 여자에게 건네준 반쯤 남은 국화차 두 잔. 그때 황민기가 한 말을 석규는 분명하게 기억했다. 국화차는 첫 잔보다 두번째 잔이 더 맛있다. 그러니까 국화차는 그때가 첫 잔이었던 것이다. 그런데 찻잔에는 제법 온기가 남아 있었다. 비서실 여자에게 찻잔을 건네주면서 분명하게 그것을 느꼈다. 이정국이 원장실에 온 지 한 시간쯤 됐는데 온기가 남아 있는 것이 가능한 일일까? 상식적으로 판단해도 그럴 가능성은 제로에 가까웠다.

결론은 하나였다.

황민기는 지금 그에게 거짓말을 하고 있었다. 황민기와 이정국, 두 사람은 서은희의 염습 장면을 보았더라도 처음부터 끝까지 그것만을 본 것은 아니었다. 다른 그 무엇, 석규가 보아서는 안 되는 것을 두 사람은 보고 있었던 것이다. 그것이 무엇일까? 아직은 수수께끼였다.

"암튼 우리 나이쯤 되면 젊었을 때처럼 펑펑 눈물을 흘리는 게 오히려 더 이상한 거야. 가끔 슬픔이 뭔지 잊어먹기도 하는 나이인데. 또 눈물을 흘리지 않는다고 슬퍼하지 않는 것도 아니고. 나이가 들고 나서 쉽지 않은 게 감정을 표현하는 거야. 한 박자씩 늦는다고나 할까. 헷갈릴 때도 많아. 슬퍼해야 하는데 박자를 놓쳐버려서 제때 슬퍼하지를 못해. 화를 내는 것도 그렇고. 아마 자네도 나하고 비슷할걸?"

"사람의 몸을 하도 많이 들쑤시다 보니까 이젠 마음까지 꿰뚫는 모양이야."

"그 말이 나와서 하는 말인데. 최 소장, 나한테 뭐 숨기는 거 있지?"

"글쎄."

석규는 일단 시치미를 뗐다.

"아까 뉘앙스가 좀 묘하던데. 정수네 부부가 죽은 거, 거기에 뭔가 있는 건가? 솔직히 말해봐. 내가 도움이 될 수도 있잖아."

물론 그럴 수도 있었다. 그러나 아직은 손을 내밀 타이밍이 아니었다. 황민기와 이정국은 아는데 그는 모르는 것. 그것을 알아내는 것이 먼저였다. 그것은 황민기와 이정국이 그에게 던진 첫번째 수수께끼였다.

*

그 당시 서평에는 중학교가 두 곳이었다. 남중과 여중. 두 곳다 군청 근처에 있었다. 학교에 다니자면 집에서 통학하는 것은 불가능했다. 뻔한 집안 형편이었던 석규와 황민기는 창고였던 곳을 개조한 3평 남짓한 방을 구해 함께 살았다. 반면 이정국은 번듯한 집에서 음식과 청소와 빨래를 해주는 아줌마까지 따로 부리며 지냈다.

이정국은 때때로 아이들을 불러 모아 비밀리에 파티를 열었다. 동네에서 그 또래가 즐길 만한 자그마한 유흥에 불과했지만 그곳 아이들에게는 파티에 초대받는 것이 큰 자랑거리처럼 여겨졌다.

실제로 아무나 파티에 초대받는 것은 아니었다. 한마을에서 자랐다는 이유로 서너 달에 한 번꼴로 초대받는 황민기와 석규를 제외하면 부모가 군청 공무원이거나 학교 선생의 아이들이 대부분이었다.

파티에 초대받으면 석규는 좋아라 환호성을 질렀다. 반면에 황민기는 매번 가지 않겠다며 강짜를 부렸다. 그렇다고 진짜로 초대를 거절한 적은 단 한 번도 없었다.

석규는 황민기의 약점을 알고 있었다. 그의 약점은 동시에 석규의 약점이기도 했다. 둘의 약점을 이정국 역시 잘 알고 있었다. 이정국은 걸핏하면 그 약점을 상기시켜주었다.

"너희가 학교에 다니는 게 누구 덕인 줄은 알지?"

소작농의 자식은 잘났든 못났든 소작농의 자식일 뿐이다, 그 점을 잊지 말고 늘 알아서 처신하라는 일종의 경고였다.

그 일이 벌어졌던 것은 중학교 졸업을 두 달쯤 남겨뒀을 때였다.

그날 파티에는 여학생 셋도 함께했다. 남학생은 황민기와 석규 그리고 이정국이 전부였다. 석규는 셋 가운데 아버지가 여중 수학 선생이라는 여학생이 마음에 들었다. 그 여학생은 유독 눈이 크고 입술이 불그스름했다.

처음에는 다소 어색했으나 시간이 지날수록 분위기는 점점 무르익었다. 분위기를 한껏 고조시킨 것은 이정국이 가져온 맥주였다.

"자, 한 잔씩 마셔."

이정국은 먼저 여학생들에게, 다음으로 황민기와 석규에게 한 잔씩 따라주었다. 잔을 부딪치며 건배를 외쳤다.

준비한 맥주가 바닥이 나고 거기에 모인 학생들은 취기 탓에 목소리가 커졌다. 개중엔 노래를 부르거나 한쪽에 쓰러져 잠을 자는 아이도 있었다. 석규도 깜박 잠이 들었던 모양이다. 황민기가 어깨를 흔들어 깨웠을 때에야 그는 겨우 눈을 떴다. 여학생들은 보이지 않았다.

"다 갔어?"

"한 명은 아직."

황민기가 불안한 눈빛으로 닫혀 있는 옆방 문을 바라보았다.

"누군데?"

"아버지가 여중 수학 선생이라는 애."

"그 애가 왜 저깄어?"

옆방에서 여자의 위급한 비명 소리가 터져 나온 것은 바로 그때였다. 황민기와 석규는 거의 동시에 벌떡 몸을 일으켰다.

"저 새끼, 저거!"

황민기가 득달같이 달려가더니 주먹으로 쾅쾅 문을 두드렸다.

"정국아, 문 좀 열어. 문 좀 열어봐!"

문 저편에서 대답 대신 욕설이 날아왔다.

"야, 씨발아! 황민기 너, 당장 안 꺼질래!"

그 한마디에 어이없게도 황민기는 붙잡고 있던 문고리를 힘없이 놓아버렸다.

"야, 최석규! 민기 새끼 데리고 당장 나가! 당장 꺼지라고!"

다시 이정국의 목소리가 들려왔을 때 황민기는 슬금슬금 뒷걸음질까지 치고 있었다.

그러나 석규는 그냥 물러설 수 없었다. 황민기 대신 주먹으로 문을 두드렸다. 평소에 맵기로 소문난 주먹이었고, 또래 중에 그의 주먹을 얕보는 녀석은 아무도 없었다. 황민기의 주먹하고는 소리부터가 달랐다.

그러나 문은 끄떡없었다. 오히려 석규는 극심한 통증을 느끼며 미간을 찌푸려야 했다. 그래도 석규는 포기하지 않았다. 한번, 두 번, 세 번. 석규는 계속해서 주먹을 뻗어 문을 쳤다. 주먹이든 문이든 둘 중 하나는 부서져야 한다는 생각이었다.

이윽고 문 저편에서 악에 받친 고함 소리가 터져 나왔다.

"너, 최석규지? 당장 꺼져, 새꺄. 안 꺼져? 최석규, 당장 꺼지라고!"

석규는 못 들은 척했다. 오히려 더욱 세게 주먹을 뻗었다.

"최석규, 너 죽을래!"

다시 이정국이 고함을 질렀을 때 석규는 방법을 바꿔 발길질을 시작했다. 주먹질과 발길질은 확연하게 달랐다. 발길질을 할 때마다 쩍쩍 문에서 금이 가는 소리가 들렸다. 그렇게 십여 초쯤 지나고 뿌지직 소리와 함께 문 한쪽이 찢어지듯이 부서졌다. 내친김이었고 석규는 온몸에 힘을 실어 문을 향해 던졌다.

마침내 문은 한쪽으로 밀려 떨어져 나갔다.

방 안의 풍경이 한눈에 들어왔다.

여학생의 몸을 짓누르고 있는 이정국과 가슴께까지 치켜 올라간 여학생의 치마와 수건으로 입이 막힌 채 눈물과 콧물로 범벅이 된 여학생의 얼굴. 순간 석규는 그야말로 눈이 뒤집혔다.

"일어나. 일어나, 이 새끼야!"

이정국은 정말로 벌떡 일어났다. 석규는 그대로 주먹을 날렸다. 이정국은 힘없이 나가떨어졌다. 분했던지, 아니면 자존심이 상했던지 이정국이 다시 발딱 일어났다. 코에서 핏물이 흘러나와 바닥에 떨어졌지만 조금도 아랑곳하지 않았다. 이정국은 주먹을 움켜쥔 채 그를 노려보며 씩씩거렸다.

"너, 죽고 싶어서 환장했지? 미쳤지? 돌았지?"

이정국이 악에 받쳐 소리 질렀다.

다시 석규가 주먹을 날리려고 했을 때 그보다 먼저 이정국의 고함 소리가 터져 나왔다.

"넌 이제 끝났어, 새꺄! 너네 식구들도 끝났다고!"

이정국의 눈동자가 무섭게 희번덕거린 것은 바로 그때였다.

젠장. 뒤늦게 현실의 무게가 그를 짓눌렀다. 미친 짓이었다. 식구들을 생각하면 어설픈 객기 따위 부려서는 안 되는 일이었다.

석규는 주먹을 움켜쥔 채 발치께를 내려다보았다. 그의 시선 끝에 이정국의 검은 양말이 보였다. 저기에 엎드려서 빌까?

이정국의 손가락이 그의 이마를 콕콕 찔렀다.

"빌고 싶지? 개처럼 빌고 싶지? 어림없어, 새꺄."

근처에 화로가 있었다. 시뻘겋게 달궈진 인두가 꽂혀 있는 화로였다. 이정국은 인두를 집어 들더니 그것을 천천히 석규의 얼굴 가까이로 들이밀었다. 위험을 느낀 석규는 본능적으로 뒷걸음질 치기 시작했다. 그러다가 그의 발뒤꿈치에 무엇인가 걸렸다 싶은 순간 이정국의 입술 한쪽이 비틀어지며 인두가 허공을 갈랐다.

악, 하는 요란한 비명 소리가 방 안에 울려 퍼졌다. 곧이어 누군가 데굴데굴 방바닥을 굴렀다. 그는 석규가 아닌 황민기였다. 한 손으로 다른 쪽 팔뚝을 움켜잡은 채 황민기의 입술 사이로 끊임없이 신음 소리가 흘러나왔다.

뜻밖의 상황에 석규와 이정국은 잠시 주춤했다. 그러나 상황은 금세 원래대로 돌아갔다. 그러나 이번에는 석규가 빨랐다. 석규의 주먹이 이정국을 향해 다시 날아갔다. 이정국은 또다시 나가떨어져 방바닥을 굴렀다. 그러나 그 정도로 이정국이 싸움에의 의지가 꺾인 것은 아니었다. 이정국은 여전히 인두를 꼭 움켜잡고 있었다. 코뿔소처럼 달려들더니 그를 향해 마구잡이로 인두를 휘둘러댔다.

석규는 조심스럽게 틈을 엿보다가 발길질로 이정국의 팔목을 쳐서 인두를 떨어뜨렸다. 동시에 몸을 날려 주먹을 길게 죽 뻗었다. 주먹은 정확히 이정국의 면상에 꽂혔다. 연이어 이정국의 얼굴과 배와 옆구리에도 깊숙이 주먹이 박혔다.

이정국은 짧은 비명과 함께 바닥에 쓰러지더니 다시 일어나지 못했다.

그것으로 끝났으면 좋으련만 석규의 주먹질은 멈추지 않고 계속되었다. 이정국의 몸을 타고 앉아 미친 듯이 주먹을 휘두른 것이었다. 이정국은 결국 기절하고야 말았다.

"그만해요, 제발…… 그만해요."

여학생의 목소리가 들려오고 그제야 석규는 비로소 주먹질을 멈추었다. 여학생의 얼굴은 여전히 눈물과 콧물로 엉망이었지만 아까처럼 겁에 질려 있지는 않았다.

그제야 석규는 안심했다.

그 일이 있고 그 여학생에 대한 소식은 듣지 못했다. 소식을 듣기도 전에 그의 가족이 먼저 서평을 떠나야 했기 때문이다.

이후로 석규는 그 여학생을 까맣게 잊고 지냈다. 가끔 생각이 났지만 그때마다 도리질을 치는 것으로 가족에 대한 미안함을 대신했다.

그 여학생을 다시 만난 것은 그가 경찰이 되고 1년쯤 지나고 난 다음이었다. 자전거를 타고 가는데 우연찮게 한 여자와 눈이 마주쳤다. 신기하게도 그녀와 그는 단박에 서로를 알아보았다.

그 여학생, 그녀의 이름은 박정미였다.

해미의 엄마이자 그의 아내가 된 여자, 바로 그녀였다.

*

뒤쪽에서 빵빵— 하고 클랙슨이 울렸다. 선글라스를 쓴 현 순경이 차창 너머로 히죽 웃었다.

"왜 왔어?"

옆자리에 앉고 나서 심드렁하게 말했다.

"혹시나 해서 나와봤죠. 예감이 딱 맞았네요."

여전히 정장 차림인 것으로 보아 여태까지 기다렸을지도 모른다는 생각이 뇌리를 스쳤지만 그냥 모른 척하기로 했다.

"이거 떼라니까."

그 대신 괜히 대시보드에 붙어 있는 스프링 인형을 핑계 삼아 야단했다.

"인사성이 좋잖아요. 춤도 잘 추고. 꼭 저 같지 않아요?"

현 순경은 사거리에서 우회전했다. 파출소는 직진이었고 우회전하면 석규의 집이었다.

"네 아버지는 참 현명한 사람이야."

석규는 열심히 몸을 흔들고 있는 스프링 인형을 손끝으로 툭 쳤다. 몸이 뒤로 젖혔다가 튕기듯이 이내 다시 중심을 잡았다. 그러나 그것도 잠시 곧 위태롭게 휘청휘청 몸을 흔들어댔다.

"우리 아버지가 왜요?"

"현 사장이 네 걱정을 많이 했어. 나랑 술도 가끔 마셨고."

"그거야 저도 알죠."

"그때 내가 해준 얘기가 있어."

"스프링 인형 얘기요?"

"알아?"

"저게 소장님의 추천 상품이라고 하던데요."

"아냐, 내가 추천한 건 스카이댄서였어."

"아니, 그 큰 걸 추천했다고요?"

현 순경이 어깨를 들썩이며 키득키득 웃었다.

"거인 말고 꼬맹이도 있어. 내가 추천한 건 꼬맹이 스카이댄서야."

"그런데 아버지는 왜 제게 스프링 인형을 선물했을까요?"

"말했잖아. 현명해서 그런 거라고."

"에이, 아니에요. 구두쇠라 그래요. 스카이댄서는 비싸고 스프링 인형은 싸니까."

"현명한 거라니까."

신호등에 걸린 것도 아닌데 차가 속도를 늦추더니 이윽고 도로 한쪽에 멈추었다. 현 순경이 차창을 내리더니 오른쪽 한곳을 손으로 가리켰다. 새로 개업한 전자대리점이었다. 입구 양옆으로 축하 화환이 길게 나열되어 있었고, 스피커에서 흘러나오는 음악 소리에 맞춰 스카이댄서가 신 나게 몸을 흔들어대고 있었다.

"저런 거 하나 갖고 싶네요. 매일 신날 것 같아요."

현 순경이 콧등의 선글라스를 추켜올리면서 히죽 웃었다.

그도 마음은 그랬다. 매일 신 나라고, 스카이댄서를 보면서 웃으라고 해미의 방에 스카이댄서를 가져다놓은 것이다. 그러나 결과는 좋지 못했다.

아내와 딸과 스카이댄서에 대한 이야기를 현 사장과의 술자리에서 해주었다. 하지만 꼬맹이 스카이댄서가 갈가리 찢겼다는 말은 일부러 하지 않았다. 비록 짧았어도 그는 해미의 웃음소리만 기억하고 싶었다.

그런데 현 사장은 용케도 스카이댄서가 아닌 스프링 인형을 선택했다. 본디 현명한 사람이라서 그랬을 것이다. 사람들 누구라도 언젠가 쓰러져서 영원히 일어나지 못하는 순간이 올 것이다. 그 순간까지 일부러 혹은 다른 이유로 굳이 쓰러질 필요는 없다. 설령 다시 일어나더라도 차라리 쓰러지지 않는 것보다는 못하다. 스프링 인형은 스카이댄서처럼 크지도 않고 화려한 춤도 못 추지만, 그리고 수시로 흔들리지만 결코 녹아웃되는 법은 없다.

석규는 여전히 딸과의 화해를 포기하지 않았다. 언젠가는, 언젠가는 꼭 그런 날이 오겠지. 그는 변함없이 믿고 있었다.

애꾸눈 잭의 눈물

머릿속에서 집게벌레 한 마리가 분탕질을 쳤다. 두통인가? 버티려고 이를 악물수록 집게벌레는 더욱 세게 요동을 쳤다.

태주는 도망치듯 침대에서 빠져나갔다.

거실 베란다의 유리문을 활짝 열고 어둠으로 도색된 시커먼 하늘에 시선을 꽂았다. 어느 집에서인가 뻐꾸기 울음소리가 은은하게 들려왔다. 모두 세 번. 새벽 3시였다.

바람을 쐬니 어느 정도 머리가 맑아졌다. 정말로 그런지는 몰라도 어쨌든 느낌은 그러했다.

베란다 문을 닫고 돌아서니 책상 위에 놓아두었던 연분홍빛 봉투가 보였다. 아직도 냄새가 날까? 소용없다는 걸 알면서도 그는 봉투를 코로 가져가 킁킁거렸다.

역시 아무런 냄새도 나지 않았다. 냄새를 맡지 못하면 식욕도 없다는데 그게 사실일까? 엉뚱한 생각 하나가 비죽 고개를 쳐들었다. 아니, 생각해보면 전혀 엉뚱할 것도 없었다. 그는 어제저녁 식사를 걸렀다. 그런데도 아직 출출한 느낌은 없었다. 어제는 저녁 시간이 너무 빠르게, 그리고 이상하게 흘러갔다.

507호 여자가 돌아가고 나서 그는 일부러 티켓과 편지글에 무심한 척 행동했다. 뭔가 불길한 일이 시작되고 있다는 것, 그 자체를 인정하기 싫었다. 그러나 그런다고 뭐가 달라졌지?

결과적으로 그의 노력은 실패했다. 불면증과 거리가 멀었던 그가 뜻하지 않은 불면증에 시달리고 있다는 것이 그 증거였다.

봉투를 책상 노트북 위에 내려놓았다. 내일을 위해 다시 불면증과 싸울 시간이었다.

그런데 한 발짝을 채 떼기도 전에 그는 뒤통수가 당기는 것을 느꼈다. 보이지 않는 누군가의 손이 그의 뒷덜미를 부여잡고 있는 것 같았다. 그런 상태로 걸음을 옮겨 방으로 들어간다는 것은 어림도 없는 일이었다.

뭐지?

태주는 불안한 마음으로 천천히 고개를 되돌렸다. 그의 시선은 무척 자연스럽게 연분홍빛 봉투를 향해 미끄러졌다. 왜지? 태주는 좀 멍한 기분으로 가만히 그 상태를 유지했다. 뭔가 이유가 있을 것 같았다. 그 이유가 무엇인지 조금만 생각하면 이해할 것도 같았다.

태주는 결국 이유를 찾아냈다.

봉투의 느낌이 달랐다. 어젯밤의 그 봉투였지만 이상하게도 사뭇 그때와는 느낌에 차이가 있었다.

누군가 몰래 봉투를 바꿔치기라도 한 것일까? 물론 가당치도 않은 생각이었다. 불면의 밤을 보내고 있는 그가 어찌 그것을 모를 수 있겠는가. 그렇다면 봉투 자체의 문제인가?

봉투를 손에 들고 이리저리 살폈다. 그의 눈은 달라진 것을 아무것도 발견하지 못했다.

태주는 봉투 속에서 편지를 꺼냈다. 언젠가 했던 연극에서처럼 잔뜩 감정을 실어 소리 내어 읽었다.

"내 주여…… 당신께 왔나이다! 모든 게, 제게서 왔어요. 내 주여, 당신만이…… 당신만이, 이 모든 것…… 막아주실 수 있나이다!"

Examine your zipper. 정말로 지퍼가 열린 기분이었다. 어디선가 누군가 애타게 소리치는 것도 같았다. 구해주세요, 도와주세요. 머릿속에서 목소리가 자꾸 겹쳤다.

겹치는 것은 그것만이 아니었다. 어쩐 일인지 글씨도 겹쳐 보이는 것 같았다. 아마도 불면의 밤을 보내는 후유증일 것이다. 태주는 무심코 손등으로 눈두덩을 문질렀다. 생각지도 못했는데 손등에서 붉그스름한 액체가 묻어났다.

"어? 이건 뭐지?"

손을 씻기 위해 욕실로 들어갔다. 세면대의 수도꼭지를 틀어놓고 내친김에 얼굴까지 씻기 위해 허리를 숙였다. 그때 이상한 느낌 하나가 그의 뒷덜미를 느릿하게 끌어올렸다. 허리를 곧추세우고 세면대 위쪽의 거울을 응시했다.

"이건……."

불그스름한 액체의 정체를 비로소 깨달았다. 왼쪽은 멀쩡한데 오른쪽이 문제였다. 흰자위가 온통 핏빛이었다.

"결막하출혈입니다."

안과에서 나오면서 그는 해적 선장이라도 된 것 같은 기분이었다. 안대를 한 탓에 처음에는 허방을 짚는 것처럼 걸음이 어색했지만 조금 지나자 원래부터 그랬던 사람처럼 모든 것이 익숙해졌다. 그때쯤에는 제법 여유도 생겼다.

"흰색이 뭐야. 이왕이면 검은색으로 해주지. 폼 나게."

버스에 앉아 차창 밖을 내다보는데 영화 포스터가 눈에 들어왔다. 중학교 때 학교 동아리 친구 서너 명과 함께 보러 갔던 웨스턴무비 〈애꾸눈 잭〉이 기억났다.

애꾸눈 잭.

영화 제목이 제법 그럴듯했다. 친구들과 영화를 보면서 그의 관심은 오직 한 가지뿐이었다. 애꾸눈 잭이 누구지? 영화를 보면서 마음이 점점 초조해졌다. 아무리 기다려도 애꾸눈 잭은 등장하지 않았다. 애꾸눈 잭이 주인공이 아니란 말인가? 영화가 후반부를 넘어 마지막을 향해 치달을수록 그의 초조함은 더욱 커졌다. 목이 빠져라 기다렸건만 크레디트가 올라갈 때까지도 애꾸눈 잭은 등장하지 않았다. 영화관에서 나오며 투덜거렸다. 사기야, 사기! 한편으로 궁금했다. 애꾸눈 잭이 등장하지 않는데 제목이 왜 '애꾸눈 잭'이지?

이유는 고등학생이 되고서야 알게 되었다.

1학년 여름방학 때 느닷없이 이시우로부터 연락이 왔다. 녀석과 만나 하릴없이 거리를 쏘다니다가 우연찮게 다시 보게 된 영화가 〈애꾸눈 잭〉이었다. 그는 보는 둥 마는 둥 하면서도 혹시나 해서 스크린에서 눈을 떼지 못했다. 그러나 이번에도 애꾸눈 잭은 찾지 못했다. 영화관에서 나와 예전처럼 또다시 툴툴거렸다.

"개뿔, 애꾸눈 잭은 왜 안 나오는 거야?"

이시우가 싱겁게 웃으며 그의 어깨를 톡톡 두드렸다.

"카드 J가 애꾸눈 잭이야."

느닷없이 카드 애기는 왜 하나 싶었다.

"카드 그림을 보면 왕(K)과 여왕(Q)은 두 눈이 멀쩡한데 왕자인 J의 하트와 스페이드는 애꾸눈이야. 그래서 애꾸눈 잭이야."

정말로 애꾸눈인지 일부러 한쪽 면만 그린 건지는 아무도 모르지만 듣기로 인간의 이중성, 뭐 그런 걸 의미한다고 이시우가 설명을 부연했다.

그렇다면 이 세상 사람들 전부 애꾸눈 잭이어야 하지 않을까? 그런 의문을 당시에 품었지만 이시우에게는 입도 뻥긋하지 않았다.

*

"어? 분위기가 왜 이래요?"

Y호프집 살인사건의 범인을 체포한 것은 나흘 전, 어제 조서 작성도 끝났다. 이제 검찰에 송치만 하면 되는데, 그 일이야 알아서 척척 할 수 있는 사람들이 많았다. 홀가분한 마음으로 태주는 사무실로 들어갔다. 그런데 그가 상상했던 분위기하고는 완전히 딴판이었다. 시장 바닥처럼 와자지껄하지는 않더라도 점심 내기 사다리타기라도 하며 떠들썩할 줄 알았는데 강력 4팀에는 썰렁하게 서 형사 혼자만 자리를 지키고 있었다. 서 형사는 강력 4팀의 넘버 투였다.

　"사건 터졌어요?"

　물론 그럴 리가 없었다. 만일 그랬다면 태주에게도 진작 연락이 왔을 것이다.

　"고슴도치 그놈, 아무래도 하나 더 있는 것 같아."

　4팀에서는 Y호프집 살인사건의 범인을 '고슴도치'라고 불렀다. 짧은 머리칼이 바짝 곤두선 모습이 고슴도치를 닮았다는 이유였다.

　"누가 찾았어요?"

　"누구겠어, 따블맨이지."

　"그럼, 조사실엔 천 형사님이 있는 거예요?"

　"아니, 거긴 진호가 있어."

　사무실에서 나와 식별실로 향하며 전화를 걸었다. 천 형사는 받지 않았다. 화장실이든 매점이든 어딘가에 박혀 휴대폰으로 주식 동향을 살피고 있는 것인지도 모른다.

　천 형사는 '따블맨'이라는 별명으로 통했다. 무슨 얘기를 해도 주식과 관련된 용어들이 불쑥불쑥 튀어나왔다. 그러니까 천 형사는 '주식광'이었다. 석 달 전에는 사건 브리핑을 하다가 서장에게 크게 혼쭐이 나기도 했다. 그래도 여전히 아무것도 변하지 않았다. 서장에게 단단히 미운털이 박혔다는 소문이 돌았지만 정작 자신은 별로 괘념치 않는 눈치였다.

"선배님."

뜻밖에도 천 형사는 식별실에 있었다.

"어, 왔냐."

식별실에서는 조사실이 훤히 보인다. 이태 전 새로 공사를 해서 이제는 소리를 듣는 것도 가능했다.

"어느 정도까지 진행됐어요?"

"한 시간쯤 지난 것 같은데 아직 별거 없어."

천 형사가 어깨를 으쓱하고는 대답했다.

일면경 저편으로 테이블을 사이에 두고 마주 앉은 조진호와 고슴도치가 보였다.

조진호는 태주와 비슷한 시기에 경찰 생활을 시작했다. 그리고 비슷한 시기에 이곳 4팀으로 발령이 났다. 나이도 동갑이었다. 여러 가지 이유로 둘은 쉽게 친구가 되었다.

조진호는 조금 왜소해 보이는 체격과 유약해 보이는 얼굴을 가졌지만 4팀에서 유일하게 특수부대 출신이었다. 합기도와 태권도, 검도 등에 능했고 합이 14단으로 무술의 고수였다. 하지만 조진호가 몸을 사용하는 것을 태주는 거의 본 적이 없었다. 무술 고수이지만 그는 몸이 아닌 머리를 사용하는 형사였다.

"분위기가 오래갈 것 같진 않은데요."

"아마 그럴걸. 누가 봐도 조진호는 상승세고 고슴도치는 하락세잖아."

적절한 비유였다. 한눈에 봐도 조진호는 여유가 있었다. 마치 조사에는 관심조차 없다는 듯 앞에 앉은 고슴도치를 방관하는 태도로도 보였다. 그만큼 자신이 있다는 방증이기도 했다.

"근데 저 봉투는 뭡니까?"

태주는 조진호 오른편에 놓인 누런색 각봉투를 턱짓으로 가리켰다.

"나도 잘 모르지만 고슴도치도 저게 몹시 궁금한 모양이야."

천 형사의 말마따나 고슴도치는 각봉투에 온통 신경이 쏠려 있는 눈치였다.

"여기 계속 있을 거예요?"

"참, 나한테 전화했던데, 뭐 할 말이라도 있어?"

물론 있었다.

"제가 어제 여자를 한 사람 만났거든요."

"그래? 야, 너도 이제 연애를 하는구나. 언제 한번 데려와라. 내가 밥 한번 살게."

"아니, 그런 관계는 아니고요. 어제 그 여자가 좀 묘한 말을 해서요."

"무슨 말? 그 여자가 널 헷갈리게 하는 거야?"

"전혀 그런 관계가 아니에요. 그 여자가 제게 질문한 내용이 신경 쓰여서요."

"그게 뭔데? 말해봐."

"A라는 사람이 있어요. A는 아주 나쁜 놈인 B에게 복수를 하려고 해요. 그런데 A의 복수 계획을 친구인 C가 알게 됐어요. 선배님이 C라면 어떻게 하실 건가 하는 거죠."

살짝 말을 바꾸기는 했지만 507호 하수연이 집에서 나가기 직전 그에게 한 질문이었다.

"넌 여자랑 만나서 그런 식으로 노냐?"

"아, 그게 아니라니까요. 암튼 선배님이라면 어떻게 할 건가요?"

어제 하수연은 괜한 농담이나 우스갯소리가 아니라는 듯 사뭇 진지한 표정이었다. 그리고 그제야 하수연이 말한 '다른 볼일'이 바로 이것이었구나 하고 직감적으로 느꼈다.

"넌 뭐라고 대답했는데?"

"저는 형사니까 A의 복수가 범죄가 된다면 어떡하든 막아야 된다고 했죠."

"멋대가리 없는 놈. 여자에게 그 무슨 막말이야."

"정말로 그런 사이 아니라니까요."

"막는다는 건 어떤 의미인데? A를 찾아가 설득이라고 하겠다는 거야? 아님, 사건 현장에서 A를 현행범으로 체포라도 하겠다는 거야?"

천 형사의 지금 말은 사실 하수연이 했던 반문과 똑같았다. 겨우 토씨 정도만 다를 뿐이었다.

"뒤쪽이요. 사건 현장에서 현행범으로……."

"여자가 뭐라고 반응했는데?"

"체포는 안 하고 복수만 막아줄 수 있는 방법이 없냐고요."

"그래서 넌 뭐라고 했고?"

"사람 살리는 건 의사고, 형사는 죽인 놈을 잡는 거라고 했죠."

"잘났어, 정말. 인마, 남자가 여자를 사귀려면 마음이 좀 넓어져야 하는 거야."

천 형사가 손으로 자기 가슴을 탁탁 쳤다. 그 모습을 보면서 태주는 어젯밤 하수연이 보여준 실망한 표정을 떠올렸다. 그녀는 왜 그런 표정을 지은 것일까?

"나라면 그렇게 말 안 했어."

천 형사가 일면경 저편으로 고개를 돌리며 이어서 말했다.

"난 그런 사실을 알고 난 즉시 체포부터 할 거야. 죄가 없으면 만들어서라도."

"형사가 그러면 안 되잖아요?"

"야, 나쁜 놈이야 당연한 죗값을 받는 거라고 해도 멀쩡한 사람을 범죄자로 만들 순 없잖아."

듣고 보니 그런 것도 같았다.

"만일 형사의 입장이 아니라면요?"

"형사가 아니라면 물론 다르지."

"어떻게요?"

"난 정당한 복수는 허용되어야 한다고 믿는 사람이야. 정정당당한 사회가 왜 안 되는 줄 알아? 법대로 하니까 안 되는 거야. 법은 권력이야. 권력의 속성은 지배욕이고. 법은 결코 지배를 당하려고 하지 않아. 약한 자를 위해 법이 필요하다고? 아니지. 그 법을 휘두르는 자는 절대 약자가 아니거든. 예를 들어 북한이 혹은 일본이나 중국이 우리나라를 먹었어. 그럼 재벌 회장님들이 벌벌 떨 것 같아? 그들이 망할 것 같아? 그 사람들 하나도 걱정 안 할걸. 그들은 돈의 힘을 알거든. 권력을 가진 사람들 역시 돈의 맛을 알고. 서로 줄 게 있고 먹을 게 있는데, 너 같으면 피 튀기며 싸우겠냐? 차라리 술잔을 부딪치지. 법이란 게 그렇잖아. 이렇게도 저렇게도 하지 말라고 하지, 뭘 하라고는 안 하잖아. 아무것도 못 하는데 무슨 정의가 실현되겠냐고. 법적으로 정당한 복수가 허용된다면 고슴도치 같은 놈들이 쉽게 범죄를 저지를 것 같아? 어림없을걸? 별 이유도 없이 열 뻗쳐서 사람을 죽이는 놈들은 있어도 이유 없이 복수하는 사람은 없거든. 뿌린 대로 거두도록 하는 게 진짜 법인 거야. 하지만 우리네 법이란 게 어디 그러냐고. 저기 저 고슴도치, 저놈만 해도 별 볼 일 없는 이유로 냅다 사람을 죽인 거잖아."

구구절절 옳은 소리였다. 하지만 마지막 말은 고개가 삐딱하게 돌아갔다.

"고슴도치에게도 이유가 없는 것은 아니죠."

고작 그 정도로 항변했다.

"야, 그 정도가 이유면 대체 이 땅에 살아남을 여자나 남자가 몇이나 되겠냐? 두어 달 공들였는데 넘어오기는커녕 늙수그레한 사내놈의 추파에 넘어갔다, 그래서 열불 뻗쳐서 죽였다. 이게 말이 돼? 사랑에 실패할 때마다 하나씩 죽이면, 내 나이쯤 되면 그 사람들만으로도 공동묘지 하나 만들겠다. 그런 건 이유가 안 돼. 사랑으로 아프면 공동묘지를 만들어도 가슴에 만들어야지, 난데없이 사람은 왜 죽이냐고? 하여튼 여자와 함께 죽은 그 노인네도 참 더럽게 운이 없어요. 아무리 혼자 된 지 오래됐어도 그렇지, 자기보다 한참 젊은 놈이 옆에서 껄떡거리는데 눈치 없이 그걸 낼름 뺏어 먹으려고 덤비는 건 또 뭐냐? 수작도 요령껏 부렸어야지. 그랬으면 머리도 박살 나지 않았을 거고."

"그건 그러네요."

별 의미 없는 맞장구였다. 속으로는 하수연을 다시 만나봐야 할지 말지를 고민했다.

"근데 그걸로 끝이냐? 그 여자에 대해 할 말 더 없어?"

태주는 어깨를 으쓱하는 것으로 할 말이 더 없음을 표시했다. 천 형사가 싱거운 녀석, 이라고 말하고는 가볍게 콧방귀를 뿜어냈다.

"한 건 발견했다면서요. 그건 뭐예요?"

태주는 화젯거리를 바꾸었다.

"1년쯤 된 건데 서대문구 H모텔에서 일어났던 살인사건이야."

"그 사건의 범행 도구도 500cc 맥주잔이었어요?"

"비슷해. 유리 재떨이였으니까. 피살자는 사십대 가정주부고."

"그 여자도 사랑한 여자래요?"

"아직 모르지, 실토를 안 했으니까. 그나저나……."

천 형사가 손목시계를 확인하더니 쩝쩝거리며 입맛을 다셨다.

"태주야, 좀 이르지만 나가서 밥이나 먹자. 반주도 한잔하고. 아침을 안 먹었더니 출출하네."

"그럴까요."

두 사람은 조사실을 힐끔거리고 나서 식별실을 나가기 위해 뒤돌아섰다. 그런데 그때 스피커를 통해 목소리 하나가 흘러나왔다. 조진호가 아닌 고슴도치였다.

"난 내 죄 다 인정했습니다. 그런데 왜 또 이러는 겁니까?"

두 사람은 도로 원래의 자리로 돌아갔다.

"뭘 더 내게 원하는 거냐고요! 설마 다른 사건까지 나한테 덤터기 씌우려는 겁니까? 그런 거라면 나 못 참아요. 난 억울하면 잠도 못 자는 사람이에요. 이봐요, 형사님. 백 사람의 범인을 잡는 것보다 한 사람의 억울한 죄인을 만들지 말라는 말 몰라요? 공에 눈이 멀어 괜히 엄한 사람 잡지 말라고요. 젊어서 잘 모르나 본데 세상일이란 게 그리 만만치가 않아요. 욕심 부리지 말고 순리대로 좋게 끝내자고요. 막말로 내가 변호사한테 당신의 수작을 나발 불면, 그럼 당신 입장만 곤란해지는 거 아닙니까? 이건 뭘 알고 덤벼야지 말이야."

고슴도치는 쳇, 하고 혓바닥을 튕기는 것으로 자기 말을 끝냈다.

그러거나 말거나 조진호는 아무런 반응조차 없었다. 그의 귀에는 이어폰이 꽂혀 있었다. 형사라는 사람이 어찌 저럴 수 있을까 싶지만 조진호라면 능히 그러고도 남았다. 고등학교 때까지 제법 잘나가는 야구 선수였다는 박 팀장에 따르면 조진호는 블론세이브(blown save)가 전혀 없는 완벽한 마무리 투수였다. 더욱이 조진호의 집안에는 현직 경찰만 일곱이었다. 운 좋게 발바리 하나 잡아서 형사가 된 태주하고는 뼈대부터가 달랐다.

"고슴도치 저 자식, 꽤나 정의로운 품성을 가졌네. 교도소에서 신학대학 가겠다고 머리 싸매는 거 아냐?"

*

기사식당은 손님들로 붐볐다. 식당 입구에 서서 자리를 훑어보던 천 형사가 용케 빈자리를 발견하고는 앞장서서 그리로 걸어갔다. 두 사람은 벽에 큼지막하게 붙여놓은 '오늘의 추천 메뉴'인 갈치조림을 시켰다. 반주로 소주도 주문했다. 으레 그렇듯이 식사가 나오기 전에 밑반찬과 함께 소주와 술잔이 먼저 탁자에 놓였다.

술잔을 채우자마자 천 형사는 서대문구 H모텔 살인사건에 대해 설명하기 시작했다.

"발견 당시 피살자는 전두골이 무참하게 함몰된 상태였어. 범행 도구인 유리 재떨이는 피가 묻은 채 바닥에 나동그라져 있었고. 하지만 사인은 두 손으로 목이 졸린 액사[11]야."

---

11 사람이 끈이 아닌 손으로 목을 압박하여 사망케 한 것을 액사(扼死, manual strangulation)라고 한다.

옆자리에는 노란 셔츠의 택시 기사 네 사람이 앉아 있었다. 무슨 얘기인가 싶었던지 귀를 쫑긋하며 관심을 드러냈다.

"이번 호프집 사건하고 비슷하긴 하네요."

"고슴도치와 그 모텔 사건의 피살자가 고향이 같더라고. 사진을 보니까 호프집 여자와 죽은 모습도 비슷하고."

호프집 여자는 블라우스 단추가 뜯겨진 채 가슴이 훤히 드러나 있었다.

"고슴도치 그놈 변태 아니에요?"

"전문가들이 아니라잖아."

"아무래도 저는 변태 같아요."

"호프집 여자는 질 검사에서 성관계가 없는 것으로 나왔지만 모텔 사건의 피살자는 성관계를 한 것으로 나왔더라고. 물론 정액이 발견된 건 아니고."

H모텔 살인사건에서 증거물이 채집되지 않은 것은 아니었다. 과학수사팀에 의해 채집되거나 채취된 증거물은 오히려 넘칠 정도로 많았다. 욕실, 수챗구멍, 리모컨, 문손잡이, 침대 바닥, 쓰레기통 등에서 지문과 체모, 머리카락, 정액이 묻은 휴지가 수도 없이 발견되었다. 끈기 있게 조사한 결과 한 가지를 제외하고 사건과는 아무런 연관성이 없는 무의미한 증거물로 밝혀졌다.

당시 수사팀의 유의미한 수확은 유리 재떨이에서 발견된 담배꽁초 하나였다. 재떨이에 묻어 있던 피가 담배꽁초에 스며든 것이었다.

"국과수 분석 결과를 보면 혈액은 피살자의 것이 맞았어. 담배꽁초에서 나온 타액은 훼손이 심한 탓에 혈액형이 O형이라는 것만 밝혀냈을 뿐이고. 근데 거기에도 문제가 있더라고. 담배꽁초가 범인의 것이 맞는지 맞지 않는지 판단할 만한 근거가 없는 거야. 피가 묻어 있는 재떨이에 담배꽁초가 들어갔고, 그래서 담배꽁초에 피가 스며든 것은 맞아. 하지만 범인이 피운 담배인가 하는 점은 불확실했던 거야. 범인이 엉뚱한 담배꽁초를 일부러 놓아뒀을 수도 있으니까."

"머리를 쓴 건가요?"

"응, 그런 거야."

그 때문에 H모텔 사건 수사팀은 담배꽁초를 두고 꽤나 고심했던 모양이었다. 의견이 두 가지로 갈린 것이었다. 범인이 자기 것이 아닌 담배꽁초를 수사에 혼선을 빚기 위해 일부러 놓아뒀다는 쪽과 범인이 일부러 놓아둔 건 맞는데 담배꽁초는 범인의 것이 맞을 것이라는 쪽이었다. 물론 사건이 풀리지 않으니 자기들끼리 치고받으며 말다툼이나 한 것이었다. 그러나 한 가지 의견은 일치했다. 범인이 다소 자기과시적인 놈이라는 것.

"참, 고슴도치는 비분비형이잖아요?"

"그랬지."

그때 주문한 갈치조림이 나왔다.

천 형사가 국물을 떠서 쩝쩝거리며 맛을 봤다. 그러느라 얘기가 끊어졌다. 그사이 바빠진 사람들도 있었다. 옆 테이블의 택시 기사들이었다. 그들은 서로의 머리를 맞대고 비분비형이 무슨 뜻인지 나름의 지식을 총동원해 의미를 유추하기에 바빴다. 그래 봤자 장님 코끼리 다리 만지기였다.

"난 전생에 물고기한테 엄청 당했나 봐. 그러니까 생선을 좋아하지."

천 형사가 갈치를 가시까지 꼭꼭 씹어 먹으면서 말했다.

고슴도치는 혈액형이 A형이었다. 그러나 타액 검사 시 그의 혈액형은 O형으로 나왔다. 이런 오류는 고슴도치가 비분비형 혈액형인 탓에 있다. 비분비형은 혈액형 물질이 타액, 정액, 소변 등의 인체 분비물로는 분비되지 않는다. 이런 사람들은 혈액형이 A형이더라도 혈액 검사가 아닌 타액 검사에서는 O형으로 나타난다. 그러니까 H모텔 사건의 담배꽁초에서 밝혀낸 O형의 혈액형은 비분비형일 경우 실제로는 A형인 것이다.

"여자의 사인이 액사라는 것, 둔기에 의해 전두부가 깨졌다는 것, 가슴이 훤히 보였다는 것, 혈액형이 A형으로 같을 수 있다는 것, 이런 것들로 두 사건을 동일범의 소행으로 의심했던 거군요."

"한 가지가 더 있긴 하지. 사실은 그게 결정적이었어."

"그게 뭐죠?"

"밥부터 먹고."

그 순간 옆 테이블에서 아, 하고 탄식이 흘러나왔다.

택시 기사들은 이미 식사를 다 끝낸 상태였다. 천 형사의 다음 이야기가 궁금했기에 자리를 뜨지 않고 일부러 뭉그적거리고 있었다.

그러나 천 형사는 느긋했다. 밥 한 공기를 다 비우고 나서도 다시 한 공기를 추가해 깨끗이 비웠다. 그마저도 바닥이 보이고 나서야 마침내 천 형사는 숟가락을 내려놓았다.

택시 기사들은 드러내놓고 반색했다. 그러나 그들의 기쁨과 기대는 잠시 후 분노와 절망으로 바뀌었다.

식사를 끝내고 천 형사는 계산대 쪽으로 걸어갔다. 이쑤시개라도 가지러 가는 줄 알았는데 느닷없이 지갑을 꺼내 밥값을 계산하더니 아직 자리에 앉아 있는 태주를 향해 "거기서 뭐해? 안 가?"라고 태연하게 말했다.

택시 기사들의 따가운 눈총을 뒤로한 채 태주는 쪼르르 천 형사 쪽으로 달려갔다. 가게 문턱을 넘어서는데 등 뒤로 택시 기사들의 험악한 야유가 쏟아졌다.

"들으라고 씨부렁거릴 때는 언제고, 사람을 갖고 노는 거야 뭐야!"

"형사라는 것들이 대낮부터 술이나 퍼마시고. 공무원이 잘하는 짓이다!"

천 형사가 이쑤시개로 이를 쑤시며 그들을 향해 한마디 툭 던졌다.

"이봐요, 아저씨들. 우린 형사가 아니라 기자거든요."

머쓱해진 택시 기사들이 다시 머리를 맞대더니 자기들끼리 쑥덕거렸다. 기자라는 걸 믿느냐 마느냐를 두고 설왕설래하는 눈치였다.

"내 눈으로 봤다고, 내 귀로 들었다고 그게 다 진실은 아니

거든요. 곳곳에 트릭이에요. 운전이나 잘하세요. 한순간에 신세
망치지 말고."

천 형사가 쓴웃음을 지으며 소리쳤다.

*

Y호프집 살인사건은 2주일쯤 전에 발생했다.

고슴도치가 흑심을 품었던 삼십대 후반의 호프집 여주인과
그녀에게 찝쩍대던 육십대의 사내가 잔혹하게 살해됐다. 사내
는 전두부와 후두부가 심하게 함몰되었고, 여주인은 전두부가
깨져 피가 흘러나왔으나 직접적인 사인은 두 손으로 목이 졸린
액사였다. 여자의 목에는 액흔[12]이 선명했다. 안구에서는 일혈
점[13]이 보였다. 살해 도구는 호프집에서 흔히 볼 수 있는 500cc
유리 맥주잔이었는데 현장에서 발견되었다.

살인을 저지르고도 고슴도치는 살인 현장에 한동안 머물러
있었다. 그때가 자정에서 20분쯤 지난 시각. 살인의 흥분을 즐
기며 맥주를 홀짝거렸다고 나중에 진술했다. 으적으적 노가리
라도 씹고 싶었는데 손을 까딱하는 것조차 귀찮아서 싫었고,
그래서 두 구의 시신에서 풍기는 비릿한 피 냄새로 안주를 대

---

12 손으로 목을 조른 흔적, 즉 액사의 흔적이다.
13 질식사의 3대 특징 중 하나로 바늘 끝 크기의 출혈이다. 모세혈관이 파열된 점상출혈이
라고도 한다.

신했다고 한다.

고슴도치가 사건 현장에서 빠져나간 시각은 2시 정각. 가게 계산대와 두 피살자의 몸에서 얻은 현금과 돈이 될 만한 물건들을 모조리 챙겨서 달아났다. 가게 문 밖 손잡이에 '금일 휴업'이라고 적힌 아크릴 팻말까지 걸어놓았다.

사건 신고가 들어온 것은 고슴도치가 사건 현장을 떠난 지 한 시간쯤 지난 뒤였다. 신고자는 이십대 후반의 퀵서비스 사내. 퀵은 친구와 만나 한잔 걸치고 헤어졌다. 호프집이 있는 커브 길을 돌다가 술기운 탓인지 그만 중심을 잃고 쓰러지고 말았다.

오토바이는 보도블록으로 튕겨져 올라간 뒤 호프집 문에 부딪친 다음에야 겨우 미끄러짐을 멈췄다. 바닥에 내동댕이쳐졌던 퀵은 벌떡 일어나 오토바이로 달려갔다.

아이구, 내 새끼. 안 다쳤쩌?

여자친구보다 더 아끼는 그의 보물 1호 야마하 로드라이너 디럭스였다. 그것을 사기 위해 그는 전세금도 줄였다. 다행히 그의 애마는 별 이상이 없어 보였다.

퀵은 쓰러진 오토바이를 조심스럽게 세우고는 펄쩍 뛰어 시트에 올라탔다. 스타트 버튼을 누르자 오토바이의 굉음이 기분 좋게 밤공기를 진동시켰다. 이제 스로틀 그립만 살짝 당겨주면 되는데 이상하게도 퀵은 그 상태에서 더는 동작을 이어가지 못했다. 그의 오른쪽으로 누군가의 차가운 시선이 느껴졌기 때문이다. 시선은 그의 오른쪽 눈가에 경련을 일으킬 정도로 따가웠다.

퀵의 표현에 의하면 그 순간 10만 볼트 전기가 10만 개의 머리카락에 흘렀다고 한다. 어쨌든 퀵은 제법 똑똑한 놈이었다. 사람의 머리카락은 대략 10만 개쯤 되니까.

퀵은 시선을 거부하지 못했다. 고개를 오른쪽으로 살짝 돌렸다. 그 순간 기분이 으스스해지면서 뒷골이 저릿저릿했다. 침을 꿀꺽 삼키고는 깨진 젖빛 유리 너머를 응시했다. 가로등빛조차 스며들지 않는 호프집 안은 동굴처럼 어두웠다.

보통 때였으면 얼른 시선을 돌렸거나 그 자리를 급히 떴겠지만 그날은 그렇지가 못했다. 술기운 탓은 아니었다. 이유는 냄새였다. 곰팡내에 비릿함이 섞인 것 같은 냄새가 그의 콧속으로 스며들었다.

퀵은 허리춤에 꽂아두었던 휴대폰을 꺼내 손전등 기능을 켜고 안쪽을 비췄다.

느릿하게 움직이던 불빛이 우뚝 멈춘 것은 계산대 맞은편 탁자에 이르렀을 때였다. 누군가 탁자에 엎어져 있었다. 얼핏 보아도 남자였다. 불빛이 조금 아래쪽으로 움직이자 바닥에 누워 있는 또 다른 사람이 보였다. 이번에는 여자였다.

뭐야? 저 사람들 왜 저래?

술에 취해 쓰러져 있는 사람치고는 자세가 희한했다. 아니, 남자는 그렇다고 해도 여자의 모습은 그것과는 너무 달랐다. 여자는 두 다리를 벌린 채 각기 의자 위에 올려놓고 있었다. 바닥을 흥건하게 적시고 있는 물기 같은 것이 눈에 들어온 것은 다음 순간이었다. 그리고 그제야 퀵은 지금의 상황이 어떤 상황인지 또렷하게 인식하게 되었다. 머릿속의 물음표가 느낌표로 바뀌었다.

"어, 엄마…… 엄마!"

퀵은 한 박자 늦게 비명을 터뜨렸다. 한꺼번에 서너 걸음 뒷걸음질을 치다가 그만 바닥에 엉덩방아를 찧고 말았다.

범인은 의외로 쉽게 밝혀졌다. 어이없게도 호프집 문에 걸어둔 팻말에서 지문이 채취되었다.

피의자 진술조서는 천 형사가 맡았다. 사건 현장에서 확보된 증거물과 사진을 바탕으로 질문을 던졌고, 그렇게 범행 과정이 재구성되었다.

고슴도치가 진술을 하는 내내 천 형사는 고슴도치에게 너그럽게 대했다. 간혹 흡연을 허락해주기까지 했다. 물론 그만한 이유는 있었다. 고슴도치가 남긴 담배꽁초는 수거되었고, 호프집에서 발견된 담배꽁초와 비교하기 위해 국과수로 보내졌다.

국과수의 분석 결과를 기다리며 형사들은 고슴도치의 진술 내용을 검증하는 작업에 몰두했다. 국과수의 분석 결과가 도착한 이후에는 다시 진술 내용이 보완되었다. 마지막으로 고슴도치가 진술서에 지장을 찍는 것으로 사건은 그들의 손에서 일단락되었다.

　다시 식별실로 돌아왔을 때 조사실의 분위기는 딴판으로 변해 있었다. 고슴도치가 모텔 방 살인사건의 범행을 인정한 것이다.

　탁자에는 사진 두 장이 놓여 있었다. 식별실에서는 사진의 이미지가 잘 보이지 않았다.

　"웬 사진이죠?"

　"봉투 안에 있었던 게 저거였나 본데."

　그때 조진호의 목소리가 스피커를 통해 흘러나왔다.

　"첫사랑을 죽인 겁니까?"

　고슴도치는 듣지 못한 척 침묵했다. 그러나 눈 밑의 잔주름이 파르르 떨리는 것은 감추지 못했다.

　"모텔 방 그 여자가 첫사랑이었어요?"

　태주의 질문에 천 형사에게 시큰둥하게 대꾸했다.

　"그랬나 보지. 진호가 방금 그렇게 말했잖아."

　두 장의 사진이 더욱 궁금해졌다. 그러나 천 형사는 이제 관심조차 없다는 표정이었다. 그가 시계를 흘낏 보면서 말했다.

　"넌 더 볼래? 난 그만 가봐야겠다. 시세 확인할 타이밍이라서."

　"나중에 봬요."

　천 형사가 손을 슬쩍 들었다가 놓고는 돌아서서 걸어갔다. 등 뒤로 휘파람 소리가 들려왔다. 태주가 알 만한 노래는 아니었다. 아마도 천 형사 자신도 모를 것이었다. 어떤 특정한 노래를 흥얼거리는 게 아니라 아무렇게나 휘휘 불어대는 휘파람이었으니까.

"태주야, 눈은 왜 그러냐?"

휘파람 소리가 멈추고 다시 천 형사의 목소리가 들려온 것은 잠시 후였다. 천 형사는 문을 반쯤 열어두고 있었다.

"결막하출혈이랍니다."

의사의 말을 고스란히 옮겨주었다. 천 형사는 용케 그것을 알아들었다.

"눈에 피멍이 들었다는 얘긴데, 네가 신경 쓰는 게 참 많은가 보다."

의사도 똑같은 말을 했다.

달리 말하면 눈에 피멍이 든 겁니다. 시력과는 아무 관계가 없고, 당연히 특별한 치료도 요하지 않습니다. 태주는 치료가 필요하지 않다는 의사의 말을 도무지 이해할 수 없었다. 눈에 피멍이 들었는데 어떻게 치료가 불필요하다는 거야? 핏대를 세우며 따지고 싶었지만, 순박한 표정으로 우두커니 옆에 서 있는 간호사가 왠지 모르게 마음에 걸렸다. 태주는 불만스레 의사를 쏘아보았다.

의사는 그의 속내를 짐작한 것 같았다. 두어 번 마른기침을 하더니 슬그머니 한마디를 덧붙였다. 멍이라는 게 원래 시간이 지나면 그냥 사라지는 거잖습니까. 그러니까 그렇죠.

스피커를 통해 조진호의 목소리가 흘러나왔다.

"어느 쪽이 첫사랑이죠?"

조진호는 양손에 하나씩 사진을 들었다. 그제야 식별실에서도 두 장의 사진이 훤히 보였다.

사진은 여자의 가슴 사이에 있는 점(点)이었다. 한쪽은 팥알만 했고 다른 한쪽은 그 두 배쯤 돼 보였다. 고슴도치는 입이 아닌 눈으로 대답했다. 그는 오른쪽 사진에서 시선을 떼지 않았다.

"이쪽이오?"

조진호가 오른쪽의 사진을 흔들며 재차 물었다. 고슴도치가 숨을 크게 들이 삼켰다가 뱉어낸 뒤 마지못해 고개를 끄덕였다.

"1년 전에 당신이 죽인 당신의 첫사랑, 맞습니다. 이쪽이 맞아요."

그 순간 고슴도치의 입에서 끙, 하고 신음 소리가 새어 나왔다. 태주의 귀에는 그 소리가 이상하게도 크게 들렸다. 그 이유가 무엇인지 곧 깨달을 수 있었다. 신음 소리는 고슴도치뿐만 아니라 태주의 입에서도 흘러나왔던 것이다.

갑자기 기분이 나빠졌다. 화도 치밀었다. 욕이라도 한바탕 퍼붓고 싶을 정도로 입술이 간질거렸다. 가슴 밑바닥 어딘가에서 뜨거운 덩어리 하나가 꿈틀거리는 것 같았다.

"개새끼, 지랄하네."

태주는 문을 박차고 식별실에서 나갔다.

씩씩거리며 복도를 걸어가는데 저만치 앞쪽에서 계장과 시시덕거리는 천 형사가 보였다. 재빨리 오른쪽으로 방향을 틀었다. 하필이면 그곳은 화장실이었다.

세면대 앞에 서서 그는 거울을 노려보았다. 거울 속에서 애꾸눈 사내가 그를 쏘아보고 있었다. 영화에 등장하지 않는 영화 속의 주인공, 애꾸눈 잭.

누군가 애꾸눈 잭을 애타게 부르고 있었다. 그의 판단으로 둘 중 하나였다. 그들이 그의 머릿속을 채우고 있었다.

슈퍼스타 이시우. 그가 아니라면, 뚱보 그놈.

주머니에서 진동이 느껴졌다. 휴대폰 문자메시지였다.

구름 아래 물방울 빗물뿐일까. 그건 혹시 천사의 눈물.

천사라고 행복하진 않을 테니까 사랑 없으면 천국도 지옥.

강물이 흘러서 바다로 가듯이 사랑이 오는 길목 막을 수 없어.

퀵의 말처럼 10만 볼트 전기가 10만 개의 머리카락에 흐르는 것 같았다. 발신자의 번호는 찍혀 있지 않았다. 누군가 모습을 감추고 그를 지켜보고 있었다. 신경줄이 팽팽하게 당겼다. 누굴까? 도대체 무슨 개수작이란 말인가? 바람에 흔들리는 문풍지처럼 태주의 속눈썹이 파르르 떨렸다. 그리고 그때 눈물이 뺨을 타고 소리 없이 미끄러졌다.

투명하지 않고 불그스름한 눈물.

그러니까 그것은 피눈물이었다. 의사는 그냥 멍이라고 했지만, 시간이 지나면 저절로 사라지는 것이라고 했지만, 아무리 세월이 흘러도 사라지지 않는 멍도 있었다.

가면 뒤의 얼굴

육지 사람들의 뱃멀미만큼 뱃사람들은 땅멀미를 느낀다고 합니다. 땅멀미, 어떤 느낌일까요? 대부분의 뱃사람들은 임신 때의 입덧과 흡사하다고 말합니다. 뱃사람 대부분은 여자가 아닌 남자일 텐데, 뱃사람은 입덧을 남자가 하는 건가요? (웃음) 뱃사람들이 믿는 미신은 굉장히 많습니다. 그중에 이런 미신도 있죠. 바다에서 죽은 뱃사람은 갈매기가 되고 땅에서 죽은 뱃사람은 반인반어의 인어가 된다는. 방금 전에 말했지만 뱃사람들 대부분은 남자입니다. 알고 보면 인어는 남자였던 겁니다. (웃음) 그런데 여러분은 인어를 본 적이 있나요? 있어요? 대부분 없을 겁니다. 그렇다면…… 땅멀미 때문에 죽은 뱃사람이 없다는 의미겠죠. (웃음과 박수)

서울로 올라오는 내내 석규는 이어폰을 끼고 라디오를 들었다. 라디오 방송에 패널로 나온 의학 전문 기자라는 사람은 멀미에 대해 사전적 의미를 고스란히 인용했다. 움직이는 것, 이를테면 차, 배, 비행기 따위의 흔들림 때문에 발생하는 것으로 속이 메스껍고 어지러움을 느끼는 현상.

그 얘기에 이어 직업이 소설가라는 사람은 이렇게 말했다. 여러분이 지금 땅멀미를 느끼지 못하고 있다면 그건 지구가 움직이지 않고 있기 때문입니다. 지구는 움직이지 않아요.

재밌는 농담인 건가? 요란한 웃음소리가 터졌다. 소설가가 좀더 설명을 보탰다. 지구는 둥근 원처럼 생겼다고 하잖아요. 그런데 우린 그걸 못 느껴요. 우리의 눈에는 편평한 지구만 보이죠. 사실 지구는 평평해요. 과학자들이 우리에게 사기 친 겁니다. 여러분의 눈으로 직접 보지 않은 것은 믿지 마세요. 자, 여러분 제 말을 믿으시나요? 떼거지로 대답이 돌아왔다. 아니요! 하하하, 그래요. 지구는 둥급니다. 지구본을 꼭 닮은 게 지구죠. 하하. 소설가의 마지막 말에는 석규도 조금 웃었다.

소설가의 뒷말을 받은 사람은 문화인류학자인 대학교수였다.

원이란 끊임없이 이어지는 직선이죠. 다람쥐가 왜 쉬지 않고 달리는 줄 아세요? 다람쥐는 쳇바퀴, 즉 원을 달린다고 생각하는 것이 아닙니다. 다람쥐는 편평한 직선을 끊임없이 달리고 있다고 믿는 거예요. 아무리 뛰어도 그 자리인 끝이 없는 달리기인 셈이죠. 왜 그럴까요? 사실은 눈이 우리를 속이는 겁니다.

눈이 머리를 속이는 겁니다. 편평하다고 믿었는데 사실은 둥글고, 직선이라고 믿었는데 사실은 원이었던 거죠.

석규는 고개를 끄덕였다. 그의 나이 예순, 지금까지 끊임없이 달려왔다. 멀미가 날 정도로 열심히. 그러나 쳇바퀴 속의 다람쥐였다. 직선을 달리고 있다고 생각했는데 사실은 조그만 원통이었던 것이다.

시외버스에서 내렸을 때 석규는 가벼운 현기증을 느꼈다. 멀미였다. 평소에는 느끼지 못했는데 왜 오늘은 멀미를 느낀 걸까. 그러나 깊게 생각하지 않았다. 라디오 때문이야. 그걸 듣지 않았다면 아무렇지도 않았을 텐데. 대합실에서 나가 지하철을 타기 위해 지하 계단으로 내려가면서도 멀미는 사라지지 않았다.

승객은 그리 많지 않았어도 지하철에는 빈자리가 없었다. 자리라도 양보받으려는 꿍꿍이로 보일까 싶어 안쪽으로 가지 않고 그는 문 옆에 서서 창밖을 내다보았다.

지하철은 내내 터널로만 달렸다. 내릴 때쯤 되어서야 지하철은 지상으로 올라왔다. 차창 너머로 갈매기가 보였다. 라디오에서 소설가가 했던 말이 다시 떠오른 건 그때였다. 바다에서 죽은 뱃사람은 갈매기가 되고…… 그렇다면 뱃사람이 아닌 사람은 무엇으로 다시 태어나는 걸까? 죽은 그의 아내가 생각났다. 아내는 어떻게 되었을까? 다시 태어났을까? 만일 그랬다면 무엇으로 태어났을까? 무엇으로든 태어났다면, 전생보다 서너 배쯤 오래 살았으면 좋겠다고 그는 생각했다. 그래야 그의 마음이 조금은 편할 수 있을 테니까.

석규는 지하철에서 내려 해밀턴호텔 쪽으로 걸음을 옮겼다. 그 근처 커피 전문점에서 장 박사를 만나기로 했다.

장 박사는 줄곧 대학병원에 있다가 몇 해 전 독립하여 개인 병원을 시작했다. 점심시간에 맞춰 약속을 잡아준 사람은 황민기였다. 절대 약속 시간에 늦지 말고, 너무 늦게까지 붙들고 있지도 말라며 황민기는 신신당부했다. 그 때문인지 석규는 꽤 여유 있게 약속 장소에 도착했다.

장 박사는 약속한 시간에 정확히 맞춰 나타났다. 흰머리를 길러 파마를 했는데. 머리 스타일이 언젠가 해미의 음악책에서 본 베토벤을 떠올리게 했다.

커피 잔을 앞에 두고 두 사람은 으레 그렇듯이 명함부터 주고받았다. 시간이 별로 없다는 듯 장 박사는 찾아온 용건부터 물었다.

"서은희 씨가 죽었어요. 혹시 알고 계셨습니까?"

당연히 모를 것이라 예상했다. 이정국이 그토록 감췄는데 알고 있다면 오히려 그게 더 이상한 일이었다.

"그랬어요? 어쩐지 안 보인다 싶더니."

장 박사는 내심 다행으로 여기는 눈치였다. 그도 그럴 것이 한동안 환자가 나타나지 않았는데 그 이유가 의사나 병원에 대한 불만이 아니라 오고 싶어도 올 수 없는 상황이었다는 것을 다소 기껍게 받아들인 것이었다.

"근데 왜 뉴스에는 안 나왔죠? 난 못 본 것 같은데……."

장 박사가 팔짱을 끼며 되물었다. 석규는 자기가 대답할 질문이 아니라는 듯 글쎄요, 라고 대꾸하고는 은근슬쩍 다음 질문으로 넘어갔다.

"서은희 씨가 장 박사님의 오래된 환자라던데 얼마쯤 된 거죠?"

"30년이 좀 안 됐을 겁니다. 여하튼 오래됐어요."

서은희가 18년 전의 사고 이전에도 장 박사의 환자였다는 것이었다.

"병명이 뭐였는지요?"

"말해줘도 모를 겁니다."

장 박사가 커피 스푼을 들었다가 던지듯이 툭 도로 내려놓으며 시큰둥한 어조로 말했다. 뭐 그따위를 묻느냐는 노골적인 불만의 표시였다.

"그토록 오래 치료를 받아야 할 정도로 병이 심각했던 건가요?"

"그토록 오랫동안 치료를 받았는데 왜 완치가 안 됐느냐고 내게 따지는 것 같네요."

장 박사가 톡 쏘듯이 말했다.

"그런 건 아닙니다. 기분 상하셨다면 죄송합니다."

"뭐, 그 정도는 아니고요. 골치 아픈 환자였다는 건 분명해요. 의사 입장에서 별로 만나고 싶지 않은 환자였다고나 할까요."

석규는 세간의 소문부터 확인하고 싶었다.

"서은희 씨는 아시안게임이 끝나자마자 은퇴를 선언했잖아요.

그게 장 박사님께 치료받는 것과 연관이 있었을 것 같은데요."

"연관 있죠."

장 박사가 상체를 뒤로 약간 젖히더니 한쪽 발을 다른 발에 포갰다.

"어떤 연관이죠?"

"물 공포증이에요."

석규는 커피 잔으로 손을 가져가다 말고 문득 멈추었다.

황당했다. 국가대표 수영선수가, 아시아의 인어가 물을 두려워했다니? 듣고도 믿기지 않는, 아니 믿을 수 없는 얘기였다.

"설마요?"

그의 반응을 장 박사는 당연한 것으로 받아들였다.

"하지만 그게 어느 한순간 짠하고 나타나는 게 아닙니다. 단계적인 과정을 거쳐 서서히 드러나죠. 그러니까 시합에도 나가고 그랬던 거고요."

"그 물 공포증이라는 거 서은희 씨가 꽤 힘들어했을 텐데, 뱃멀미와 비교하면 어느 정도 고통인 건가요?"

그의 질문이 뜬금없었던지 장 박사가 잠시 그를 빤히 쳐다보았다. 그러다 한쪽 입꼬리를 말아 올리며 쓴웃음을 짓고는 "잘은 모르겠지만 백배쯤? 아니 천 배쯤?" 하고 농담처럼 말했다. 조금 어이가 없긴 했어도 석규는 그제야 서은희가 느꼈을 고통의 무게가 어느 정도였는지 감이 왔다.

어쨌든 장 박사의 대답으로 석규는 한 가지를 분명하게 깨달았다. 18년 전 정수네 부부가 탄 차가 저수지에 빠졌을 때 서은희는 그들을 구하고 싶어도 구할 수 없는 처지였다는 것.

"물 공포증이 시작된 게 정확히 언제부터였는지 혹 기억하고 계세요?"

의사는 콧등으로 흘러내린 안경을 조금 추켜올리고는 골똘한 표정을 지었다.

"내가 듣기론 아시안게임 직전이었던 것 같아요."

"어떤 계기 같은 게 있었던 걸까요?"

"글쎄요. 굳이 찾자면 동료 수영선수의 느닷없는 죽음이 아니었을까 추측합니다만."

귀가 솔깃해지는 얘기였다.

"자세히 말씀 좀……."

석규는 의자를 조금 당겨 앉았다. 그리고 그제야 수첩을 꺼내 탁자에 펼쳐놓았다.

"그러고 싶어도 나도 자세히 알고 있는 게 없어요. 동료 수영선수의 죽음은 인터넷을 검색해보세요. 혹시 나올지도 모르니까. 내가 아는 건 그 선수가 불의의 사고를 당해 죽지 않았으면 서은희가 아시안게임에 출전하기 힘들었다는 거, 그 정도가 다예요."

"동료 선수가 어떻게 죽었는지는 알고 계신지요?"

"제가 듣기론 물에서 쥐가 났대요. 그래서 죽었다고 하더라고요."

"선수촌 수영장에서요? 그건 말도 안 되는 얘기로군요."

커피 잔을 입으로 가져가던 장 박사가 왜죠, 하는 눈빛으로 그를 바라보았다.

"수영선수들은 근력운동을 꾸준히 하기 때문에 시합이나 연습 중에 쥐가 나는 경우가 거의 없습니다. 수영 중에 혹 쥐가 나더라도 생명을 잃을 만큼 위험한 상황에 처하지도 않고요. 수영선수들은 스스로 응급조치하는 방법을 잘 알고 있으니까요."

그는 이런 얘기를 딸이 여섯 살 때 다니던 동네 수영장 강사에게서 들었다. 삼 개월 코스의 수영 강습이었다. 일주일에 두 번 그는 아내 대신 딸의 손목을 잡고 수영장에 드나들었다. 그당시 수영강사가 한 말을 흘려들었는데도 그는 용케 잊지 않고 기억하고 있었다.

"쥐가 났을 땐 배영으로 누워서 손으로 발가락을 잡고 가슴쪽으로 당겨줍니다. 쥐가 났을 때의 기본적인 요령이죠."

석규는 수첩에 '동료 수영선수의 죽음―의문'이라고 쓴 다음 끝에 물음표를 그려 넣었다. 직감적으로 불길한 느낌이 들었다. 하지만 그 일은 그의 관심사가 아니었다. 그가 알고자 하는 것과는 거리가 한참 멀었다. 수첩에 끼적거린 것은 장 박사에게 보여주는 일종의 제스처였다. 난 당신의 얘기를 허투루 흘리지 않는다, 라는.

"혹시 18년 전 사고에 대해서도 알고 있습니까? 그 사고로 시동생 부부가 죽었는데요."

석규는 본론으로 들어갔다.

"그 사고, 알죠."

"서은희 씨가 알코올중독자가 된 게 그즈음이라고 하던데요."

"글쎄요. 그때쯤인가? 정확히 모르겠네요."

사실은 석규도 넘겨짚은 것에 불과했다. 서은희가 언제 알코올중독자가 됐는지에 대해 그는 전혀 아는 것이 없었다.

"역시 시동생 부부가 죽은 것이 결정적인 요인이 되지 않았을까요?"

그래도 석규는 후퇴하지 않고 계속해서 밀고 나갔다.

"서은희 씨가 죄책감을 갖고 있긴 했지만 딱히 그것 때문에 알코올중독자가 됐다고는 단정할 수는 없어요."

"그 죄책감이라는 것이 어떤 식으로 표현됐는지 궁금하군요."

"표현?"

뭔가를 생각하는 듯한 표정으로 의사가 커피 잔 손잡이를 손끝으로 톡톡 쳤다.

손이 멈추고 장 박사가 그를 빤히 쳐다보며 말했다.

"그런 거 없었어요. 표현이든 말이든. 그냥 그랬다는 거죠. 의사로서 힘든 환자였죠."

서은희가 의사에게 힘든 환자였다면 장 박사는 형사에게 그런 사람인 것이 틀림없었다. 형사들이 상대하기 곤란한 사람들이 바로 이런 부류였다. 또박또박 대답은 해주는데 정작 건질 만한 것은 아무것도 없는.

"시동생 부부가 죽은 그 사고에 대해 서은희 씨가 뭐라고 얘기를 했을 것 같은데요."

"언급은 했죠."

"그게 어떤 얘기죠?"

"그 사고를 목격하지 못했다고요. 잠을 자고 있었다고 했던가?"

서은희는 경찰에게 했던 말을 의사에게도 똑같이 했다.

18년 전, 석규가 사고 현장에 도착하고 한 시간쯤 지나서 본서에서도 사람들이 도착했다. 그의 기억으로 서은희는 그제야 차 안에서 나왔다. 그때까지 그녀는 무슨 일이 벌어졌는지 상황을 인지하지 못했던 것 같다. 경찰관과 순찰차를 보면서 그녀는 어리둥절한 표정을 지었다. 그녀는 약간 비틀거리는 걸음으로 이정국 쪽으로 향했다. 마침 이정국이 그녀를 발견하고 부리나케 달려왔다. 이정국이 그녀를 감싸 안듯이 하며 뭐라고 속삭였고 곧 그녀와 그는 차 안으로 들어갔다. 두 사람은 차 안에서 둘만의 얘기를 나누었다. 서은희는 한동안 놀란 표정이었다가 나중에는 눈물을 쏟으며 울어댔다. 이정국의 손이 그녀의 등을 토닥거려주었고, 얼마쯤 후에는 이정국 혼자 다시 차 밖으로 나왔다.

석규는 본서에서 사람들이 도착하고 나서도 그랬지만 그전에도 동료 경찰관에게 이정국에 대한 일을 떠맡긴 채 이정국 근처에는 가까이 가지 않았다. 그의 존재가 이정국에게 드러나는 것을 원치 않았던 것이다. 그러다 보니 자연스럽게 이정국의 차 근처에서만 얼쩡거리게 되었다. 그 덕분에 자세히 차 안을 볼 수 있었다. 당시에 잠에 취한 서은희와 아이 둘은 그의 관심을 끌지 못했다. 그저 그런 상황에서 잠이라니, 하는 의문을 잠시 품었을 뿐이다.

그의 관심을 사로잡은 것은 따로 있었다.

"혹시 박카스병에 대한 언급이 있었는지요?"

사실은 이 질문을 하기 위해 장 박사를 만나러 왔다고 해도 과언이 아니었다.

장 박사가 숨을 들이마시더니 은근슬쩍 한쪽 어금니를 힘주어 깨물었다. 왼쪽 손이 다시 탁자를 톡톡톡 두드렸다.

"그런 것도 알고 있었습니까?"

장 박사가 불만스레 양미간을 살짝 찡그렸다.

그러고 보니 석규는 자신에 대해 장 박사에게 아무것도 말해주지 않았다. 황민기와 따로 통화를 했을지도 모르지만 자세한 설명은 듣지 못한 눈치였다. 석규는 간략하게 자기소개를 해주었다. 18년 전, 그리고 지금도 호정저수지를 관할하는 파출소에서 근무하고 있으며 두 건의 사고 때 현장에 출동했었다는 이야기가 전부였다.

"딱 한 번 혼잣말처럼 박카스병에 대해 언급한 적이 있죠. 나중에 다시 물었지만 아무 말도 안 했어요. 대체 그게 무슨 의미를 갖는 겁니까?"

장 박사가 오히려 그에게 물었다. 그러나 석규는 그의 질문을 다른 질문으로 맞받아쳤다.

"박카스병에 대해 뭐라고 언급했죠?"

"제가 먼저 질문했잖습니까?"

장 박사가 핏대를 곤두세우며 언성을 높였다.

경찰과 의사는 공통점이 있다. 둘 다 대답보다는 질문에 익숙하다는 것. 자존심의 문제가 아니라 직업의 속성 탓이었다.

"어떤 의미를 갖는지 그걸 알아내기 위해 박사님을 찾아온 겁니다."

거짓말은 아니었다. 장 박사가 입술을 몇 번 비틀더니 결국 마지못해 대답을 해주었다.

"그걸 마시고 나서 졸렸다고 하더군요. 하지만 꼭 그것 때문 이라고는 자신할 수 없어요. 그러니까 그 박카스병에 수상한 무엇인가가 들어갔을 거라고 함부로 단정 짓지 말라는 겁니다. 제 말 무슨 뜻인지 이해하시겠죠?"

굳이 이해할 필요는 없었다. 서은희가 그걸 마시고 나서 졸 렸다, 라고 말한 것이 중요했을 뿐. 석규는 곧바로 다음 질문을 던졌다.

"그 당시에 서은희 씨는 박사님한테 처방받은 약을 복용하 고 있었을 텐데요. 그 약에 수면제 성분이⋯⋯."

조심스럽게 말끝을 흐렸다. 그 정도만으로도 질문의 의도가 무엇인지 장 박사는 충분히 알아들었을 것이다.

갑자기 장 박사가 하하, 하고 웃더니 어이없다는 듯 한쪽 입 꼬리를 슬그머니 끌어올렸다.

"이봐요, 최 소장님. 지금 어떤 상상을 하시는지 알겠는데, 그건 그야말로 상상일 뿐입니다. 의사가 처방하는 수면제 대부 분은 그리 위험하지 않아요. 여러 개를 한꺼번에 먹는다고 해 도 갑자기 기절하듯이 쓰러지거나 폭포수처럼 잠이 쏟아지는 것도 아니고요."

장 박사가 확인하듯 아시겠어요? 하고 다시 말했다.

"물론 그렇겠죠."

석규는 순순히 인정했다. 그가 조사한 내용 역시 장 박사의 말과 별로 다르지 않았다.

"이것만은 분명하게 말해두죠. 감기약이나 콧물약 같은 항히스타민제는 의사의 처방 없이 약국에서도 구입이 가능하지만 그 외의 벤조다이아제핀계나 바비튜레이트계는 반드시 의사의 처방이 있어야 한다는 거."

"뒤에 말한 그 두 가지는……."

석규는 펼쳐져 있던 수첩을 앞으로 한 장 넘겼다. 거기에는 그가 조사한 수면제에 대한 내용이 적혀 있었다.

"벤조다이아제핀계는 치사량의 수치가 높고 해독제도 존재하기에 비교적 안전하다는 평가를 받고 있고, 마취보조제나 항경련제로 쓰이는 바비튜레이트계는 치사량의 수치가 낮고 특별한 해독제가 없기 때문에 다소 위험하다고 하던데요."

수첩에 적힌 것을 그대로 읽고 난 뒤 석규는 고개를 들어 장 박사를 보았다.

"그래서요?"

오히려 장 박사가 반문했다.

"그러니까, 의사의 처방으로 약국에서 살 수 있는 수면제의 효과가 어느 정도인가 하는 겁니다."

더 정확히 얘기하면 서은희에게 복용시킨 약 중 사람을 기절시킬 만한 위력을 가진 수면제가 있었느냐 하는 것이었다.

"사람이 기절할 정도라면 엄청난 양의 수면제를 믹서에 갈아야 할걸요? 그걸 범행 목적으로 이용한다는 건 현실적으로 어렵지 않겠어요? 많은 양이 아니더라도 그걸 커피나 음료수에 타면 웬만한 사람은 맛이 이상하다는 걸 금방 눈치챌 거고요."

"영화나 드라마를 보면 음료수를 먹자마자 기절하듯이 고꾸라지고 그러던데요."

"그런 수면제에 대해 알아보려면 영화나 드라마 만드는 사람한테 가서 물어보세요. 의사인 나는 몰라도 그들은 잘 알고 있는 것 같으니까."

심기가 불편했는지 장 박사가 다시 핏대를 곤두세웠다.

"대학병원에는 그런 효과가 있는 약들이 꽤 있겠죠?"

그래도 석규는 모른 척 계속해서 질문했다. 분위기로 보아 다음에 다시 약속을 잡는 것은 이미 물 건너간 일이었다. 궁금한 것이 있으면 오늘 전부 질문해야 할 것 같았다.

"물론 그렇죠. 없다면 그게 대학병원이겠습니까? 하지만 있어도 없는 것과 같아요. 어느 병원이든 약 관리는 매뉴얼에 따라 철저하게 하니까."

"당연히 그렇겠죠."

장 박사가 이맛살을 찌푸리며 시계를 보았다. 그만 헤어지자는 장 박사의 무언의 압력이었다.

"바쁘시죠?"

"늘 바쁘죠."

심드렁하게 대꾸하고 나서 장 박사 다시 물었다.

"서은희 씨가 죽었다는 거 사실입니까? 설마 거짓말한 거 아니죠?"

"사실입니다."

그의 대답이 끝나자마자 장 박사가 홍, 하고 코웃음을 쳤다.

"거 참, 생각할수록 짜증나는 일이네. 아시안게임 3관왕의 스포츠스타가 뉴스거리도 안 된다는 건가? 안 그래요?"

그제야 석규는 장 박사가 무슨 얘기를 하려는 것인지 짐작됐다. 석규는 그러게요, 하고 넌지시 맞장구를 쳐주었다.

"지금이야 올림픽에서 금메달도 따고 은메달도 따고 그런다지만 예전에는 어디 그랬어요? 서은희 하면 정말 최고의 스포츠스타인데, 당연히 나한테 인터뷰도 오고 그랬어야 하는 거잖아요?"

"그렇죠, 당연히 그랬어야죠."

마지못해 대꾸했지만 석규는 속으로 실소를 금치 못했다.

장 박사가 다시 손목시계를 살폈다.

"벌써 시간이 이렇게 됐네? 별로 한 얘기도 없는 것 같은데……."

말해놓고 나서 조금 겸연쩍었는지 괜히 너스레를 떨었다.

"바쁘신데 오늘 고마웠습니다. 혹시 나중에라도 뭔가 생각나는 게 있으면 언제라도 좋으니 연락 부탁드립니다."

그러면서 석규는 책상 모퉁이로 밀려나 있던 명함을 슬며시 장 박사 쪽으로 밀어주었다.

"그러죠."

장 박사가 명함을 챙기더니 의자를 뒤로 밀며 자리에서 일어났다.

석규는 그대로 자리에 남았다.

커피를 홀짝거리며 수첩으로 시선을 떨어뜨렸다. 습관적으로 끼적거린 탓에 까만 글씨들이 수첩에 가득했다. 그중 유독 눈에 띄는 글자가 있었다.

박카스병.

석규는 형사 시절 사용하던 수첩 가운데 마지막 한 권을 아직 책상 서랍에 보관하고 있었다. 그 수첩에도 같은 글씨가 적혀 있었다.

그는 수첩 한 장을 넘겨 거기에 글씨를 적어 넣기 시작했다.

　　박카스병에 수면제 성분이 들어 있었다면, 이정국은 그것을 어디서……?

문장 맨 끝에 물음표가 찍혔다.

*

지하철을 타기 위해 계단을 밟고 지하 통로로 내려갔다.

지하 통로 양쪽에 붙어 있는 각종 광고판이 지나는 행인들을 유혹했다. 그중 하나의 광고판을 보았을 때 석규는 자기도 모르게 발길을 멈추었다.

'뮤지컬 햄릿'

햄릿 분장을 한 이시우가 광고 포스터의 절반을 차지하고 있었다. 석규는 좀더 가까이 다가가서 이시우를 살폈다. 아무리 봐도 아버지를 닮은 얼굴이 아니었다. 그렇다면 엄마 쪽인가?

사건을 조사한 형사에 따르면 서은희의 혈액에서 알코올 성분이 검출되었다고 한다. 타살의 증거는 발견하지 못했다. 알코올 반응 탓에 서은희는 음주운전 운전자 과실에 의한 사망쪽으로 결론이 내려졌다.

포스터를 뒤로하고 다시 걸음을 옮기려는데 주머니에서 진동이 느껴졌다. 진동은 여러 번 반복되었다. 액정 화면에 '황원장'이라고 떴다.

황민기는 세미나 관계로 서울에 왔다고 했다. 광화문에 있는 호텔에서 세미나가 열리는데 그때까지 아직 시간이 있으니 장 박사와 미팅이 끝났으면 좀 보자고 했다.

그는 핑계를 대고 거부하려다가 퍼뜩 스치는 생각이 있어 순순히 초대에 응하기로 마음을 바꿨다.

장 박사와의 약속 날짜와 시간을 정한 사람은 황민기였다. 그때 황민기는 석규의 스케줄은 아예 묻지도 않았다. 장 박사 바쁜 사람이니까, 자네가 그 사람 시간에 좀 맞춰줘, 라고 요구한 사람이 황민기였다. 그런데 방금 전 엉뚱한 생각 하나가 그의 머릿속에 떠올랐다. 사실은 장 박사가 아닌 황민기 자신의 스케줄에 맞춰 약속을 정한 것이 아닐까?

약속 장소는 예술의 전당 오페라하우스 1층에 있는 바였다. 오렌지색 피아노가 인상적인 곳으로 황민기는 이미 그곳에 도착해 있었다.

"식사는 했나?"

맞은편 자리에 앉자마자 황민기가 물었다.

"했어."

"그럼 공연부터 볼까?"

"공연?"

"공연 시간이 다 됐으니까, 일단 자리부터 옮기자고."

고작 공연이나 같이 보자는 거였나? 여기로 오면서 석규는 머릿속이 복잡했다. 황민기가 만나자고 한 이유가 뭘까? 결론은 둘 중 하나였다. 그에게 해야 할 말이 있거나 듣고 싶은 말이 있다는 것. 그런데 느닷없이 공연이라니?

"〈귀비취주(贵妃醉酒)〉[14]라고 하는 경극이야. 이거 한번 읽어봐."

그가 내민 것은 팸플릿이었다.

"경극은 간단한 소도구 외에는 무대장치와 소품을 거의 사용하지 않아. 채찍, 깃발, 탁자, 의자, 술잔, 식기, 침상, 각종 무기 등의 소도구들이 있지만 배우들의 몸짓과 행동에 따라 의미가 달라져."

예를 들어 송이 모양의 늘어진 가죽 채찍은 말을 의미하고,

---

14 청나라 초기의 작가 홍승(洪昇)이 지은 전기(傳奇)『장생전(長生殿)』(1688)의 한 대목인 취비(醉妃)에서 따온 것. 당나라 현종(玄宗)의 귀비 양옥환(楊玉環)은 백화정(百花亭) 연회에서 황제를 기다리다가, 현종이 약속을 어기고 귀비와 총애를 겨루는 매비(梅妃)에게로 갔다는 말을 듣게 된다. 이에 종자(從者)인 고역사(高力士)와 배역사(裴力士)를 상대로 술로 마음을 달랜다.(출처: 네이버 두산백과사전)

허리를 구부린 채 옷자락을 잡고 종종걸음으로 무대 옆을 걸으면 계단을 오르내리는 것이고, 노를 가진 사람이 함께 있으면 현재 배를 타고 있다는 설정이 되는 식이었다.

팸플릿에는 복장이나 배우의 분장한 모습, 색깔로도 역할이 무엇인지 신분이 무엇인지 짐작할 수 있다고 쓰여 있었다. 팸플릿 한 부분에는 강조하듯 딱딱한 글씨체로 중국말을 몰라도 재밌게 볼 수 있는 것이 경극이라고 적혀 있었다. 정말인지 황민기에게 확인했다.

"줄거리만 대충 알고 있으면 그렇긴 하지. 그래도 처음에는 쉽지 않아. 경극이 끝나면 변검을 보여주는데, 그건 꽤 괜찮을 거야."

"변검이라면 가면을 바꿔 쓰는 거 말인가?"

"중국에 갔을 때 공연을 봤는데 무려 24회나 가면을 바꿔치기하더라고. 그때 그 사람이 오늘 공연하는 사람이야. 차검(扯脸)[15]의 달인으로 알려졌어."

"세미나가 있다면서, 시간 괜찮아?"

"아직 멀었어, 저녁부터니까. 이틀 예정이고."

그의 말마따나 저녁이 되려면 아직 멀었다.

석규는 팸플릿에 적힌 〈귀비취주〉의 줄거리를 단숨에 읽었

---

15 비단에 여러 얼굴 가면을 그린 다음 각각의 가면마다 실을 연결해 얼굴에 한 장씩 붙여 놓는다. 손이 가기 쉬우면서도 사람들이 잘 알아볼 수 없는 의복의 일부분에 실을 연결해 필요할 때마다 춤동작 등으로 사람들의 시선을 돌린 후 그것을 한 장씩 떼어내는 기법.

다. 그리 길지도 별 내용도 없는 줄거리였다. 황제에게 바람맞은 양귀비가 두 종자(從者)를 앞에 앉혀놓고 술로 마음을 달랜다는 이야기였다.

공연장 입구에 서 있는 젊은 여자에게 티켓을 건네주고 두 사람은 지정된 좌석을 찾아 앉았다. 공연이 시작되려면 아직 10분쯤 더 지나야 한다고 황민기가 귀띔했다.

"볼만한 건 양귀비가 술에 취해 추는 춤이야. 이것 때문에 사람들이 보는 게 아닌가 싶어."

석규는 팸플릿에서 눈을 떼지 않은 채 황민기의 말을 들었다.

이윽고 시간이 지나고 천장에 박힌 조명 불빛이 하나둘 꺼지기 시작했다. 그리고 그때 황민기가 혼잣말처럼 중얼거렸다.

"부부 사이가 좋지 않았대."

뜬금없이 무슨 소리인가 싶었다.

"무슨 소리야?"

"정수네 말이야."

황민기가 왜 그를 만나자고 했는지 비로소 이해가 됐다.

"근데 정수네 가정사는 어떻게 알고 있지?"

"정국이가 나한테 말해주더라고."

"무슨 말을 해줬는데?"

그때 앞쪽에 앉은 사내가 뒤를 돌아보며 눈치를 주었다. 때맞춰 천장의 조명이 완전히 꺼졌다. 약 이삼 초간 어둠이 흐른 뒤 무대 쪽만 밝아졌다.

분장한 배우 한 사람이 무대에 서 있었다. 그는 독특한 음률로 관객을 향해 무슨 말인가를 해주었다. 경극의 내용을 소개하는 것이라고 팸플릿에 적혀 있었다. 다음으로 시가 낭송되었고, 이어서 여러 명의 배우들이 무대에 나와 알아듣지도 못할 중국말로 돌아가면서 자기소개를 했다. 그때마다 관객은 열렬하게 박수를 쳐주었다.

그런 다음에야 비로소 공연이 시작되었다.

공연은 한 시간쯤 지나 끝났다. 솔직히 공연하는 동안 석규는 여러 번 꾸벅거리며 졸았다. 딱딱딱, 하는 악기 소리는 그에게 최면제나 다름없었다. 공연에서 그가 집중해서 본 것은 황민기의 말처럼 귀비가 술에 취해 추는 세 번의 춤이었다. 꽤나 볼만했고 인상적인 춤이었다.

얼마쯤 지나고 특별 공연으로 편성된 변검 공연이 시작되었다.

경극을 볼 때와는 달리 관객들은 박수와 놀라움, 탄성으로 공연을 즐겼다. 공연이 시작되고 끝나는 15분 남짓 동안 석규는 시간이 어떻게 흘렀는지 모를 정도로 푹 빠져 있었다. 직업 탓인지 몰라도 가면을 어떻게 바꿔치기하는지, 그 비밀을 밝혀내겠다는 일념으로 보는 내내 한눈 한번 팔지 않았다.

그러나 공연이 끝날 때까지 그가 알아낸 것은 아무것도 없었다.

공연이 끝나고 황민기는 술이나 간단하게 한잔하자면서 그를 어딘가로 데려갔다. 근처 어디겠지 했는데 택시를 타고 15분쯤 가야 하는 곳이었다.

그들은 일식당에 들어갔다. 이미 예약이 되어 있었는지 종업원이 알아서 방으로 안내했다.

큼지막한 회 접시가 테이블에 놓이고, 술 한 잔을 비우고 난 뒤에야 석규는 공연장에서 하다가 만 얘기를 끄집어냈다.

"아까 했던 말, 무슨 소리지?"

"언젠가 정국이가 나한테 그러더라고, 18년 전 그 사고가 나기 며칠 전에 정수가 집으로 찾아왔었다고."

"형제 사이가 괜찮았던 모양이지?"

"그렇지는 않았던 것 같아. 정국이가 정수한테 꽤 많은 돈을 빚지고 있었으니까. 그 때문에 정국이는 자기 제수를 탐탁지 않게 여겼나 봐. 제수가 말려서 정수가 돈을 더 빌려주지 않았다고 나한테 말했으니까."

"사실이야?"

"아마, 사실이 아니었을 거야."

그래, 그렇겠지. 석규는 묵묵히 고개를 끄덕이고 나서 물었다.

"정수가 정국이를 찾아간 이유는 뭐야? 빚을 갚으라는 말을 하려고 정국이를 찾아간 건 아니었을 거 아냐?"

"물론 아니지. 공연장에서 잠깐 얘기했지만 정수네 부부 사이가 몹시 안 좋았던 모양이야. 정국이 말로는 정수가 그날 이혼을 언급했다고 하더라고."

"이혼을 언급할 정도로 부부 사이가 안 좋았던 이유가 뭔데?"

황민기가 회를 한 젓가락 입에 넣고는 우적우적 씹었다.

"정수네 부부가 죽고 유품을 정리하다가 이상한 봉투 하나를 발견했다고 하더라고. 정수네 집 주소가 적혀 있는 봉투였는데, 그 안에서 사진이 나왔대."

"사진?"

"정수 부인이 바람피우는 사진."

"그래서 정수가 정국이한테 이혼 운운했던 거로군. 한데 그 사진, 정수가 찍은 건가?"

"누가 찍었는지는 나도 모르는데, 전부 서른 장쯤 된다고 하더라고."

"그 사진, 정국이가 아직 갖고 있는 건가?"

"예전에 어딘가에 처박아놨다는 소리는 들었는데, 세월이 흘렀으니 이미 버렸을지도 모르지."

"정국이에게 한번 물어봐야겠군."

"난 자네 마음 이해해. 정국이의 말이 믿기지 않아서 그 사진을 보고 싶어 한다는 거, 아니까. 하지만 내가 사진에 대해 말했다는 건 비밀로 해줘. 내 입장이 곤란해지는 건 싫거든. 자네도 정국이 성격 알잖아."

암, 알고말고. 석규는 술잔을 채우자마자 도로 단박에 비웠다.

"근데 말이야, 이런 사실을 황 원장은 어떻게 알고 있는 거야?"

"아까 말했잖아. 정국이가 내게 말해줬다고."

그러니까, 그게 이상하다는 거였다. 이정국 그 인간이 황민기에게 동생네 부부의 내밀한 속사정까지 까발린 이유가 대체 무엇일까 하는.

궁금한 것은 그것 말고도 또 있었다.

"자넨 내게 이런 말을 왜 해주는 거야?"

황민기가 팔짱을 끼더니 그 상태로 슬그머니 입술을 벌렸다.

"궁금해서."

"뭐가?"

"진실."

"무슨 진실?"

"정국이의 진실."

"무슨 소리인지 난 통 모르겠어."

자그마한 술잔에는 기모노를 입은 여인이 새겨져 있었다. 황민기의 손이 기모노 여인을 만지작거리며 다시 말했다.

"자네는 18년이나 지난 일에 대해 왜 관심을 갖는 거지? 이제 형사도 아니잖아."

"뭔가…… 찜찜해. 그래서 그래."

"그게 뭔데?"

"아직은 나도 잘 몰라."

"자네는 몰라도 난 알 것 같은데."

지그시 석규를 노려보는 황민기의 따가운 시선이 느껴졌다.

"그게 뭐지?"

모르는 척 무시하며 물었다.

"18년 전 사고와 이번 은희 씨의 죽음이 단순한 사고가 아니라고 생각하는 거. 서로 연관이 있고 뭔가 내막이 있을 거라고 의심하는 거. 자넨 뭔가 알고 있는 거야. 내 말이 맞지?"

석규는 깊이 숨을 들이켰다.

형사 시절 선배 형사가 자주 하던 말이 떠올랐다.

"우연이 겹치면 필연이야. 그 필연에는 반드시 음모가 도사리고 있고. 그래서 우연이 겹치면 그 우연은 결국 우연이 아닌 거야."

뻔하디 뻔한 그 말을 당시에는 꽤 매력적으로 받아들였던 것 같다. 어디에서든 툭하면 그 소리를 뱉어놓곤 했다.

형사 시절 그가 입에 달고 살다시피 한 말은 또 있다. 역시 선배 형사에게 들은 말이었다.

"사람은 누구나 가면을 쓰고 있어. 형사는 가면 뒤의 얼굴을 봐야 해. 문제는 이 범인이라는 놈들이 가면 뒤에 또 다른 가면을 쓰고 있다는 거지만."

이 말이 떠오른 건 왜였을까? 그것도 하필이면 지금?

석규는 이유를 알 것 같았다. 사실은 의문을 품자마자 그 이유도 거의 동시에 머릿속에 떠올랐다.

변검 공연. 가면 뒤의 얼굴은 가면일 뿐이라는 것을 직접 확인시켜주었다. 사람들은 맨얼굴이 아닌 가면이 나올 때마다 요란한 박수와 환호성을 터뜨렸다. 왜 그럴까? 이유는 간단하다. 사람들은 맨얼굴이 아닌 가면을 원하니까.

석규는 황민기가 궁금했다. 아니, 이정국이 궁금했다.

이정국은 왜 황민기에게 동생네 부부의 비밀을 말해준 것일까? 황민기를 신부(神父)로 착각했던 것일까? 그래서 고해성사라도 하고 싶었던 것일까? 아니면 그와 비슷한 기분이라도 느껴보고 싶었던 것일까?

그러나 이정국은 그 정도로 어수룩하지 않다. 그는 자기 기분에 쉽게 휩싸이는 인물이 아니다. 무언가를 주었다면 반드시 그에 합당한 대가를 요구했을 것이다.

그게 무엇인지 석규는 궁금했다.

수많은 물음표가 머릿속에 떠올랐다.

황민기는 왜 이정국의 진실을 궁금해하는 것일까? 하필이면 다른 사람을 통해 그것을 확인하려는 것일까? 황민기는 대체 무엇을 원하고 있는 것일까?

"내 말이 맞지?"

황민기가 다시 그의 대답을 재촉했다.

"아마도."

석규는 마지못해 고개를 끄덕였다.

"의심에는 반드시 이유가 있지. 그게 뭐지? 짐작이나 직감일 뿐이라는 시시껄렁한 소리는 하지 말고."

애초에 그럴 생각도 없었다. 상대방의 패를 확인하려면 내 패도 어느 정도 보여줘야 하는 법이니까. 하지만 지금은 아니었다. 패를 보여줘도 타이밍이 중요했다.

"난 말이야, 황 원장 자네도 의심스러워. 18년 전 그 사건에 자네가 이토록 관심이 깊은 까닭이 뭘까 싶거든. 18년 전 사건이 아니라면 이번 서은희의 죽음에 관심이 깊은 건가? 대체 어느 쪽이지?"

"어느 쪽이든 상관없는 거 아닌가? 자네가 의심한다면 어느 쪽을 말해도 쉽게 믿지 않을 테니까."

"어느 한쪽이 아닌 둘 모두에 관심이 깊은 건가?"

"사실 자네는 그렇게 생각하고 있잖아. 안 그래?"

"그렇긴 하지."

석규는 씁쓸하게 웃었다.

"저게 뭔지 알아?"

황민기가 석규의 어깨 너머를 지그시 응시했다. 석규는 고개를 돌려서 그가 보고 있는 것이 무엇인지 확인했다. 그리 크지 않은 그림 액자 하나가 벽에 걸려 있었다. 가슴 한쪽을 훤히 드러낸 기모노 여인의 춘화도였다.

"우키요에[16]야. 예전에 내가 알던 한 여자가 우키요에를 좋아했지."

예전에 알던 여자가 누구인지 궁금했다. 뉘앙스로 보아 부인이 아니라는 것쯤 충분히 짐작이 가능했다.

"첫사랑인가?"

"첫사랑은 아니고 한때 꽤 심각하긴 했어."

"그 여자와 여길 왔었고?"

"아니, 그건 아냐. 여긴 생긴 지 10년밖에 안 됐어."

황민기의 말을 곧이곧대로 믿는다면 '여자'는 적어도 10년 전에 알던 인물이었다.

"뜬금없이 우키요에 얘기는 왜 꺼냈지?"

"자네와 같아. 내가 질문을 했는데 엉뚱한 얘기로 대답을 회피했잖아. 그래서 나도 똑같이 했을 뿐이야. 이제 다시 물을까.

---

16 일본의 무로마치[室町] 시대부터 에도[江戶] 시대 말기(14~19세기)에 서민 생활을 기조로 하여 제작된 회화의 한 양식. 에도 시대 때의 우키요에는 무사를 위한 부적이기도 했다.

자네가 감추고 있는 게 뭐야? 뭘 감추고 있는 거야?"

그러니까 감추고 있는 카드를 먼저 꺼내 보이라는 황민기의 요구였다.

원하는 타이밍은 아니었지만 그는 순순하게 요구에 따랐다.

"내가 말해줄 수 있는 건 한 가지야."

"그게 뭐지?"

"박카스병."

"응?"

황민기는 미처 말귀를 알아듣지 못한 사람처럼 두 눈을 멀뚱거렸다. 그렇다고 일부러 다시 말해줄 필요는 없었다.

"박카스병은 모두 네 개였어. 이정국의 차에서 두 개, 사고 차량에서 두 개."

이정국의 차 조수석에 타고 있던 서은희의 바닥 시트에서 하나, 아이들이 타고 있던 뒷좌석 시트에서 하나, 사고 차량의 운전석과 조수석 사이에 있는 센터 콘솔에서 두 개였다. 사고 차량에서 발견된 병은 벼랑 밑으로 떨어지고 차가 저수지에 잠겨 있었는데도 용케 깨지거나 제자리에서 벗어나지 않았다.

"그런데 그게 뭐 어떻다는 거지?"

"당시에 사건 조사를 담당한 형사한테 들은 얘긴데, 그거 정국이가 돌린 거라더군. 아이러니하게도 정국이만 안 마시고 모두 마셨고. 정수네 부부가 하나씩, 부인인 서은희가 하나, 뒷좌석에 타고 있던 두 아이가 반씩 하나. 아이들 것은 원래 없었는데 이시우가 하도 떼를 써서 어쩔 수 없이 줬다고 했어."

"그게 문제가 되나? 최 소장 자네는 정국이가 박카스에 뭔가 수작을 부렸을 걸로 생각한다 이건가?"

"그렇게 추측하고 있어."

"정국이네 차에 있던 건 몰라도 정수네 차에서 발견된 박카스병에 대해서는 경찰이 조사했을 거 아냐. 그렇게 했는데도 별문제가 없으니까 그냥 넘어갔을 테고."

선배 경찰을 만났을 때 당연히 박카스병에 대해 질문했었다. 선배 경찰도 그 병에 대해 또렷하게 기억하고 있었다. 단지 대답이 문제였다.

"병에선 아무것도 나온 게 없어."

지금과 비교해 과학수사 수준이 현저하게 떨어지던 시기였다. 또한 명백하게 목격자가 있는 사고였다. 사고 차량에서도 의심을 살 만한 인위적인 흔적은 발견되지 않았다. 뒤를 쫓아갔다는 이정국의 차 역시 어떤 흔적도 없이 멀쩡했다.

"내가 할 수 있는 말은 여기까지야. 이제 황 원장 자네가 이번 사건에 관심이 깊은 이유가 뭔지 들어보고 싶은데."

이번에는 석규의 요구였다.

그러나 황민기는 그의 요구에 응할 생각이 전혀 없는 것 같았다. 입가에 매달린 그의 미소를 보는 순간 직감적으로 그것을 느꼈다.

"아직은 아냐. 지금은 그걸 말할 타이밍이 아냐."

그 타이밍이 언제라는 것일까? 석규는 그것을 질문했다.

"자네가 뭔가를 좀더 알게 되면 그땐 나도 할 말이 생기겠지."

"아직은 내가 뭔가를 많이 모른다는 의미인가?"

"그거야 자네가 알아서 새겨듣도록 해."

지금도 그렇지만 황민기의 행동과 말에서는 뭔가 알지 못할 냄새 같은 것이 풍겼다. 다분히 계획적인 오늘의 만남, 그리고 대화는 끊임없이 한 가지 메시지를 전달하기에 바빴다. 그것은 정국이는 진실하지 않다, 라는 명제였다. 즉 이 명제를 증명하라고 황민기는 계속해서 그에게 요구하고 있었다.

놀랍게도 힌트까지 이미 제시되었다. 우키요에를 좋아하던 여자도 그중 하나였다. 그러니까, 오늘의 만남 시작부터 끝까지가 힌트인 셈이었다.

석규는 자신의 생각을 황민기에게 확인했다.

"그렇게 이해했나? 그렇다면 그걸로 된 거 아닌가?"

황민기의 입가에 또렷하게 미소가 떠올랐다. 비웃음은 아니었다. 그는 마치 오늘의 만남을 자축하듯 자기 잔에 술을 채우더니 건배하듯 위로 치켜들었다가 단숨에 술잔을 비웠다. 그리고 그것으로 오늘의 만남은 끝이었다. 적어도 석규는 그렇게 생각했다.

"그만 나갈까."

이번에는 석규가 먼저 말했다. 그러나 황민기는 아직 그럴 생각이 없었다.

"〈귀비취주〉에서 귀비가 춤추는 게 어땠지? 아주 신 나 보이던가?"

그렇지는 않았다. 오히려 느낌은 그 반대쪽에 가까웠다.

"그래, 그랬을 거야. 신 나서 추기도 하지만 그렇지 않을 때도 추는 게 춤이니까. 사실은 요즘 내 기분이 그래. 아주 엉망이야."

"꼭두각시 인형이라도 됐다는 건가?"

"뭐, 꼭두각시 인형? 하하, 자네가 날 제대로 엿 먹이는군."

하하하. 황민기가 천장을 향해 고개를 젖히고는 크게 웃음을 터뜨렸다.

그곳에서의 대화는 그것으로 끝이었다.

마지막 인사는 빈 택시가 황민기 앞에 멈춰 섰을 때 했다. 그리고 그 순간 까맣게 잊고 있던 한 가지 사실이 불현듯 생각났다. 석규는 서둘러 황민기에게 그것을 부탁했다.

"서은희를 검안한 의사를 좀 만나봤으면 하는데, 그렇게 해줄 수 있을까?"

"그 사람은 왜?"

"몇 가지 물어볼 게 있어서."

"뭐 어려울 거 없지, 그 의사가 나니까."

"자네였다고?"

"그럴듯한 이유는 꽤 많아. 사망자가 은희 씨였으니까, 하필이면 호정저수지였으니까, 그리고 18년 전 그때처럼 사망했으니까. 자네처럼 나도 의심할 줄 알아. 자네와 나, 그러고 보면 다르지 않아. 결코 다르지 않다고."

그럴까? 정말로 다르지 않을까?

석규는 장승처럼 서서 택시가 멀어지는 것을 물끄러미 지켜보았다. 황민기의 목소리가 귀에서 이명처럼 맴돌고 있었다.

다르지 않아. 결코 다르지 않다고. 같은 유형의 인간이라는 건가? 아니면 같은 편?

5월 초순이었다. 날씨는 한여름인 듯 후텁지근했다. 목덜미를 타고 흘러내린 땀방울이 후줄근한 셔츠로 스며들었다.

석규는 느긋하게 버스정류장으로 향했다.

버스정류장에 도착하자마자 요란한 브레이크 소리와 함께 버스 한 대가 앞에 섰다. 운이 좋았던지 시외버스터미널을 경유하는 버스였다.

이정국에게 전화한 것은 버스에서 내린 다음이었다.

터미널 대합실로 걸어가며 전화했지만 통화는 이뤄지지 않았다. 세번째 전화를 걸고 나서 그는 음성메시지를 남겨놓았다.

이정국으로부터 전화가 온 것은 시외버스 출발을 기다리며 대합실에서 졸고 있을 때였다. 그는 대뜸 무슨 일로 전화했는지를 물었다. 목소리에 짜증이 가득했다.

"한 가지 물어볼 게 있어서."

황민기의 존재를 밝히지 않기 위해 석규는 에둘러 사진에 대해 물었다. 그렇다고 그가 황민기를 짐작하지 못할 것이라고는 생각하지 않았다.

"그런 얘기를 누가 최 소장에게 해줬을까?"

이정국은 툭 던져놓듯이 말하고는 낄낄거리며 웃었다. 그러다 한순간 웃음을 뚝 멈추고는 딱딱한 어조로 말했다.

"찾아봐서 있으면 보내주지."

　사흘이 지났다.

　황민기가 그를 찾아왔다. 운전사가 박카스와 과일 상자를 파
출소에 옮겨다놓았다. 파출소 사람들은 뜻밖의 방문객에 다소
놀란 눈치였다. 그러면서도 무엇이 그리 좋은지 황민기와 석규
를 번갈아보며 저희들끼리 히죽거리며 웃었다.

　"바쁜 사람이 어쩐 일이야?"

　석규는 느닷없는 그의 방문이 어쩐지 미심쩍었다.

　"자네 보러 왔지."

　석규는 황민기를 소장실로 안내했다.

　"그래, 여긴 어쩐 일이야?"

　석규는 현 순경이 놓고 나간 박카스를 비틀어 따며 물었다.

　"이거 전해주려고."

　황민기가 손에 들고 있던 일반 소설책 크기의 봉투 하나를
탁자 위에 올려놓았다. 한쪽 귀퉁이에 병원 로고와 주소, 전화
번호 등이 인쇄되어 있는 봉투였다.

　석규가 봉투 안에 손을 넣어 내용물을 꺼냈다. 석 장의 사진
이 그 안에서 나왔다.

　"정국이가 보냈더라고."

　"봉투는 자네 병원 거네?"

　"내 앞으로 와서 난 내 물건인 줄 알았어. 뜯어진 봉투가 좀
그래서 그걸로 바꿔 넣었고."

"나한테 안 보내고 왜 황 원장한테 보냈을까?"

"안 그래도 전화로 물어봤는데 주소를 모르겠더래. 명함을 잘 놔뒀는데 어디 갔는지 찾지 못했다고 하더라고. 전화해서 물어보기도 귀찮고 해서 그냥 병원으로 보냈다고 하더라고."

사진의 상태는 좋지 못했다. 초점이 흔들린 것은 물론 인물의 정면이 찍혀 있지도 않았다. 두 장은 뒷모습, 한 장은 측면 사진으로 투피스 정장 차림에 챙이 넓은 모자를 쓴 젊은 여자와 정장 차림의 건장한 사내가 팔짱을 끼고 걸어가고 있었다. 그나마 여자인 송정인은 측면 사진에서 얼굴을 짐작이라도 할 수 있었지만 남자는 그것조차 가능하지 못했다. 사진만 보고 판단한다면 분명 전문가의 솜씨는 아니었다.

"미인이지?"

황민기가 물었다.

"왠지 느낌이 달라."

"무슨 소리야?"

"지금의 사진과 18년 전 물속에서 건져 올린 송정인의 모습과 왠지 느낌이 다르다고."

"그거야 당연하지. 죽었을 때와 살아 있을 때가 같을 수 있나."

"이 남자가 누군지는 알아낸 건가?"

"아니, 정국이의 입장에서야 찾아서 상이라도 주고 싶었겠지만 사실 그럴 이유가 없는 거잖아."

"하긴."

결과적으로 사진 속의 사내 덕분에 이정국은 극심한 재정 위기에서 벗어났다. 이후 동생의 재산을 관리한 사람 역시 이정국이었다.

"최 소장, 이왕 만난 김에 전에 물어볼 거 있다는 거 물어봐. 검안에 대해 뭐가 궁금한데?"

"뭐 특별한 게 물어볼 건 없어. 특이사항이 없었나 해서."

"그런 건 없었어. 은희 씨는 음주운전에 의한 사고사가 맞아."

"난 그게 이상해. 술에 취해 저수지로 뛰어들었는데 하필이면 그곳이라니. 그거 너무 작위적이지 않아?"

"듣고 보니 그렇긴 하네. 하지만 검안의는 추측하는 사람이 아니니까. 난 본 대로만 말할 뿐이야."

"그래도 추측한다면 자네 생각은 어때?"

"나한테 왔던 형사는 은희 씨의 불면증과 졸음운전을 언급하더군. 불안증세도 심했다고 하고."

"서은희가 어떻게 알코올중독자가 됐는지 황 원장은 아는 게 있어?"

"장 박사한테 못 들었어?"

"그러는 자넨 장 박사와 통화하지 않은 건가?"

"후배한테 일일이 어떻게 물어. 그러는 거 시시한 선배가 되는 지름길이야."

그러니까 체면치레 때문에 전화하지 않았다는 것이었다.

"장 박사도 잘 모르는 눈치던데."

"은희 씨가 그 친구한테 마음을 안 열었던 것 같군. 그럼 어쩔 수 없는 거야. 의사가 신도 아니고."

그 말을 끝으로 황민기가 엉덩이를 조금 들썩거렸다.

"바쁜데 직접 찾아와줘서 고마워."

석규가 먼저 자리에서 일어나며 말했다.

이후로 의례적인 인사말이 한두 마디 더 오갔다.

황민기가 파출소를 떠나고 나서 석규는 한동안 소장실에 박혀 있었다. 책상에는 석 장의 사진을 펼쳐놓았다.

석규는 황민기로부터 사진에 대해 전해 듣고 나서 여러 가지 가능성에 대해 고민했다. 그중 하나가 남편인 이정수가 그쪽 분야의 전문가에게 부인의 감시를 의뢰했을 가능성. 그러나 사진을 본 순간 그런 생각은 순식간에 머릿속에서 지웠다.

다른 하나는 이정수 본인이 직접 사진을 찍었을 가능성. 그러나 그것도 현실적으로 불가능에 가까운 일이었다. 다른 사내와 팔짱을 끼고 가는 아내를 지켜보며 태연하게 사진만 찍고 있을 사내가 있을까? 당장 뛰쳐나가 여자든 사내든 멱살을 잡아채지 않았을까?

다른 한 가지는 제3자가 사진을 찍어 이정수에게 보냈을 가능성이었다. 석규의 판단으론 이 추측이 가장 유력했다.

이 경우에도 여러 가지 의문점은 있었다.

누가 이정수에게 사진을 보냈는가, 이정수에게 사진을 보낸 이유가 무엇인가, 이정수는 이 사진을 어디서 어떻게 받았는가 하는 것.

세 가지 가운데 석규는 마지막 의문에 집중했다. 어차피 사진을 보낸 자와 그 이유에 대해서는 지금의 상황에서 어찌어찌 알아볼 수 있는 것도 아니었다. 그러나 사진을 어떻게 받았는가 하는 점은 비교적 접근이 용이했다. 더욱이 황민기의 말에 의하면 사진이 들어 있던 봉투에는 집 주소가 적혀 있었다고 했다.

18년 전에는 지금처럼 택배 시스템이 없었다. 소포 등의 우편물을 보내려면 반드시 우체국을 이용해야 했다. 그러니까 우체국을 통해 소포로 보냈거나 누군가 직접 집으로 배달했을 것이다. 어느 쪽이든 심부름꾼을 이용했을 가능성은 배제하지 못한다.

집으로 사진이 든 소포 봉투가 도착한다는 것은 수신인이 누구냐에 따라 문제가 발생할 가능성도 있었다.

우체국 소포로 보냈을 경우 우체국 직원의 근무시간대에 집에 있는 사람은 송정인이나 딸 이지아뿐이었다. 이 경우 소포의 내용물을 두 사람 중 누군가는 확인할 수도 있었다. 그런 위험 부담을 없애려면 누군가 직접 집 앞이나 우편함에 사진이 든 봉투를 가져다놓는 것이 최선의 방법이었다. 그것도 이정수의 출퇴근 시간에 정확히 맞춰서.

이정수의 출퇴근 시간을 안다는 것은 이정수의 하루 일과를 어느 정도 꿰고 있다는 의미였다. 그런 사람이 누굴까?

정수의 아내 송정인? 다른 남자를 만나는 사진을 송정인 자신이 일부러 남편에게 보낸다는 것은 상식적으로 이해하기 힘들다.

회사 직원? 이 경우 배달지가 굳이 집이 아니어도 괜찮다. 오히려 회사라면 더욱 은밀하게 전달하는 게 가능할 것도 같았다. 불현듯 떠오르는 다른 의문점도 많았다. 회사 직원이 사장 부인의 외도를 몰래 사진 찍고 또 몰래 알려야만 하는 이유는 무엇일까? 회사 직원이라면 일일이 송정인의 뒤를 쫓아다니기가 불가능한 일인데, 그렇다면 다른 사람을 시켜 일을 진행시켰다는 것인가? 물론 이 경우에도 전문가는 아니었다.

그러나 이 모든 의심과 의문과 추측에는 허점이 너무 많았다. 솔직히 어느 것 하나 딱히 이것이다, 하고 마음이 쏠리지가 않았다.

석규는 깊숙이 삼켰던 숨을 다시 천천히 뱉어냈다.

당연한 듯 사진을 향해 천천히 시선을 미끄러뜨렸다. 흐릿한 사진 위로 이지아의 얼굴이 느릿하게 겹쳐졌다. 길이 막히면 좀 더뎌도 다른 길로 돌아가야 하는 법. 아무래도 조만간 이지아를 만나봐야 할 것 같았다. 혹시 아는가? 그녀가 길을 알려줄지.

다리나 부러져라

거실은 어둠침침했다. 노트북에서 흘러나오는 푸르스름한 빛만이 힘겹게 어둠과 분투하고 있었다. 거실의 한쪽, 꼼짝 않고 노트북 앞에 앉아 있는 사람은 태주였다. 벌써 한 시간째였다.

노트북 화면에는 한 여자를 범하고 있는 두 남자의 모습이 떠올라 있었다. 사내 하나가 여자의 팬티를 끄집어 내렸고, 다른 사내는 여자의 두 팔을 머리 쪽에서 단단히 움켜잡고 있었다. 여자는 온몸을 비틀며 반항했지만 역부족이었다.

눈가리개와 수건으로 재갈이 물린 여자의 얼굴이 한순간 클로즈업되었다. 그 상태로 한동안 화면은 바뀌지 않았다. 태주는 여자의 얼굴에서 한시도 시선을 떼지 않았다. 이유는 모르겠지만 여자의 얼굴이 파랗게 보였다.

이삼 분쯤 지나고 화면이 바뀌었다.

복면모로 얼굴을 가린 사내 하나가 여자의 몸 위로 스멀스멀 기어오르기 시작했다. 사내의 모습은 시커멓고 커다란 괴물 애벌레를 연상시켰다.

"강도가 왜 복면을 쓰는 줄 알아?"

언젠가 술자리에서 선배 형사가 이렇게 물었다. 술기운 탓인지 앞다퉈 여러 대답들이 쏟아져 나왔다.

"폼 나잖아."

"아니야, 겁주려고 그러는 거야."

"무슨 소리. 그냥 그놈의 패션 감각이 그런 거라고."

말은 그렇게 했어도 형사들 누구나 내심 한 가지 답을 생각하고 있었다. 자신의 얼굴을 피해자의 눈으로부터 감추기 위해. 이를테면 범인의 자기 보호.

그러나 선배 형사가 밝힌 답은 조금 의외였다.

"양심에 찔려서 그런 거야. 내가 범죄를 저지르고 있구나, 그걸 아는 거지. 범죄를 범죄라고 인식하지 못한다면 굳이 복면을 쓸 필요가 없잖아."

태주는 노트북 화면을 뚫어져라 노려보았다.

저들이 두려워하는 것은 무엇일까? 자기 보호? 아니면 양심에 찔려서?

땡동. 땡동땡동땡동땡동.

차임벨 소리가 울렸다. 처음에 한 번, 연속으로 네 번. 조진호가 일방적으로 정해놓은 자기만의 신호였다. 벽에 걸린 시계를 보니 밤 10시였다.

태주는 느긋하게 행동했다. 마우스를 움직여 동영상을 끄고 현관문으로 걸어가며 거실 형광등을 켰다. 문을 열어줄 때까지 차임벨은 다시 울리지 않았다. 안에 사람이 있다는 걸 조진호는 이미 알고 있었다.

한 시간쯤 전에 문자가 왔었다. '야, 우리 집 치킨 가출했다. 니네 집에 있나 봐라.' 짧게 답장했다. '찾아봤는데, 없다.' 치킨은 없어도 사람은 집에 있었다. 조진호는 그가 외출 상태인지 아닌지 그것을 확인하고 싶었을 뿐이었다.

"왜 빈손이야?"

치킨 운운했던 건 맥주나 한잔하자는 의미였다. 조진호의 말마따나 냉장고에 있는 것 중 반은 맥주고 반은 맥주 안주였다.

"너 불 꺼놓고 뭐하고 있었냐? 여자 숨겨놓은 거 아냐?"

뻔히 아니라는 걸 알면서도 조진호는 일일이 방과 화장실, 베란다를 둘러보며 꼼꼼하게 확인했다. 그러고 나서도 의심을 멈추지 않았다.

"야, 어디에 숨겼어? 분명 여자 냄새가 나는데 말이야."

여느 때와는 확실히 다른 반응이었다.

"뭔 소리야? 여자 냄새가 왜 나겠어."

"네가 알지 내가 아냐. 냄새가 나니까 난다고 하는 거잖아. 어이, 오태주. 속으로 끙끙 앓지 말고 남자답게 자수하고 죗값을 치러."

설마 향수 냄새를 맡은 건 아니겠지? 생각은 이렇게 했지만 사실 말도 안 되는 일이었다. 택배를 뜯은 지 이미 2주나 지났다.

"설마 여긴 없겠지?"

그러면서 조진호는 냉장고 문을 활짝 열었다. 거기서 그가 꺼내 온 것은 캔맥주 두 개였다.

캔 하나가 허공을 날아와 태주의 손에 정확히 착지했다.

"안주는 곧 올 거야. 생맥주 두 잔도."

캔맥주를 딴 조진호는 숨도 쉬지 않고 벌컥거리며 마셔댔다. 그런 다음에야 반쯤 빈 캔맥주를 한쪽에 내려놓더니 손가락 하나로 카펫 위를 죽 밀었다. 야크의 얼굴 한쪽이 완전히 찌그러졌다. 그것은 윙크하는 것 같기도 했고 우는 것 같기도 했다.

507호 하수연이 생각났다.

그날 이후 우연찮게라도 하수연을 다시 만난 적은 없다. 그렇다고 그녀의 흔적조차 모르는 건 아니었다. 전과 다르게 그는 거의 매일 인터넷 카페에 드나들었다. 댓글을 남기기 위해 휴대폰의 자판을 열심히 눌러대기도 했다. 그러나 실제로 글을 남긴 적은 없다. 써놓고 읽어보면 왠지 마음에 들지 않았고 그때마다 그는 미련 없이 글을 지워버렸다.

"너, 고슴도치 건으로 검찰에 다녀온다고 하지 않았어?"

문득 생각나서 물었다.

"응, 거기 다녀오는 길이야. 밥상을 차려줬으니 알아서 처드시겠지."

"저녁은?"

"응, 먹었어. 걔네들이랑."

"함께 처먹고 왔으면서 밥상 타령은."

"그러네."

조진호가 갑자기 벌러덩 뒤로 나자빠지더니 낄낄거리며 웃었다.

"야, 리모컨 어딨냐?"

그의 집에 오면 조진호는 언제나 리모컨부터 찾았다. 손님은 왕이고, 왕 대접을 받으려면 리모컨을 손에 쥐고 있어야 한다는 주장이었다. 태주는 거실 바닥에 있던 리모컨을 찾아 던져주었다. 못 잡을 줄 알았는데 조진호는 용케도 리모컨을 무사히 잡아냈다. 날아오는 리모컨을 발을 이용해 떨어뜨린 뒤 정확히 자기 손에 올려놓은 것이었다. 무술의 고수인 만큼 확실히 운동신경이 남달랐다.

리모컨을 들자마자 조진호는 거의 1초 단위로 채널을 바꾸었다. 채널이 한 바퀴 돌고 다시 한 바퀴를 돌기 시작하다가 개그맨 출신 여자가 진행하는 토크쇼에서 화면이 정지했다.

"너 뮤지컬 좀 아냐?"

느닷없는 질문이 날아왔다. 이유가 있었다. 화면에 등장한 사람이 바로 이시우였다.

"잘 몰라. 연극은 조금 알지만."

"연극?"

조진호가 갑자기 허리를 튕기더니 이내 가부좌를 틀듯이 상체를 일으켜 세웠다.

"여어, 오태주! 보기보다 문화적인 인간이네."

"중3 때 어쩌다가 연극을 했었어. 딱 한 번."

"엑스트라였지?"

"아니."

조진호가 말도 안 돼, 하고 중얼거리고는 앉은 채 상체를 빙그르르 돌려 화면 쪽으로 시선을 바꾸었다.

"저 친구 참 대단한 것 같아. 우리랑 나이는 비슷한데 노는 물이 완전히 달라."

조진호가 손에 든 리모컨으로 텔레비전을 가리켰다. 마침 화면 가득 환하게 웃는 이시우의 얼굴이 클로즈업되었다.

"옛날에 좀 알던 사이였어."

갑자기 왜 그런 소리가 튀어나왔는지 모른다. 그러나 이미 뱉어놓은 소리였다. 다행히 조진호는 그의 말을 듣지 못한 것 같았다. 아니, 그랬다고 생각했는데 사실은 그게 아니었다. 태주는 맥주 한 모금을 홀짝거렸다. 조진호의 반응이 나온 것은 그다음이었다.

"방금 한 말, 무슨 소리야?"

"별거 아냐."

"너 연극 운운한 거, 저 인간도 연관된 거냐?"

형사 아니랄까 봐 넘겨짚는 것도 수준급이었다.

"아마 그럴걸."

이시우와 태주는 중학교 내내 짝꿍이었다. 연극을 하게 된 것도 이시우의 권유에서였다.

"햐! 이거 문화계의 거물이 내 앞에 앉아 있었네."

조진호가 휘파람 소리를 길게 내더니 눈을 휘둥그렇게 떴다.

"그러니 앞으로 잘 모셔라."

"저렇게 잘난 인간들 보면 어렸을 적에도 무지 잘난 척하고 그러던데."

조진호가 자신의 생각을 확인하려는 듯 그를 빤히 바라보았다.

"잘난 척보다는 좀 자기 멋대로였지."

중학교 3년 내내 짝꿍이었던 이유는 학교 측의 배려였다. 그 배려는 누군가의 압력 탓이었다. 이시우의 집안이라면 그 정도쯤은 얼마든지 가능했다. 한번은 이시우에게 그 이유를 물었다.

"하필이면 왜 나였지?"

이시우의 대답은 간단했다.

"네가 편하니까. 넌 편한 놈이잖아."

이시우는 반에서, 아니 학교에서 특별한 학생으로 대접받았다. 아버지는 문화계에서, 어머니는 스포츠계에서 이름이 알려진 유명 인사였다. 그런 이시우가 편할 리 없었다. 불편하고 껄끄러워 일부러 녀석과 거리를 두고 행동했다.

그러나 어느 순간 상황이 바뀌었다.

그는 이시우의 눈치를 살폈다. 이시우가 원하지 않는 행동은 하지 않았고 이시우를 욕하는 아이들과는 목소리를 높여 다투기까지 했다. 이시우가 갑자기 좋아져서? 그런 이유가 아니었다. 여전히 그에게 이시우는 거들먹거리기 좋아하는 재수 없는 녀석에 가까웠다.

이유는 이시우의 사촌 여동생에게 있었다. 교문 앞에서 우연찮게 그 애를 본 순간 태주는 한눈에 반했다.

1년쯤 지난 중3 겨울방학 때 이시우가 건네주는 연극 대본을 넙죽 받아든 것도 다 그 애 때문이었다.

〈로미오와 줄리엣〉. 솔직히 책은 읽어본 적조차 없었다. 로미오와 줄리엣이 비극적인 사랑의 주인공이라는 것만 알고 있는 정도였다.

"열일곱 살의 로미오와 열네 살 줄리엣의 러브스토리야. 두 집안은 원수고."

그런 사정을 알았는지 이시우가 간략하게 내용을 설명해주었다.

"애들이네."

"춘향이와 이몽룡이 사랑에 빠진 것도 열여섯이었어. 그 정도 나이 때가 최고로 정열적이거든."

태주 역시 열여섯이었다.

집에서 태주는 대본을 한 장 넘겼다. 첫 장은 등장인물. 거기에 그 애의 이름이 있었다.

줄리엣(이지아).

이상하게도 얼굴이 화끈거렸다.

그에게 맡겨진 역할은 로미오의 사촌이자 친구인 머큐시오였다. 연출과 극본, 로미오는 이시우의 몫이었다.

"공연은 아버지 극장에서 할 거야. 관객은 두 사람. 아버지와 엄마. 연극 공연은 아버지의 생일선물이고."

여러 가지로 놀라운 얘기였다. 아마추어들이 모여 연극을 하는데 관객은 달랑 두 사람. 그리고 자기 아버지의 생일선물이라니. 연극 공연이 생일선물이 될 수 있는지, 아니 그런 것이 가능하다는 걸 그날 그는 처음으로 알게 되었다.

다음 날 첫 연습이 있었다.

배우들이 모여 대본을 소리 내어 읽는 것이 연습의 전부였다. 태주를 제외하고 다른 아이들은 다들 어느 정도 수준 이상의 실력을 보여주었다. 실제로 연극을 하듯이 다른 아이들의 목소리에는 잔뜩 감정이 깃들어 있었다. 태주는 주눅이 들었고 자기 차례를 기다리며 가슴을 졸였다.

이윽고 차례가 왔다. 그리고 그가 대본을 읽었을 때 와자하게 웃음이 터졌다. 평소처럼 책 읽는 식으로 했으면 될 일인데 어쭙잖게 다른 아이들의 흉내를 내려다가 오히려 엉망이 되고 말았다.

창피했다. 쥐구멍이라도 있으면 머리라도 처박고 싶은 심정이었다. 그 와중에도 그는 자꾸 한 사람의 눈치를 살폈다. 이시우가 아닌 이지아였다. 그런 그를 불만이 가득한 시선으로 쏘아보는 한 사람이 있었다.

이지아에게 반한 사람은 태주만이 아니었다. 호빵 같은 얼굴에 눈썹과 입술이 지나치게 얇은, 그러면서도 덩치는 곰처럼 커다란 로렌스 수사. 뚱보 마창기였다.

뚱보와는 연극 연습을 하는 내내 얼굴을 붉히고 또 핏대를 곤두세웠다. 뚱보는 그를 몹시 못마땅하게 여겼고 사사건건 시비였다. 연적이라서? 아니, 녀석은 그냥 적이었다. 서로가 서로를 결코 인정할 수 없는 적.

　차임벨이 울렸다. 누워 있던 조진호가 가볍게 허리를 튕기더니 오뚝이처럼 발딱 몸을 일으켰다. 그는 쪼르륵 현관으로 달려 나갔다. 여러 번 보았지만 그의 유연한 몸놀림은 볼 때마다 감탄스러웠다.

　현관문 쪽에서 불퉁거리는 소리가 들려왔다.

　"누가 치킨 먹고 싶어서 생맥주 시키나, 생맥주 먹고 싶어서 치킨 시키지."

　배달원은 연신 미안하다고 사죄했다.

　잠시 후 조진호는 언짢은 얼굴 그대로 거실로 돌아왔다.

　"저 집, 전에도 그러지 않았어? 맞지? 아무래도 오래가지 못하겠어."

　조진호가 카펫 위에 치킨을 펼쳐놓으며 또다시 불만을 토로했다. 태주는 조진호를 달래줄 겸해서 냉장고에서 캔맥주 두 개를 더 꺼내 왔다.

　조진호가 캔맥주를 따며 턱으로 텔레비전 쪽을 가리켰다.

　"저 친구, 고등학교를 일본에서 나왔다면서? 곧바로 미국으로 건너갔고?"

　그랬다. 일본에서 지내다가 어쩌다 우리나라에 오게 되면 그때마다 그에게 연락이 왔다. 그래 봤자 1년에 두세 번이 고작이었다. 연락이 끊어진 것은 이시우가 미국으로 건너간 다음부터였다.

연락이 오지 않는다고 해서 섭섭하지는 않았다. 섭섭할 정도로 녀석과의 우정이 깊은 것도 아니었다. 그는 이시우를 잊고 지냈다. 그것이 서로에게 편했다.

"이후로 한 번도 못 만난 거야?"

"응, 못 만났어."

세월은 쏜살같이 흘렀다.

그동안 태주는 군대에 다녀왔다. 경찰시험을 치르기 위해 학원과 독서실을 오가며 세상과는 벽을 쌓고 지냈다. 운이 좋았는지 그는 겨우 한 번의 실패 끝에 경찰공무원이 되었다.

직장을 갖게 되자 전보다 더 빠르게 시간이 흘렀다. 똑같은 하루의 반복일 뿐인데도 어떻게 가는지 모르게 계절이 바뀌었다.

이시우의 소식을 다시 듣게 된 것은 재작년 인터넷을 통해서였다. 토니상 뮤지컬 부문 남우주연상에 이시우가 노미네이트된 것이었다. 그때부터 이시우에 대한 기사가 봇물처럼 터져나오기 시작했다.

이시우가 귀국한다는 기사를 읽은 것은 작년이었다. 작년 가을 그야말로 기자들은 벌 떼처럼 공항으로 몰려들었다. 요란하고 떠들썩한 귀국이었다. 아이돌 스타 이상으로 그는 언론의 집중 조명을 받았고 그의 이름 앞에는 '할리우드가 인정한 세계적인 뮤지컬 스타' 또는 '천재 뮤지컬 스타'라는 수식어가 붙어 다녔다.

"어디 천재 뮤지컬 스타의 노래 좀 들어볼까."

조진호가 리모컨의 볼륨을 높였다.

날 데려가줘요. 먼 곳으로. 죽음의 언덕 넘어서, 어둠을 지나서, 우리의 오랜 꿈 이룰 수 있게. 나 오르고 또 오르면 널 만날 수 있을까. 죽는 것 사는 것 모두 다 가버린 꿈같은 현실. 끝났어. 너무 오랜 꿈이었어. 이제 그만……

이시우의 노래가 절정으로 치달았을 때 태주는 고민했다. 갈 것인가, 말 것인가. 날짜는 바로 내일이었다.

"가느냐 마느냐, 그것이 문제로군."

혼잣말로 중얼거렸다.

"야, 그 말이 아니잖아."

조진호가 느닷없이 끼어들더니 큼큼거리며 헛기침을 했다. 그가 연극배우처럼 잔뜩 감정을 섞어 말했다.

"죽느냐 사느냐, 그것이 문제로다! 이거야, 이거!"

태주의 휴대폰 진동음이 한 번 울린 것은 그때였다. 그가 모르는 번호였다.

황혼은 낮과 밤의 빛. 땅의 자손 모두 땅으로 간다.
천사는 가고 밤은 깊어, 어둠 속에서 길 잃었네.

갑자기 신경이 곤두섰다. 신경질적으로 녹색의 통화 버튼을 눌렀다. 곧 신호음이 울렸다. 벨이 여러 번 울렸지만 상대방의 목소리는 들려오지 않았다. 결국 신호음이 툭 끊기더니 다소 딱딱한 여자의 기계음 소리가 흘러나왔다. 그제야 그는 빨간색

종료 버튼을 눌렀다.

"야, 왜 그래?"

조진호가 캔맥주를 든 채 멍한 얼굴로 그를 주시했다.

"별거 아냐. 스팸문자 때문에."

그때 요란한 웃음소리가 들려왔다. 조금 어리둥절해 있는 태주와 달리 조진호는 금세 방향을 잡았다.

텔레비전 속, 관객과 여자 MC가 소리 내어 웃고 있었다.

"'Break a leg'이라고요? 농담이 아니라 정말인 거죠?"

"그럼요. 농담 아닙니다."

여자 MC가 다시 까르르 웃음을 터뜨렸다.

잠시 후 정색한 얼굴로 여자 MC가 정면을 바라보며 말했다.

"시청자 여러분, 브로드웨이에서는 파이팅이라 하지 않고 Break a leg이라고 한답니다. 다리나 부러져라. 어찌 보면 악담 같은데, 사실은 그 정도로 열심히 하라는 뜻일 테니까, 나름 괜찮은 것 같습니다. 그렇죠?"

여자 MC가 이시우를 바라보며 동의를 구하듯이 물었다.

"파이팅은 싸우자는 거잖아요. 싸우자는 것보다는 더 낫지 않을까요?"

동의한다는 듯 조진호가 크게 고개를 끄덕였다.

그러나 태주는 아니었다. 그 순간 그의 머릿속에서는 다시금 좌석 번호가 오롯하게 떠올랐다.

VIP석 H열 14번.

싸우든 다리가 부러지든 그곳에 앉아보면 뭔가 알 수 있겠지. 태주는 지그시 아랫입술을 깨물었다.

*

입장이 바뀌었다. 그는 심문실의 용의자였고 티켓을 보낸 자는 일면경을 통해 그를 지켜보고 있는 형사였다.

짐작하건대 이시우와 마창기 둘 중 한 사람이었다. 태주는 마창기 쪽을 더욱 유력하게 생각했다.

마창기는 M그룹의 계열사인 M건설의 전무였다. M그룹은 코흘리개들이 먹는 과자로 시작해서 부동산, 호텔, 백화점, 놀이공원으로 사업 영역을 넓혔다. 지금은 야구와 축구, 농구 등의 프로구단까지 운영하고 있는 우리나라 10대 그룹 중 하나였다.

마창기는 M그룹 총수의 아들이었다. 그런 마창기가 몇 년 전 테러를 당했다. 사람들의 관심은 가히 폭발적이었다. 'M그룹 총수 아들', 'M건설 전무', '마창기'는 하루 종일 인터넷 인기 검색어 10위 안에서 오르락내리락했다.

테러가 터지고 사정은 달랐지만 네티즌이나 경찰은 범인을 알아내기 위해 바쁘게 움직였다.

마창기가 테러를 당한 곳은 강남의 한 유흥가 골목이었다. VIP를 대상으로 회원제로만 운영되는 술집의 뒷문 쪽이었다. 거기서 불과 10미터만 벗어나면 6차선 대로였고, 그 도로 주변은 낮보다 밤에 사람들의 발길이 더욱 잦은 곳이었다.

마창기는 그날의 테러로 안면에 심각한 부상을 입었다. 거의

1년 가까이 병원에 입원해 있었다. 마창기가 생명을 잃지 않은 것은 술집 종업원들이 그나마 그를 일찍 발견했기 때문이다.

종업원들은 마창기가 사라지고 나서 20분쯤 후에 그를 찾기 시작했다. 피범벅이 된 얼굴로 골목에 쓰러져 있는 그를 발견한 것은 그로부터 5분쯤 지난 다음이었다. 종업원들은 술집 차량을 이용해 곧바로 그를 근처의 종합병원 응급실로 옮겼다. 조금만 더 늦었어도 다량 출혈로 사망했을 것이라는 게 의사의 소견이었다.

범인은 마창기의 안면만 집요하게 공격했다. 다른 곳은 생채기 하나 없이 멀쩡했다. 사건 담당 경찰서에서는 원한에 의한 범행으로 판단하고 범인을 추적했다.

M그룹은 여러 경로를 통해 경찰 측에 압력을 가했다. 압력을 받은 수사팀은 발바닥이 부르트도록 밤낮없이 수사에 열을 올렸다. 그래 봤자 소용없는 짓이었다. 모래사장에서 바늘 찾기였다. 샅샅이 뒤졌지만 테러 현장에서는 아무런 단서도 포착되지 않았다. 범인이 남겼거나 흘렸음직한 증거물은 눈을 씻고 찾아봐도 없었다.

수사팀을 더욱 곤혹스럽게 한 것은 목격자가 없다는 것이었다.

범행 현장인 골목은 막다른 곳이었다. 탁 트인 대로변 쪽을 제외하고 다른 쪽은 사오 층짜리 건물들이 에워쌌다. 골목 좌우측 건물에는 비상계단이 있었다. 골목 끝 쪽에 있는 건물은 그냥 밋밋한 벽이었다. 비상계단이 있더라도 사실은 밋밋한 벽과 별반 다를 바 없이 사람의 출입은 불가능했다. 비상계단 아래쪽과 위쪽은 철창으로 막혔고, 게다가 단단한 자물통까지 매달려 있었다.

자물통은 녹이 심하게 슬어 있는 상태였다. 그것을 연다는 건 밋밋한 벽을 맨손으로 기어오르는 것만큼이나 어려울 것 같았다.

상식적으로 생각해도 범인은 대로변으로 나왔어야 한다. 만일 그랬다면 범인의 모습은 당연히 CCTV에 찍혔을 것이다.

수사팀은 사건 발생 앞뒤로 12시간 동안 녹화된 CCTV를 꼼꼼하게 확인했다. CCTV에 등장한 사람들을 상대로 수사팀은 한 사람씩 찾아가 알리바이를 확인했다. 하지만 용의자로 특정할 만한 인물은 한 사람도 찾아내지 못했다. CCTV 녹화 시간을 앞뒤 24시간으로 늘려도 결과는 똑같았다.

그런 과정을 통해 수사팀은 범인이 대로변으로 나오지 않았다는 결론을 내렸다. 그렇다면 범인은 어디로 도망친 것일까? 설마 범인이 투명인간이란 말인가? 결국 둘 중 하나였다. 땅으로 꺼졌거나 하늘로 치솟았거나.

땅으로 꺼졌을 가능성은 100퍼센트 아니었다. 그 골목에는 맨홀 뚜껑 하나 보이지 않았다. 가능성은 하늘이었다.

경찰은 옆 건물과 골목 끝 쪽에 있는 건물의 옥상을 조사했다. 그리고 건물 끝 쪽 밋밋한 벽면의 건물 옥상 물탱크 속에서 유의미한 물건 하나를 발견했다. 굵기 10.2밀리미터, 길이 60미터의 암벽등반용 동적로프(dynamic rope)였다.

경찰은 로프의 구입처를 찾기 위해 또다시 발에 땀이 차도록 뛰어다녔다. 거의 한 달에 걸쳐 지루한 탐문 조사가 이뤄졌다. 그러나 결과는 신통치가 못했다. 어느 곳을 가도 불퉁스러운 대답이 돌아왔다. 그들은 약속이나 한 듯 볼멘소리를 쏟아냈다.

"산을 좋아하는 사람들은 그런 짓 절대 안 해요."

물론 말도 안 되는 소리였고 논리였다. 그런 식의 논리가 허용되면 세상에 죄 지을 사람은 없었고, 지금 교도소에 있는 사람들도 하나같이 누명을 쓴 억울한 사람들이어야 했다.

사건은 결국 흐지부지 미해결 사건으로 남았다.

시간이 흘러 마창기가 병원에서 퇴원하던 날 언론사들이 앞다퉈 경찰의 무능을 질타하는 기사를 남발했지만 언제나 그렇듯이 그때뿐이었다. 이후로 경찰은 은근슬쩍 수사팀을 해체했다.

그렇다고 수사가 끝난 것은 아니었다.

수사팀은 마창기에 의해 새롭게 만들어졌다.

마창기는 M그룹에서 경찰 출신, 그것도 형사과 출신만을 따로 불러 모아 수사팀을 만들었다. 외형적으로는 특별감찰팀이었지만 회사 사람들에게는 히틀러의 경호대였던 'SS'로 불렸다.

SS의 활동이 활발해질수록 그들의 면면과 여러 소문이 사람들의 입에 오르내렸다. SS는 마창기 개인적으로는 수사팀이었지만 그룹 내에서는 해결사로 통했다. 그룹 내의 성가시고 귀찮은 일에도 적극적으로 가담했다. 그중 하나가 노조 문제였다. 노조위원장이 쥐도 새도 모르게 1주일 동안 실종되었다가 남쪽 바다 외딴 섬에서 발견되었는데, 멀쩡하던 사람이 정신이 반쯤 나간 상태였고 실어증까지 걸려 있었다고 했다.

어쨌거나 SS의 본래 임무는 마창기 테러범을 찾아내는 일이었다. SS는 마창기가 지목한 사람들을 집요하게 미행했고 테러 사건과 어떤 연관성을 갖는지도 철저하게 파고들었다.

태주는 그 와중에 자기가 걸려들었을 것이라고 짐작했다.

그러니까 테러범 용의선상에 비로소 그가 올라갔다는 의미였다. 한 가지 의문스러운 점은 마창기가 SS를 앞세워 쳐들어오지 않고 왜 티켓을 보냈는가 하는 것이었다. 소문이 맞다면 전혀 마창기다운 스타일이 아니었다. 사람들에게 SS로 불리는 것에는 다 그만한 이유가 있었던 것이다.

현직 형사라는 신분이 부담스러웠을까?

마창기는 그 정도로 배포가 작지 않았다. 또한 자비나 배려가 깊은 인간도 아니었다. 그렇다면 그가 유독 태주에게 신중하게 접근하는 이유가 대체 무엇이란 말인가? 막말로 마음만 먹으면 일개 형사 따위야 아무렇지 않게 훅 날려버릴 수도 있는데 말이다.

마창기의 속마음이 어떻든 태주는 끽소리도 못하고 당하고 싶지 않았다. 적어도 그 상대가 로렌스 수사라면 죽기 살기로 발버둥이라도 쳐볼 작정이었다.

*

거울 앞에 서서 태주는 넥타이를 다시 고쳤다. 오랜만에 정장 차림의 외출이었다. 집을 나서기 전 그는 잊지 않고 차 키를 챙겼다.

차는 조진호에게서 빌렸다. 핑계는 데이트였다. 조진호는 차 키를 넘겨주면서 한 가지 조건을 걸었다. 그가 만나는 여자의 여자 친구를 소개시켜달라는 것.

"기한은 1주일이야."

10년 가까이 된 차였지만 그래도 아직은 쌩쌩하게 잘 달렸다. 출발한 지 얼마 지나지 않아 차는 목적지인 뮤지컬 전용 극장에 도착했다. 그는 이정표를 쫓아 지하주차장으로 차를 몰았다.

지하주차장은 거의 비워 있다시피 했다. 공연 시작까지 아직 시간 여유가 있었다. 태주는 의자를 뒤로 젖히고 편안히 누웠다. 굳이 그럴 필요는 없었지만 티켓을 꺼내 자세히 살폈다.

그가 알지 못하는 어딘가에 비밀스러운 암호라도 있지 않을까? 물론 그럴 리는 없었다. 만일 그랬다면 그것마저도 진작 찾아냈을 것이다.

인터넷을 통해 확인한 바로는 컨트롤 콘솔 앞쪽에 있는 VIP석 중에서도 정중앙에 있는 자리였다. 양궁의 과녁판으로 치면 엑스텐(X10)이랄까. 하필이면 왜 이런 자리를 골랐을까? 그 자리에 어떤 비밀이라도 숨어 있는 것일까? 생각을 여러 번 반복했지만 그럴듯한 이유는 아직 찾아내지 못했다.

온갖 종류의 승용차들로 지하주차장이 가득 찼을 때 그제야 태주는 차에서 내렸다. 사실 이곳에 오면서 정장을 굳이 고집할 이유는 없었다. 후줄근한 차림으로 뚱보 앞에 나서는 것을 부끄러워하는 것도 아니었다.

엉뚱하게도 태주의 가슴 깊은 곳에서는 은근한 기대감이 똬리를 틀고 있었다. 뮤지컬 공연의 주연배우는 어쨌거나 이시우였다. 그녀는 이시우의 사촌이었다. 사촌 오빠가 공연하는데 그녀가 오는 것은 당연한 것이 아닌가?

설령 그렇더라도 그날이 꼭 오늘일 이유는 없었다. 어제였어도, 내일이어도, 다른 날이어도 그로서는 어쩔 수 없는 일이었다. 다만 혹시나 하는 기대는 있었다. 운이 좋아 오늘 그의 기대대로 된다면, 그는 그녀에게 추레하지 않은 자신의 모습을 보여주고 싶었다. 이런 이유로 그는 굳이 정장 차림을 고집했던 것이다.

극장 입구는 아직 오픈되지 않은 상태였다. 사람들은 커피숍이나 입구 근처 벤치에 앉아 담소하는 것으로 시간을 때웠다. 가만히 보니 일행이 없이 극장에 온 사람은 태주 혼자뿐인 것 같았다.

그는 일부러 사람들이 별로 없는 구석진 장의자를 찾아 거기에 앉았다. 유리벽 저편 아래로 공원과 골프 연습장이 보였다. 그는 입장하라는 안내방송이 나올 때까지 일부러 시선을 거기에 꽂아둔 채 미동조차 하지 않았다.

입장하고 10분쯤 지나서야 공연이 시작되었다.

뮤지컬은 문외한인 그가 봐도 매력적이었다. 그는 금세 공연에 빠져들었다. 무대는 생동감이 넘쳤고, 배우들의 노래와 연기와 춤은 그의 심장을 벌렁거리게 했다. 마치 영화와 연극을 동시에 보고 있는 것 같은 착각마저 들었다.

1막이 끝나고 인터미션에도 그는 자리를 지켰다. 점점이 박

흰 천장의 조명등이 완전히 다 켜지고 나서야 그는 뮤지컬의 흥분을 가라앉히듯, 그리고 마창기를 맞이할 준비를 하듯 조금 흐트러진 자세를 다시금 고쳐 앉았다. 그렇게 5분이 지나고 10분이 지났다. 태주는 그 어떤 상황의 변화도 감지하지 못했다.

생각 하나가 퍼뜩 눈앞을 스친 것은 그때였다.

뚱보 녀석이 아닐 수도 있는 것 아닌가?

마창기에 대한 의심을 의심한 순간 여러 의문이 그의 머릿속에 찍혔다.

만일 뚱보가 그에게 티켓을 보낸 것이라면 군이 택배 상자를 이용할 필요가 있었을까? 그것도 할머니를 시켜서? 아무리 생각해도 마창기의 성격하고는 어울릴 것 같지 않았다. 마창기라면 SS팀을 대동하고 무작정 들이닥쳤을 것이다.

실제로 그는 그런 식으로 마창기에게 당한 적이 있었다. 워낙 호되게 당한 탓에 아직까지도 어제 일인 듯 기억이 생생했다.

그날은 연습실에 태주 혼자 남아 있었다. 뚱보 녀석이 연습실에 나타난 것은 그가 연습을 거의 끝냈을 즈음이었다. 뚱보는 짧은 머리에 검정 양복을 입은 덩치 큰 사내 둘을 대동하고 있었다.

뚱보는 태주의 맞은편에 앉았다.

"내가 우습게 보여?"

뚱보가 장난처럼 툭 던지고는 실실거리며 웃었다. 한순간 태주는 정말로 녀석이 우습게 보였다. 자기도 모르게 푸핫, 하고 웃음이 터졌다. 어쩌면 머릿속으로 쥐를 닮은 거대한 돼지를 연상했을지도 모른다.

마창기의 얼굴에서 웃음기가 싹 사라진 것은 바로 그때였다. 뚱보는 말도 하지 않았다. 단지 눈짓만으로 덩치 하나가 움직였다. 그의 곁으로 다가온 덩치가 무엇을 어떻게 했는지 몰라도 잠시 후 태주는 등짝을 망치로 얻어맞은 것 같은 극심한 통증을 느꼈다. 태주는 저절로 입이 쩍 벌어졌고, 스스로의 의지로는 원래 상태로 돌아갈 수가 없다는 것을 깨달았다.

고통은 더욱 심해졌다. 덩치가 뭘 어떻게 했는지는 모르겠는데 지독한 통증이 저릿저릿 머릿속을 찌르며 제멋대로 돌아다녔다. 고통이 얼마나 극심했던지 그의 입에서는 비명 소리마저 새어 나오지 않았다.

그러나 그것은 시작일 뿐이었다.

곧이어 우악스러운 손 하나가 그의 뒤통수를 움켜잡더니 돌연 머리를 탁자에 짓누르기 시작했다. 반항은 애초부터 불가능했다. 그의 의지가 아닌 타인의 의지에 따라 태주는 쾅쾅쾅 이마를 탁자에 부딪치기 시작했다. 그렇게 스무 번 넘게 방아질을 하고 나서야 뚱보의 나직한 목소리가 귓속으로 스며들었다.

"아직도 내가 우습게 보여?"

뚱보는 의자 등받이에 몸을 기댄 채 짧은 다리를 아슬아슬하게 테이블 끝에 걸쳐놓고 있었다. 정말로 웃긴 모습이었지만 그러나 이번에는 웃지 않았다. 그는 대답 대신 신음 소리를 토해냈다.

"대답하랬더니 콧노래를 부르네."

오히려 역효과였다. 또다시 그의 이마가 탁자에 방아질을 하기 시작했다. 혹이 나서 우둘투둘해진 이마에 또다시 통증이 엄습했다. 깨진 코에서 흘러나온 핏물로 그의 얼굴과 탁자는 이미 엉망으로 변해 있었다. 시퍼렇게 멍이 오른 눈두덩도 사정은 별반 다르지 않았다.

"제발, 제발……."

애원했지만 소용없었다.

"어쭈, 아직 이 새끼가 정신을 못 차렸네. 어디서 엄살이야, 엄살이!"

처음부터 적당히 봐줄 생각이 아니었는지도 모른다. 만일 그때 이시우가 나타나지 않았더라면 그는 더 끔찍한 일을 당했을지도 모른다.

"무슨 일이야? 저 인간들 뭐야?"

이시우는 핏대를 세워 마창기와 두 뚱보를 몰아붙였다. 덩치들이 슬쩍 눈썹을 치켜세웠지만 이시우에게는 전혀 통하지가 않았다.

"장난이야, 장난."

마창기는 뻔뻔스럽게 손사래까지 치며 변명했다.

"장난이라면 이제 그만둬. 당장 저 인간들 내보내고."

그제야 마창기는 폭력의 끝을 선언했다. 두 덩치와 함께 연습실에서 나가면서도 마지막 경고는 잊지 않았다.

"다음에는 눈깔이야, 눈깔. 그러니까 함부로 쳐다보지 마. 내말, 알아들었지?"

이지아, 그녀를 넘보지 말라는 뚱보의 경고였다. 그제야 태주는 자신이 왜 뚱보에게 당해야 했는지를 깨달았다.

2막이 시작되었다. 태주는 다른 생각은 하지 않고 오로지 공연에만 신경을 집중했다. 키와 덩치만 약간 더 커졌을 뿐 이시우는 예나 지금이나 별로 달라진 게 없었다.

2막은 1막에 비해 훨씬 빨리 시간이 갔다. 그만큼 공연에 대한 그의 몰입도도 높았다. 배우들의 거친 숨소리를 느낄 정도로 무대는 여전히 열정적이었고, 1막에서 느꼈던 감동과 희열이 2막에서도 고스란히 재현되었다.

2막이 끝나고 태주는 다른 사람들처럼 박수와 환호성으로 앙코르를 외쳤다. 곧바로 커튼콜이 시작되었다. 관객은 박수와 환호성으로 떠들썩하게 배우들과 함께 호흡했다.

커튼콜마저 끝나고 벨벳 천이 완전히 내려왔는데도 태주의 흥분은 쉽게 가라앉지 않았다. 천장의 불이 켜지고 관객들이 하나둘씩 밖으로 나가는 와중에도 그는 흥분을 식히며 여전히 자리를 지키고 있었다.

태주는 느지막이 그곳에서 나갔다.

밖으로 나가서도 다른 사람들에 섞여 빠르지도 느리지도 않게 움직였다. 줄을 서서 엘리베이터에 올랐고 지하주차장에 내려와서는 차가 있는 곳을 향해 여전한 속도로 걸어갔다. 특별히 수상한 사람이 붙거나 그 누군가의 강렬한 시선이 느껴지는 것도 아니었다.

차에 타자마자 그는 시동부터 걸었다. 그러나 기어는 여전히 P 상태였다. 그는 이제부터 기다릴 생각이었다. 일면경 저편에서 지켜보고 있을 그자의 정체를 확인해야 할 타이밍이었다.

그자가 나타나지 않을 가능성도 있었다. 여러 번 그랬듯이 이번에도 달랑 문자메시지만 보낼지도 모를 일이었다. 그 정도라도 상관없었다. 그때까지는 느긋하게 기다려줄 생각이었다.

그는 휴대폰을 조수석 의자에 내려놓았다. 그리고 가만히 두 눈을 감았다.

뮤지컬을 보고 나서 그는 한 가지 새로운 사실을 깨달았다.

분홍빛 편지지와 휴대폰 문자로 받은 의미를 알 수 없는 의문의 메시지. 그것이 어디서 비롯되었는지 비로소 알게 된 것이었다.

배우들의 입을 통해 그는 반복해서 메시지를 들었다. 처음에는 몸을 움찔하며 놀랐지만 조금 지나서는 비교적 담담하게 사실을 받아들였다.

그는 극장에서 나온 뒤 프로그램북과 뮤지컬 넘버 CD를 구입했다. 프로그램북에는 뮤지컬에 대한 소개와 스태프 소개, 인물 소개와 줄거리, 노래 가사 등이 수록되어 있었다. 그는 각 장마다 나뉘어 소개되고 있는 노래 가사부터 유심히 살폈다.

내 주여, 당신께 왔나이다. 모든 게 제게서 왔어요.
내 주여, 당신만이…… 이 모든 것 막아주실 수 있나이다.

2막 7장에서 거투르트[17]가 부르는 노래였다. 거투르트는 햄

---

17 햄릿의 엄마. 남편이 죽고 남편의 동생인 클라우디우스와 결혼한다.

릿의 주변에서 벌어진 끔찍한 일과 앞으로 닥쳐올 불행한 사태에 대한 책임이 자신에게 있음을 통감하고 기도를 하는데, 그 때 부르는 노래가 바로 첫번째 메시지였다.

구름 아래 물방울 빗물뿐일까. 그건 혹시 천사의 눈물.
천사라고 행복하진 않을 테니까 사랑 없으면 천국도 지옥.
강물이 흘러서 바다로 가듯이 사랑이 오는 길목 막을 수 없어.

두번째 메시지도 거투르트의 노래였다. 오직 사랑만을 갈구하는 비운의 여왕 거투르트는 새로이 왕이 된 클라우디우스와의 결혼을 앞두고 결혼식 예복을 차려입은 채 거울에 비친 자신의 모습을 바라본다. 이때 클라우디우스 왕이 등장하여 거투르트를 향한 사랑을 노래하는데, 이에 대한 답례로 거투르트 역시 클라우디우스를 향한 사랑의 노래를 부른다. 그 부분은 1막 3장이었다.

황혼은 낮과 밤의 빛. 땅의 자손 모두 땅으로 간다.
천사는 가고 밤은 깊어, 어둠 속에서 길 잃었네.

세번째 메시지는 어느 한 곳이 아닌 여러 곳에서 합창과 코러스로 반복해서 나왔다. 죽음과 연관된 장면에서만 나온다는 것이 특이한 점이었다.
"천사는 가고 밤은 깊어, 어둠 속에서 길 잃었네……."

태주는 자기도 모르게 마지막 세번째 메시지를 흥얼거렸다. 그러면서 시계를 보았다. 차에 오른 지 이제 5분쯤 지났다. 그동안 수많은 사람들이 그의 차 앞으로 지나갔고 차들도 꼬리에 꼬리를 물고 주차장을 빠져나갔다. 그러나 아직도 차들은 많았다.

그는 혹시나 해서 휴대폰의 메시지를 확인했다.

새로운 메시지 한 통이 와 있었다. 발신자는 조진호였다.

부탁한다. 이번 거사에 목숨 걸고 임해라. 친구 덕에 장가 좀 가보자.

Break a leg~.

차 안에 머물러 있은 지 이제 15분쯤 지났다. 그동안 아무런 변화도 없었다. 전화벨이 울리지도 문자메시지가 도착하지도 않았다.

태주는 기어를 바꾸었다. 이제 더는 기다릴 필요가 없었다. 주차장의 차들도 아까보다는 훨씬 빠르게 움직였다. 앞에 있는 차가 지나가면 차를 출발시킬 생각으로 태주는 운전대를 잡은 채 정면을 주시했다.

그의 차 앞으로 두 여자가 지나간 것은 바로 그때였다. 두 여자는 키가 엇비슷했으나 머리 스타일은 확연하게 달랐다. 한 여자는 생머리였고 다른 한 여자는 단발머리 길이의 파마 머리였다. 그의 시선을 잡아끈 쪽은 생머리였다. 그의 시선을 느꼈는지 몰라도 생머리는 무심코 고개를 돌려 그를 힐끔 보기도 했다.

누구였더라?

얼른 떠오르진 않아도 그의 기억에 있는 여자였다. 여자도 같은 느낌인 것 같았다. 갑자기 발을 멈추더니 차 쪽으로 되돌아왔고 전면 유리 너머로 차 안을 들여다보았다. 그때쯤 그의 머릿속에서 그녀의 이름 석 자가 또렷하게 떠올라 있었다.

이. 지. 아.

어쩌면 오늘 만날 수 있을지도 모른다고 생각했지만 그의 막연한 희망사항일 뿐이었다. 그런데 정말로 만나다니!

기어는 이미 P로 돌아가 있었다. 그는 차 문을 열고 밖으로 나갔다.

"혹시나 했는데, 저 알아보시겠어요?"

놀랍다는 얼굴로 여자가 먼저 알은체를 했다.

"무…… 물론이죠."

현기증이 일었다. 가슴이 벌렁거리고 눈앞이 흐릿했다. 그녀의 모습이 두 겹 세 겹으로 겹쳐져 보였다. 아무래도 제정신이 아니었다. 어쩐지 지금의 상황이 현실이 아닌 것만 같았다. 하지만 현실이 현실 같지 않아도 현실이 비현실이 되는 것은 아니었다. 그의 눈앞에 서 있는 여자는 분명 그녀였다.

그는 지금껏 한시도 그녀를 잊은 적이 없었다. 하루에도 몇 번씩 수시로 그녀를 떠올렸다. 어떻게 살까? 결혼은 했을까? 어떤 남자를 만났을까? 아이는 몇이나 낳았을까? 행복하겠지? 그는 늘 그녀가 궁금했다. 그리고 늘 그녀가 보고 싶었다. 그런데 정말로 그녀라는 것인가? 그는 자신의 눈을 의심했다. 다행히 이곳은 신기루가 보이는 사막이 아니라 서울의 한복판, 그것도 사방이 꽉 막힌 지하주차장이었다.

"…… 누구?"

이지아 옆에 있던 파마머리가 조심스럽게 끼어들었다. 이지아는 미처 알아듣지 못했다. 파마머리가 이지아의 옆구리를 팔꿈치로 쿡 찌르더니 슬며시 눈치를 줬다.

"아, 이쪽은 같이 근무하는 허미자 선생님이고요, 이쪽은 시우 오빠 친구인 오태주 씨."

"어머, 안녕하세요. 이 선생과는 둘도 없이 친한 동료예요. 친구 때문에 보러 오셨나 봐요."

허미자는 다소 호들갑스러운 여자였다. 경상도 억양인데 서울말을 쓰려고 애쓰는 티가 역력하게 드러났다.

"시우 오빠는 만나봤어요?"

"아니요, 아직."

"그럼, 저랑 같이 갈래요? 지금 가면 만날 수 있을 텐데."

"아니요, 다음에. 친구하고 술 약속이 있어서요."

이시우를 만나기에는 아직 껄끄러웠고 그래서 핑계를 둘러댔다.

"술이요? 맥주, 양주 아니면 쏘주?"

허미자가 불쑥 대화에 끼어들며 관심을 드러냈다.

"맥주요."

태주는 마지못해 대답했다.

"어머머머! 잘됐다, 정말. 안 그래도 우리도 맥주 한잔하려고 했는데. 이 선생과는 오랜만에 만난 것 같은데, 그냥 헤어지기도 좀 그렇지 않아요? 뭐 우리도 그렇고."

"함께 갈래요?"

그냥 한번 해본 소리였다.

"하지만……."

이지아가 뭐라고 말하려는데 허미자의 팔꿈치가 또다시 이지아의 옆구리를 쿡 찔렀다.

"이 선생, 그건 예의가 아니지."

다소 딱딱한 말투였다. 겉보기에도 그렇지만 파마머리는 이지아보다 서너 살쯤 더 많은 것 같았다.

허미자가 은근슬쩍 태주의 몸을 훑고 나서 물었다.

"그쪽은 대체 뭐하는 분이실까? 물론 미혼일 테고……."

"경찰입니다. 미혼이고요."

"어머, 경찰!"

허미자는 감동적인 말이라도 들은 사람처럼 어머 어머, 를 연발했다.

"혹시 형사?"

"네, 강력팀 소속입니다."

"어머머머. 매력 왕짱이다. 약속 장소가 어디예요? 우리도 내비를 찍어야 하니까 알려주셔야죠."

여자의 눈동자가 반짝반짝 빛났다. 아무래도 태주가 감당하기에는 다소 벅찬 여자였다.

"그리 멀지는 않아요."

그는 조진호와 가끔 들르는 맥줏집을 알려주었다. 조진호한
테는 차를 타고 가면서 연락해도 늦지 않을 터였다.

그때 누군가의 휴대폰에서 노랫소리가 흘러나왔다.

"잠깐만요."

이지아가 양해를 구하고는 두세 발짝 멀어졌다.

통화 내용이 간간이 들려왔다. 이지아는 상대방을 '소장님'
이라고 불렀다.

통화가 끝나고 허미자가 그의 궁금증을 대신 질문해주었다.

"소장님은 누구?"

"경찰이에요. 최근에 알게 됐는데, 좀 만나자고 해서요."

"젊어?"

"아니요. 곧 퇴직……."

그때 태주의 휴대폰에서 메시지 도착음이 울렸다. 태주는 습
관적으로 메시지를 확인했다.

줄리엣이 죽으면 로미오도 죽어요.

메시지를 보고 나서 다시 현기증이 일었다. 속도 메슥거리는
게 마치 멀미를 느끼는 것 같았다.

줄리엣이 죽으면 로미오도 죽어요. 뮤지컬에 이런 대사가 있
었던가? 당연히 그럴 리 없었다. 햄릿에 로미오와 줄리엣이 나
왔을 리 없으니까.

그렇다면 뜬금없이 로미오와 줄리엣은 무슨 소리인가?

문득 한 가지가 궁금해졌다.

로미오와 줄리엣 중 누가 먼저 죽었지?

이상하게 헷갈렸다. 연극까지 했으면서도 기억이 가물가물했다. 누가 먼저 죽었는지 줄리엣에게 물어볼까 하다가 그만두었다. 그까짓 질문으로 그녀를 귀찮게 하고 싶지 않았다. 아니, 사실은 그녀에게 머큐시오의 기억을 떠올리게 하고 싶지 않았다. 연극에서 머큐시오는 줄리엣을 사랑할 수 없는 사내였다. 그저 주인공의 사촌일 뿐이었다. 그는 그런 머큐시오가 싫었다.

"이 소리가 뭐죠?"

어디선가 이상한 소리가 들리는 것 같았다. 방송이 나오지 않는 채널을 틀어놨을 때처럼 지지직거리는 소리였다. 그러나 두 여자는 아무런 소리도 듣지 못하는 것 같았다.

"무슨 소리요?"

파마머리의 반문을 외면한 채 태주는 손끝으로 귓바퀴를 꾹꾹 눌렀다. 이명인가?

그러나 그렇지 않았다. 누군가 그에게 소리치고 있었다. 그의 귀에는 그 소리가 너무나 또렷하게 들렸다.

Break a leg.

Break a leg.

Break a leg.

이 몸 산산이 부서지도록

버스에서 내리면서 약속 시간에 늦을지도 모른다고 생각했다. 교문 옆 수위실을 지나면서 보니 이미 약속 시간에서 10분쯤 지나 있었다.

그는 수위가 알려준 길을 따라 바삐 걸음을 옮겼다. 경사진 콘크리트 길을 죽 따라 오르다가 오른쪽으로 꺾어지자 제법 가파른 계단이 나왔다. 계단 위로 올라가 몇 걸음 걸어가자 매점 간판이 보였고, 그 앞에 이르자 수위의 말처럼 분수대가 한눈에 들어왔다.

그곳은 조그마한 공원이었다.

분수대는 시원하게 물줄기를 뿜어냈고, 거기서 나온 물은 좁고 구불구불한 수로를 따라 졸졸거리며 흘렀다. 수로 곁에는 키 작은 꽃나무들이 줄지어 심어져 있었다. 나무 벤치도 곳곳에 있었다. 키 큰 활엽수들이 병풍처럼 그늘을 만들어준 덕분에 벤치는 휴식을 취하기에 더없이 좋은 장소였다.

벤치는 점심시간의 여유를 즐기려는 학생들로 가득했다.

이지아는 교복을 입은 남녀 학생들에게 빙 둘러싸여 있었다. 그녀의 표정은 행복해 보였다. 이왕 늦은 참이었다. 연이어 터지는 웃음소리를 들으며 석규는 좀더 늦기로 마음먹었다.

등나무가 지붕을 이룬 벤치 한쪽에 마침 빈자리가 보였다. 그는 그쪽으로 갔다. 열심히 수다를 떨어대던 여학생 둘이 벤치 한쪽에 슬그머니 엉덩이를 내려놓는 그를 보며 샐쭉 입술을 내밀었다. 그가 히죽 웃자 느닷없이 훌쩍 일어나더니 쪼르륵 매점 쪽으로 가버렸다.

얼마쯤 지나고 멜로디 소리가 울려 퍼졌다.

아이들은 끼리끼리 모여 공원을 떠나기 시작했다. 이지아를 둘러쌌던 아이들도 마찬가지였다. 바지 주머니에 손을 찔러 넣은 삼선 슬리퍼의 남학생 몇몇은 그의 앞을 지나며 인상을 구기거나 바닥에 찍, 하고 침을 뱉기도 했다.

"최 소장님."

아이들이 사라지고 나서야 이지아는 그의 존재를 눈치챘다.

"내가 약속 시간보다 많이 늦었어요. 아이들이 이 선생을 심심하지 않게 해주는 것 같아 다행이었지만."

두 사람은 등나무 아래에 마주 보고 앉았다.

잠시 쓸데없는 얘기들을 두서없이 주고받았다. 학교의 역사나 경사진 오르막길, 익숙하지 않은 서울의 교통 상황 같은 다소 객쩍은 소리였다.

"전 아빠에 대한 기억이 그리 많지 않아요. 아빠랑 많이 친하셨나요?"

"그랬죠. 정수가 나를 잘 따랐으니까. 정국이보다 더 친했어요."

이지아는 벤치 옆에 종이 가방을 놓아두었다. 그 안에 무엇이 들었는지는 충분히 짐작이 갔다.

"그게 제가 부탁한 사진첩인가요?"

"네, 맞아요."

이지아가 종이 가방에서 꺼낸 사진첩을 그에게 건네주었다.

양해를 구하고 석규는 사진첩을 한 장 넘겼다.

"생각보다 사진이 많지 않아요. 엄마는 사진 찍는 걸 그다지 좋아하지 않았나 봐요. 처녀 때 사진도 별로 없더라고요."

"수업 있지 않아요?"

"그렇지 않아도 이제 일어나야 해요. 사진첩은 저기 수위실에 맡겨주시면 돼요. 제가 나중에 찾아갈게요."

이지아가 자리에서 일어나더니 나뭇가지 사이로 보이는 조그맣고 허름한 창고 같은 건물을 손으로 가리켰다.

"네, 그럴게요."

"여기서 보기가 좀 그러면, 저기 후문으로 나가 조금만 내려가세요. 분위기 좋은 카페가 꽤 많아요."

"잘됐군요. 안 그래도 여긴 학교라 좀 그랬는데."

그 말을 끝으로 이지아는 그의 곁을 떠났다. 학생들처럼 그녀의 모습은 매점 뒤쪽으로 사라졌다.

석규는 종이 가방에 사진첩을 도로 넣고 후문 쪽으로 향했다.

후문을 나가 내리막길이 조금 이어지다가 이지아가 말한 카페 간판들이 곧 보이기 시작했다. 카페 사이로 두어 개의 갤러리 간판도 보였다. 낮인데도 카페 주차장에는 빈자리 없이 차들로 가득했다. 석규는 주차장이 비교적 한산해 보이는 카페로 들어갔다.

커피가 테이블에 놓이고 나서야 석규는 사진첩을 다시 펼쳤다.

사진을 대충 훑어보고 난 뒤 처음부터 다시 꼼꼼하게 살폈다.

이지아가 따로 정리를 한 것인지 몰라도 송정인의 대학 때 사진이 거의 전부였고, 그렇지 않은 사진은 결혼식 사진 석 장이 전부였다.

대학생인 송정인의 모습은 지금의 이지아와 쌍둥이처럼 닮아 있었다. 결혼식 사진 석 장은 신랑 신부와 양가 부모, 친인척들, 마지막으로 친구들과 찍은 사진이었다. 친인척과 찍은 사진에는 이정국과 서은희의 모습도 보였다.

동아리 친구들과 찍은 사진도 여럿 눈에 띄었다. MT에 간 사진, 술집에서의 사진, 도서관에서의 사진 등. 남자는 거의 없고 대부분 여자들뿐이었다.

송정인은 국문과였다. 동아리 친구들과 찍은 사진보다 그 수가 적었지만 같은 과 친구들과 찍은 사진도 여러 장 있었다.

석규가 유독 관심 있게 본 사진은 한 여자와 단둘이 찍은 사진들이었다. 그 여자와 찍은 사진은 동아리 친구들과 찍은 사진보다 오히려 더 많았다. 또한 그 여자와 찍은 사진을 제외하면 남자든 여자든 다른 누군가와 단둘이 찍은 사진은 단 한 장도 없었다.

석규는 그 여자와 찍은 사진만 따로 골라 시간을 두고 세세히 살펴보기도 했다. 사진 속 옷차림이나 물건, 배경 등도 허투루 흘려보지 않았다. 사진 속에서 자주 눈에 띄는 것은 살림살이와 잠옷 차림이었다. 석규는 둘이 단짝 친구였고 함께 자취 생활을 했을 것으로 추측했다.

이지아의 허락이 있었던 건 아니지만 석규는 필요하다 싶은 사진들을 휴대폰 카메라로 일일이 찍어두었다. 특히 룸메이트인 여자의 사진은 빼놓지 않고 모두 찍었다. 그런 와중에 이상한 점 한 가지를 문득 발견했다.

송정인의 결혼사진 중 친구들과 찍은 사진을 찍을 때였다. 휴대폰의 카메라 플래시가 번쩍하고 터지는 순간 석규의 머릿속에서도 섬광 같은 것이 번쩍하고 터졌다.

머릿속에서 터진 것이 무엇인지는 금세 깨달았다.

친구들과 찍은 사진에서 단 한 사람의 얼굴이 보이지 않았다. 다른 사람은 몰라도 그 사람은 꼭 있어야 할 것 같은데 이상하게도 그 사람만 보이지 않았다. 바로 송정인의 룸메이트였다.

그녀는 송정인의 결혼식에 왜 참석하지 않은 것일까?

사진첩을 학교 수위실에 맡겨놓을 생각은 애초부터 없었다.

석규는 이지아의 수업이 끝나기를 기다렸다가 시간에 맞춰 전화했다. 시간 좀 내달라는 그의 부탁에 이지아는 선약이 있어 곤란하지만 약간이라면 어떻게 할 수 있을 것이라고 말했다.

이지아와 다시 만난 곳은 처음에 만난 바로 그 벤치였다.

석규는 곧바로 질문으로 넘어갔다.

"이 사람, 누군지 알아요? 내 생각엔 이 선생 엄마의 룸메이트 같은데."

석규는 이미 펼쳐놓은 사진첩의 사진 한 장을 손가락으로 짚었다.

"맞아요. 같은 고향이고 대학도 같다고 했어요. 함께 살았고요."

"과도 같았나요?"

"그건 몰라요."

"이름은요?"

"그것도 몰라요."

석규는 사진첩을 한 장 넘겼다.

"여기 이 사진 좀 볼래요."

석규가 가리킨 사진은 꽃을 가슴에 안고서 환하게 웃고 있는 룸메이트 여자의 사진이었다. 그 옆에서 송정인 역시 활짝 웃고 있었다.

"이분 분장한 것 맞죠?"

송정인은 아니고 룸메이트 혼자만 분장한 얼굴이었다.

"아마 그럴 거예요. 연극을 했다고 들었거든요."

송정인과 이정수가 어떻게 만났을지 문득 궁금해졌다. 연극이라면 그 끈이 이정국과 연결되고 있었다.

아들 덕분에 이정국은 덩달아 유명해졌다. 그 때문에 이정국이 어떤 대학 시절을 보냈는지 어떤 과정을 거쳐 지금에 이르렀는지 석규도 어느 정도는 알고 있었다.

대학 시절 이정국은 꽤 알아주는 연극배우였다. 졸업 후에도 연극배우의 길을 걸었고 크고 작은 상을 여러 번 수상했다. 그러나 결혼하고 얼마 후 배우 생활을 접었다. 그는 극단을 차리고 제작자로 돌아섰다.

그러니까 석규의 생각으로 룸메이트와 이정국은 연극으로 연결되어 있었다. 동종 업계의 사람들끼리는 그렇지 않은 사람들보다 인연의 끈이 더욱 가까울 가능성이 높았다. 그런 이유로 룸메이트와 이정국이 알게 되고, 두 사람은 친구와 동생을 연결시켜주기에 이른 것이 아닐까?

"부모님이 어떻게 만나 결혼했는지 알고 있어요?"

"아니요, 들은 적 없어요."

"엄마 친구분에 대해 더 알고 있는 내용은요?"

"없어요, 지금 말한 게 전부예요."

"친구 때문에라도 이 선생 엄마는 연극을 좋아했을 것 같은데, 정수는 형인 정국이의 영향으로 그랬을 것 같고요. 두 사람이 결혼 후에도 종종 연극을 보러 다녔나요?"

"외출은 종종 했지만 연극이나 그 밖의 공연을 보기 위해 나간 건 아니었어요. 그냥 외식을 즐기려는 것이었어요."

"정수와 정국이는 형제인데도 관심사가 많이 달랐나 보군요?"

"저는 어릴 적부터 큰아버지가 운영하던 극단을 시우 오빠랑 자주 드나들었어요. 연극 공연을 할 때면 큰아버지가 따로 자리를 만들어주기도 했고요. 그래서 남들보다는 연극이나 뮤지컬에 관심이 깊은 편이었죠. 하지만 엄마 아빠는 아니었어요. 큰아버지가 매번 티켓을 보내줬지만 제 기억으론 한 번도 간 적이 없었어요."

이지아를 만나러 오면서 이정국과 전화 통화를 했었다. 핑계는 보내준 석 장의 사진에 대한 감사 인사였지만 진짜 속셈은 석 장이 보관하고 있는 사진이 전부인지를 확인하고 싶은 것이었다. 이정국은 대답은 간단했다.

"그게 전부야."

정말이냐고 되묻자 곧바로 항의하듯 이렇게 말했다.

"그게 무슨 문제라도 되나?"

석규는 떨떠름하게 그건 아니라고 대꾸했다.

전화를 끊기 전 이정국은 의미 있는 말을 그에게 해주었다.

"그 사진, 나머지는 지아 그 애가 갖고 있을지도 몰라."

참으로 이상한 말이었다. 밑도 끝도 없이 이지아가 왜 튀어나온단 말인가?

"어째서 그렇지?"

즉시 이정국에게 반문했다.

"힌트를 줬는데 답까지 말해달라는 건가? 이봐, 난 여기까지야. 답은 지아한테 알아내야지."

석규는 나름 고민을 많이 했다. 이지아에게 사진에 대해 질문해야 하는가 말아야 하는가? 죽은 지 18년이나 지났어도 송정인은 이지아의 엄마였다. 엄마가 부정한 여자였다는 소리를 아무렇지 않게 들을 수 있는 딸은 없었다. 그러나 이정국의 마지막 말은 이지아가 엄마의 부정을 이미 알고 있다는 의미이기도 했다.

"이것 좀 봐줄래요?"

그는 품속에서 사진이 든 봉투를 꺼냈다. 이지아에게 보여준 사진은 석 장이 아닌 두 장이었다. 일부러 한 장은 보여주지 않았다.

사진을 본 이지아의 눈이 동그랗게 변했다. 당황한 기색도 역력했다.

"사진 속 그 남자, 혹 알고 있는 겁니까?"

이지아가 고개를 절레절레 흔들었다. 사실 당연한 반응이었다. 실제로 알고 있는 사람일지라도 그런 형편없는 사진을 보고서 알아본다는 건 말도 안 되는 일이었다.

"그런데 왜 그리 놀랐죠?"

"사람 때문이 아니라 장소 때문이에요."

이지아가 사진 한쪽을 손가락으로 콕 찍었다. 거기에는 무늬 같은 것이 있었다. 석규도 유심히 살펴봤던 것이었다. 호텔의 문양이라는 것도 이미 이해했다. 하지만 문양은 반도 채 보이지 않았기에 호텔이 어디인지는 알아내지 못했다. 그런데 이지아는 무척이나 쉽게 호텔의 문양임을 이해했다. 일부만 봐도 그곳이 어디인지 알 수 있을 정도로 익숙하다는 의미였다.

"여기가 어디죠?"

"광화문 근처에 있는 호텔이에요."

"어떻게 알고 있죠?"

"엄마랑 가끔 갔었어요."

이정국의 말이 사실이란 말인가? 갑자기 머릿속이 하얗게 탈색된 것 같았다. 바람피우러 가면서 자기 딸을 데리고 갔단 말인가? 설마 그럴 리가!

석규는 꿀꺽 침을 삼켰다.

이지아가 흘낏 손목시계를 보고 나서 말했다.

"하고 싶은 말씀이 더 있는 것 같은데, 그럼 계단 아래쪽에서 기다려주실래요. 제가 차를 갖고 그리로 갈게요."

석규는 차를 타고 이동하면서 질문에 대답해주겠다는 의미로 받아들였다.

계단 아래쪽 옆은 운동장 입구였다. 석규는 묵묵히 고개를 끄덕였다.

이지아의 모습이 매점 뒤편으로 사라지고 나서 석규는 다시한 번 목 깊숙이 침을 삼켰다.

10분쯤 지나자 차 한 대가 운동장 가장자리를 지나 석규 옆에 멈췄다. 조수석에는 이미 다른 사람이 앉아 있었다.

뒷문을 열고 차에 오르자 이지아가 동료 선생이라면서 조수석의 여자를 소개시켜주었다. 허 선생이라는 여자는 석규가 경찰이라는 소리에 어머, 를 연발하며 좋아라 했다. 한눈에도 허 선생은 꽤 시끄러운 여자처럼 보였다.

"요즘 제가 느끼는 건데요, 아무래도 전 경찰과 꽤 인연이 깊

나 봐요. 요즘 만나는 사람들이 죄다 경찰이거든요. 그것도 강력
팀 형사.”

허 선생은 ‘형사’를 콕 찍어서 강조했다. 간혹 그런 여자들이
있다. 경찰, 그것도 형사에 판타지를 갖고 있는.

약속 장소인 지하철역 근처에 도착할 때까지 주로 떠들어댄
사람은 허 선생이었다. 그녀는 귀가 따가울 정도로 엇비슷한
말을 여러 번 반복해서 사용했다. ‘우리 진호 씨’, ‘우리 조 형
사’ 그리고 ‘우리 그이’. 그 와중에 이지아가 깜짝 놀라 벌써 그
런 사이가 됐느냐고 묻는 것을 보면 사귄 지 그리 오래된 것도
아닌 것 같았다.

주차장에 차를 세웠지만 차에서 내리지 않고 이지아는 따로
시간을 내주었다. ‘우리 그이’가 기다리는 약속 장소로 먼저 가
있으라며 이지아가 허 선생을 차에서 몰아내고 나서야 대화가
다시 이루어졌다.

석규는 그제야 나머지 사진 한 장을 꺼내어 이지아에게 보여
주었다.

“귀퉁이의 아이, 이 선생 맞나요?”

이지아는 잠자코 고개를 끄덕였다.

사진의 한쪽 귀퉁이에는 조그마한 여자아이의 뒷모습이 반
의반쯤 찍혀 있었다. 석규는 사진 속 아이가 어쩌면 이지아일
지도 모른다는 생각을 조심스럽게 했었다. 이정국과의 통화가
끝나고 난 직후였다.

“그때 유치원에 안 다녔나요?”

"다녔어요. 거의 안 갔지만. 햇빛 알레르기가 있었기 때문에요."

"엄마가 다른 엄마들하고 다르다는 건 언제 알았죠?"

"초등학교 때요. 몇 학년 때인지는 모르겠지만요."

"엄마도 그걸 알았나요?"

"아니요, 몰랐어요."

"그때도 호텔에 함께 다녔어요?"

"아니요, 내가 일곱 살 때부터는 줄곧 엄마 혼자 나갔어요. 난 도우미 아줌마와 집에 있었고요."

"그전에는 도우미 아줌마가 없었나요?"

"아빠는 원했는데 엄마가 싫다고 했어요."

석규는 송정인의 속내를 짐작할 수 있었다.

송정인은 도우미가 남편의 감시자 역할을 하게 되는 것이 염려스러웠을 것이다. 도우미가 잘못 입이라도 놀리면 남편과의 관계에 심각한 문제가 발생할 수도 있으니까. 그러나 딸이 점점 크면서 어쩔 수 없이 도우미를 고용해야 했을 것이다. 점점 머리가 굵어지는 아이를 데리고 호텔에 들락거릴 수는 없었을 테니까. 결국 누군가에게는 딸을 맡겨야 했다.

퍼뜩 생각 하나가 떠올랐다.

"아까 햇빛 알레르기가 있다고 했는데, 낮에 만났을 때는……."

그때는 멀쩡한 것처럼 보였다. 이젠 괜찮아진 것인가?

"엄마는 거짓말쟁이였어요."

이지아가 불쑥 뜬금없는 소리를 꺼냈다. 어쨌든 그녀의 말이 틀린 얘기는 아니었다. 딸을 속인 엄마였으니까.

"예전에는 한번 외출하려면 늘 요란하게 몸단장을 해야 했어요. 항상 긴팔 옷을 입고, 머리에는 챙이 넓은 캐플린 모자를 썼고요. 누가 봐도 엄마와 딸이라는 걸 금방 눈치챌 수 있었죠."

"이 선생 엄마도 햇빛 알레르기였군요."

"딸은 엄마를 닮죠. 원해서 닮기도 하고 또 원하지 않는데 닮기도 하고."

알듯 모를 듯한 말이었다.

석규는 질문을 바꿨다.

"다소 거북한 질문일 수 있는데요, 호텔에서 이 선생은 어디에 있었죠? 있을 곳이 마땅치 않았을 텐데."

"커피숍에 있었어요. 엄마가 돌아올 때까지 그림을 그렸어요. 커피숍의 여러 모습을요. 직원들, 손님들. 그리고 또 그렸어요. 집으로 돌아가면서 엄마에게 신이 나서 그림에 대해 설명했죠. 엄마는 칭찬을 아끼지 않았어요. 그렇지만 그림을 집에 갖고 들어가는 건 허락되지 않았어요. 집에 들어가기 전에 그림은 늘 어딘가에 버려지곤 했죠."

그 그림을 이정수가 보게 되면 곤란해지는 건 송정인이었을 테니까.

"이 선생은 엄마를 미워했겠군요."

"당시엔 그랬죠. 그림을 버렸으니까. 나중엔 엄마에 대해 생각하면서 어쩐지 가엾다는 생각을 하게 됐어요."

조금 의외의 대답이었다.

"가엾다고요?"

"혹시 시우 오빠의 뮤지컬 보셨어요?"

"아니요, 아직."

"그 뮤지컬에서 제가 가장 좋아하는 캐릭터는 거투르트예요. 거투르트 여왕은……."

"햄릿의 엄마죠. 햄릿 아버지의 동생, 그러니까 시동생과 결혼하는 여자이기도 하고요."

책을 읽은 건 아니었다. 혹시 몰라 그는 인터넷에서 '햄릿'을 검색했다. 셰익스피어의 원작, 연극, 뮤지컬, 영화까지 내용과 캐릭터를 비교해놓은 자료들이 수도 없이 많았다. 뮤지컬 공연의 동영상은 없어도 커튼콜 영상은 꽤 많이 올라와 있었다.

"햄릿은 수많은 나라에서 연극과 뮤지컬로 공연되고 있어요. 연극이든 뮤지컬이든 연출가들이 가장 큰 변화를 주는 캐릭터가 거투르트고요. 가장 비극적인 인물이니까요. 이번 뮤지컬에서도 마찬가지예요."

그러면서 이지아는 돌연 노래를 부르기 시작했다.

믿음 없이 진실 없이 남은 건 당신 하나뿐. 그게 나야.
그대의 손길, 너무 떨렸어. 숨겨온 욕망, 그때 알았지.
고결한 영혼 소용없었어. 난 성녀가 아니야.
사랑받고 살고 싶어. 이 몸 산산이 부서지도록.

목소리를 낮춰 불렀지만 썩 괜찮은 솜씨였다. 노래가 끝났을 때 석규는 박수라도 쳐줬어야 하는데 하며 타이밍을 놓친 것을 아쉬워했다.

"나중에 생각해보니까 엄마는 거투르트 같은 여자였어요. 오직 사랑만을 갈구했으니까요."

석규는 갑작스러운 사랑 타령에 어색한 기분을 느꼈다. 그는 다시 본론으로 돌아가고 싶었다.

"혹시 이 석 장의 사진 말고 다른 사진들을 본 적은 없습니까?"

기분 탓인지 몰라도 목소리가 다소 퉁명스러웠다.

"없어요."

그렇다면 이정국이 잘못 짚은 것인가? 이정국은 왜 그에게 이지아를 언급했던 것일까?

"이 사진들은 오늘 처음 본 건가요? 제가 듣기로 이런 사진들이 서른 장쯤 된다고 하던데."

"그보다…… 그 사진 어디서 났어요?"

"그건…….'"

"대답하기 곤란한가요?"

"네, 입장이 좀…… 하지만 한 가지는 말해줄 수 있어요. 이 사진을 원래 갖고 있던 사람이 이 선생 아버지인 정수였다는 거."

이지아는 별로 놀라지 않았다. 오히려 덤덤했다. 무슨 생각인지 몰라도 어떤 대꾸도 없이 잠자코 침묵을 유지했다.

다시 석규가 떠들어야 했다.

"난 그 점이 이상했던 거고요. 이 사진을 보낸 사람의 목적이 무엇일까 고민한 거죠. 돈일까? 아니라면 다른 것일까? 돈이라면 정수가 아닌 이 선생 엄마에게 사진을 보냈어야 하는 거죠. 그래야 협박이 통했을 테니까. 그런데 사진을 갖고 있던 사람은 정수였어요. 결과만 놓고 판단한다면 사진을 보낸 사람의 목적은 돈이 아니었던 것 같아요."

"돈이 아닌 다른 목적이 뭐죠?"

"딱히 단정할 수는 없어도 부부의 불화가 목적이 아니었을까 싶어요. 가령 이혼을 바랐다거나 하는."

"이혼요? 그럼……."

이지아가 사진을 보면서 이어 말했다.

"이 남자가 보낸 게 아닐까요? 엄마를 사랑해서 엄마가 아빠와 이혼하기를 바라서."

"그럴 가능성도 있죠. 물론 아닐 가능성도 있고요."

"하지만 사고가 나기 전 엄마와 아빠가 다투는 건 한 번도 보지 못했어요."

"그래요?"

방금 전 이지아의 말이 갖는 의미는 하나밖에 없었다. 이정수는 아내인 송정인에게 사진에 대해 감췄다는 것. 바보같이 혼자 끙끙 앓다가 결국 형 이정국을 찾아갔고, 그래서 가족 여행을 떠나게 되었던 것이다. 그러나 그 결과는 비참했다.

만일 이정수가 송정인에게 사진에 대해 캐물었다면 어떻게 됐을까? 심각한 불화를 겪거나 끝내 이혼으로 부부 관계가 파탄 났을 가능성이 높다. 그러나 두 사람이 죽는 일은 발생하지 않았을지도 모른다.

"그런데 좀 이상한 일이 있긴 있었어요."

"그게 뭐죠?"

석규는 은근히 긴장했다. 이런 순간이 간혹 있었다. 아무리 닦달해도 아무것도 기억하지 못한다며 도리질을 치다가 느닷없이 아, 생각났어요! 하며 주저리주저리 무엇인가를 털어놓는 사람들. 그들 가운데 어떤 이는 살인을 저질렀고, 또 어떤 이는 술에 취해 주먹을 휘둘렀으며, 이지아처럼 아주 오랫동안 봉인된 기억이 한순간 터져버리는 사람도 있었다.

"제 기억이 정확한지 어떤지 자신할 수는 없는데, 엄마 아빠가 그렇게 되기 얼마 전쯤에 저희 집 우편함에 무언가를 집어넣는 여자를 본 적이 있어요. 도우미 아줌마가 퇴근하고 얼마 안 됐을 즈음이니까 밤 9시쯤이었을 거예요. 아줌마는 보통 8시 30분쯤에 퇴근했거든요. 저는 아빠가 오기를 기다리며 커튼 사이로 창밖을 내다보고 있었고요."

'범인'이거나 '범인의 심부름꾼'이 틀림없었다. 그런데 남자가 아닌 여자였다고? 석규는 그 점을 다시 확인했다.

"네, 여자였어요."

"그 여자, 나이가 어느 정도로 보였나요?"

"지금의 나보다는 많아 보였던 것 같아요. 삼십대 중반쯤?"

석규는 내심 이정국을 '범인'으로 찍어두고 있었다. 그의 생각처럼 이정국이 범인이라면 여자는 이정국의 심부름꾼일 것이다. 그의 짐작이 틀렸다면 이정국이 아닌 여자가 '범인'일 수 있었다.

갑자기 머릿속이 복잡해졌다.

그는 여러 각도에서 이 문제에 대해 접근했다.

처음에는 호텔 직원을 의심했다. 송정인과 한 남자의 밀회를 목격하기 쉬운 사람이 누굴였을까 하고 고민하다가 호텔 직원 쪽으로 생각이 뻗었다. 직원이라면 송정인의 불륜을 쉽게 눈치 챘었을 수도 있다. 사진도 그리 어렵지 않게 찍을 수 있었을 것이다. 호텔 직원이 사진을 찍었다면 목적은 당연히 돈이었을 것이다. 그러나 사진은 송정인이 아닌 이정수에게 배달되었다. 단순한 실수였을까? 아니, 뭔가 어설프다. 사진을 우편함에 넣어둘 필요 없이 전화만으로도 얼마든지 원하는 것을 얻어낼 수 있지 않았을까?

두번째는 외도의 당사자인 의문의 사내였다. 사내는 송정인을 진심으로 사랑했고 그래서 그녀가 이혼하기를 바랐다. 사람을 시켜 사진을 찍게 하고 그것을 이정수에게 보냈다.

그러나 이 추리는 다소 복잡한 과정을 요구했다.

첫째, 사진을 찍은 솜씨가 전문가가 아닌 아마추어라는 것. 전문가를 쓰기에는 비용이 부족했던 것일까? 어쩌면 비밀 유지를 위해 친분이 두터운 지인이나 친인척에게 부탁했을지도 모른다. 둘째, 누군가를 끌어들인다는 것은 그만큼 위험 부담이 큰 법인데 남자는 또다시 여자를 배달원으로 이용했다. 그러니까 사진사와 심부름꾼, 이 둘이 도우미가 된 것이다. 그것도 아니라면 심부름꾼인 여자가 사진까지 찍었거나.

다른 문제도 있다.

외도 당사자인 사내를 '범인'으로 의심하려면 나머지 스물

몇 장의 사진을 반드시 확인해야 한다는 것. 그 사진에 남자의 얼굴이 정확히 찍혀 있다면 지금의 추리는 성립이 불가능하다. 자신의 얼굴까지 드러내는 것은 위험하다. 목적을 이루기 전에 먼저 쪽박이 깨질 가능성이 그만큼 높으니까. 가령, 이정수로부터 간통으로 고소당하거나 사람을 시켜 폭력을 행사할 수도 있는 일이었다.

이지아의 말을 듣고 난 뒤 석규는 다시 하나의 시나리오를 머릿속에 그려 넣었다. 전혀 다른 가능성이 새롭게 제기된 것이었다.

삼십대 중반의 여자가 범인일 가능성. 그 여자가 사진을 찍고 또 배달까지 직접 했다, 그것도 이정수가 받을 수 있도록. 이 경우, 여자는 돈이 목적이 아니다. 목적은 오로지 부부의 불화! 그것은 석규가 예상한 범인의 목적과 정확히 일치했다.

여자는…… 정수를 사랑했던 것일까?

"근데요, 그 여자 어디서 본 듯했어요. 호텔은 아니고, 분명 어디선가 본 얼굴이었어요."

이지아의 기억이 정확하다면 적어도 호텔 직원이 범인일 가능성은 배제해도 괜찮을 듯싶었다.

"혹시 친척이 아니었을까요?"

"아니에요."

이지아가 고개를 옆으로 흔들었다.

"정수의 회사 직원일 가능성은요?"

"그것도 아닐 거예요. 전 아빠 회사에 가본 적이 없어요. 설령 있었다고 해도 기억에 없는걸요."

"회사 직원이 명절 때나 다른 날에 집에 찾아왔을 수도 있잖아요?"

"그건 아니에요. 사람들이 찾아오지도 않았지만 명절 때에는 항상 큰아버지 댁에 갔었으니까요."

범인의 윤곽이 보다 좁혀졌다. 회사 직원도 범인은 아니라는 것. 그리고 삼십대의 여자가 범인이든 심부름꾼이든 이지아에게 익숙한 얼굴이라는 것. 이 두 가지는 이지아의 기억을 믿는다면 엄연하게 팩트였다.

"정수가 출장이 잦았나요? 지방이나 해외 출장 같은."

"네, 그랬어요. 어떨 때는 한 달에 반쯤 집에 오지 않을 때도 있었으니까요."

정수에게 다른 여자가 있었던 게 아닐까? 하지만 어린 이지아에게 익숙한 얼굴의 여자라면 제법 가까이 있는 여자여야 했다. 그 여자가 대체 누굴까?

당시에 이지아는 열한 살 소녀였다. 그런 여자아이의 눈에 익숙한 여자는 과연 누구일까? 호텔 직원도 친인척도 아빠의 회사 직원도 아니라면 대체 누구여야 하는가? 그때 사진첩이 다시 눈에 들어왔다. 설마 엄마의 친구? 혹시나 해서 사진첩으로 손을 뻗었다.

"거긴 아니에요. 거기엔 없는 사람이에요."

그의 의도를 눈치챘다는 듯 이지아가 말했다.

"확실해요?"

"거기에 있는 사진들, 여러 번 봤어요."

그렇다면야 믿을 수밖에.

"마지막으로 얼마 전에 죽은 서은희 씨에 대해 몇 가지만 질문할게요."

이지아는 고개를 끄덕이는 것으로 질문을 허락했다.

"서은희 씨, 언제부터 알코올중독이었죠?"

"꽤 오래되긴 했는데 정확히는 몰라요. 시우 오빠가 귀국한 뒤로는 많이 좋아져서 거의 정상적인 상태였고요."

"사고가 있던 날, 집에 혼자 있었던 겁니까?"

"식구들 모두 외출했으니까요."

"서은희 씨의 사망 사실은 언제 안 거죠?"

"그날 오후 2시쯤 큰아버지 휴대폰으로 전화가 왔대요."

"서평 경찰서에서 말이죠?"

"아니요, 병원장 하신다는 그분한테서요."

황민기가 이정국에게 직접 알려주었다? 그것도 휴대폰으로? 얼마나 자주 연락을 주고받았는지 몰라도 황민기와 이정국은 적어도 이번 사건 이전에도 서로의 휴대폰 번호를 알고 지내는 사이라는 의미였다.

그때 이지아의 휴대폰에서 음악 소리가 흘러나왔다.

"허 선생님이네요."

이지아가 조금 난감한 표정을 짓더니 그에게 양해를 구하고는 전화를 받았다.

그러나 수화기 저편에서 새어 나오는 목소리는 남자였다. 이지아도 예상 밖이었는지 조금 당황하는 눈치였다. 그녀의 입술 사이로 조심스럽게 남자의 이름이 흘러나왔다. 태주.

"그 태주라는 사람도 경찰입니까?"

통화가 끝나고 물었다.

"용산경찰서요."

이지아와 석규는 차에서 내려 나란히 걸었다. 석규는 딸하고 함께 걷는 것 같아 기분이 좋았다. 마음 같아서는 좀더 걷고 싶었다. 하지만 곧 이지아의 발걸음이 멈추었다. 요란하게 번쩍거리는 호프집의 네온사인 앞이었다. 거기에서 짧은 작별인사를 나눈 뒤 이지아와 헤어졌다.

차도를 따라 걸으면서 어디로 갈지 고민했다. 서평으로 갈지, 술 한잔 걸치고 근처 모텔에서 잘지, 아니면 또 다른 곳으로 갈지. 실내 포장마차 앞에서 문득 발길을 멈췄는데 마침 휴대폰에서 진동이 느껴졌다. 현 순경이 보낸 문자메시지였다.

어디세요? 빨리 오세요.

*

석규의 휴대폰에 저장된 단축키는 하나뿐이었다. 예전에는 둘이었다. 아내가 1번, 딸이 2번. 1번은 단축키를 설정하고 얼마 되지 않아 저세상으로 떠났다.

1번의 단축키를 지우고 나자 술에 취해 누를 수 있는 단축키는 2번밖에 없었다. 그렇다고 딸의 목소리를 들을 수 있는 것은 아니었다. 기계음의 여자 목소리가 언제나 딸의 목소리를 대신했다. 쓸데없이 그 여자에게 하소연 같은 넋두리를 풀어놓다가 전화를 끊기 일쑤였다.

한번은 현 순경과의 술자리에서 이런 사정을 털어놓았다.

"한번 걸어보세요."

현 순경이 자꾸 충동질을 했다. 못 이기는 척 단축키 2번을 꾹 눌렀다. 역시 해미는 전화를 받지 않았다. 낙담한 표정의 그를 보며 현 순경이 재미있다는 듯 낄낄거리며 웃었다.

"해미가 소장님 번호를 스팸으로 등록했나 봐요."

"야, 아빠가 스팸이냐?"

불끈하여 버럭 소리를 지르긴 했으나 그럴지도 모른다는 생각에 가슴 한쪽이 미어졌던 것도 사실이다.

"제가 증명해볼까요?"

현 순경이 자신의 휴대폰으로 해미의 번호를 꾹꾹 누르고는 스피커를 켜놓았다. 벨이 대여섯 번 울리고는 수화기를 통해 딸의 목소리가 흘러나왔다. 현 순경이 재빨리 휴대폰을 그의 앞으로 밀어주었다. 통화를 하라는 것인데 목이 멘 탓에 목소리가 나오지 않았다. 현 순경이 답답해하며 휴대폰을 그의 턱 밑으로 더욱 가까이 들이밀었다. 마른침을 꿀꺽 삼킨 뒤 힘겹게 말을 꺼냈다.

"해미야."

그러나 그것으로 끝이었다. 뚝 전화가 끊겼다.

머쓱해진 현 순경이 술잔을 만지작거리며 말했다.

"바쁜 일이 있나 보죠. 다른 사람과 착각했거나."

그날 술에 잔뜩 취해 현 순경에게 술주정을 했다. 집에 와서도 고래고래 소리를 질렀다. 쉬지 않고 넋두리도 늘어놓았다는데. 그중 반이 난 좋은 남편이 아니야, 였고, 나머지 반은 난 좋은 아빠가 아니야, 였다고 한다. 그리고 가끔 이렇게 말했다고 한다.

"실패야, 완전 실패!"

석규의 인생은 막바지를 향해 빠르게 흘러가고 있었다. 종점까지 몇 정류장 남지 않았다. 그나마 막장으로 떨어지지 않기 위해 붙잡고 있던 경찰이라는 끈. 이제 얼마 있으면 그 끈마저 놓아야 한다. 그다음에는 어떻게 될까? 퇴직하고 이런저런 사업에 손대고 그러다 실패했다는 소리는 수도 없이 들었다. 개중에는 자살했다는 사람도 더러 있었다.

버스정류장 앞에 이르러 발걸음이 멈추었다. 버스 운전사가 문을 열어놓은 채 넌지시 그를 바라보았다. 뒤늦게 눈치를 챘다. 급히 운전사에게 손을 내저으며 한 발짝 뒤로 물러났다.

버스 운전사가 눈을 부라리고는 신경질적으로 문을 닫았다.

버스가 떠나고 버스 노선표를 확인했다.

해미가 사는 아파트로 가는 버스 노선은 세 개였다. 그는 아랫입술을 깨물었다. 무작정 찾아가라고, 좀 뻔뻔해져도 괜찮다고 현 순경은 말했지만 그는 그렇게 하지 못했다. 더는 뻔뻔해져서는 안 되는 사람이 바로 그였다.

석규는 버스정류장 의자에 힘없이 주저앉았다.

오늘은 유독 딸아이가 보고 싶었다. 이지아 때문이었다. 그녀와 만나 얘기하면서 자꾸 해미가 생각났다. 이지아와 해미는 동갑내기에다가 웃을 때 살포시 고개를 숙이는 것이 흡사하게 닮았다.

그러나 지금도 그런지는 알지 못했다. 그는 스무 살 이전의 해미만을 기억하고 있었다.

아내 역시 그에게는 여전히 사십대 초반의 여자였다. 사진처럼 아내는 항상 그 모습으로 그의 기억 속에 머물러 있었다.

아내는 폐암 환자였다.

"담배도 피우지 않는데 왜 폐암이 걸렸을까?"

의사를 만나고 나오면서 아내는 혼잣말처럼 중얼거렸다. 그말을 듣고 가슴 한쪽이 찔린 사람은 석규였다. 한동안 아내와 그는 구두코만 보고 허정허정 걸었다.

그날 석규는 담배를 끊었다.

아내의 투병 생활은 길고 끔찍한 하루하루의 연속이었다. 통증이 엄습하면 아내는 문을 잠갔다. 이불을 뒤집어쓰고 끅끅거리며 짐승처럼 울었다. 마약 성분의 진통제마저 소용없었다. 끔찍한 통증을 아내는 고스란히 혼자서 감당해야 했다.

그는 문밖에 서서 잠자코 기다렸다. 아내의 울음소리가 그치면 그제야 열쇠로 문을 따고 안으로 들어갔다.

다리를 오므리고 이불을 돌돌 말아 가슴에 안은 채 입술만 바들바들 떨어대는 아내는 반송장이나 같았다. 손가락 하나 까딱하지 못했고 혀조차 놀리지 못해 숨을 쉬는 것인가 가끔 의심스럽기도 했다.

"괜찮아?"

빤히 괜찮지 않은 모습을 보면서도 그는 늘 그렇게 물었다. 아내는 서너 번 숨을 늦추고 나서야 간신히 눈까풀을 움직이는 것으로 대답을 대신했다. 그것이 괜찮다는 것인지 그렇지 않다는 것인지 그때도 지금도 석규는 정확한 의미를 알지 못했다. 다만 아내가 뭔가 반응을 보였다는 것만이 그저 다행일 뿐이었다.

"감기 들겠어."

그는 흠씬 젖은 이불을 걷고 다른 이불로 바꿔주었다. 마음 같아서는 오줌으로 젖은 침대 시트와 치마와 속옷도 바꿔주고 싶었지만 아내는 결코 그것을 허락하지 않았다. 여자로서의 알량한 자존심을 지키려는 것이 아니었다. 아내는 싸우고 있었다. 남편과 딸의 곁을 떠나지 않기 위해 최선을 다해 병과 싸우고 있는 것이었다.

아내는 연약한 몸을 가졌지만 마음만은 그 누구보다 강한 여자였다. 그러나 아내의 마음보다 더욱 강한 것이 암세포였다.

"당신은 남편이잖아. 그러니까, 거기까지만."

아내는 그가 간호사이거나 간병인이 되는 것을 원치 않았다. 망가진 육신일지언정 오로지 한 남자의 여자로만 기억되기를 바랐다. 암세포와의 싸움에서 패배하는 것이 익숙해졌을 즈음에도 그의 도움은 이를 악물며 거부했다. 꼭 필요하다 싶은 도움은 해미를 불렀다.

아내가 저세상으로 떠난 뒤 그는 홀가분하게 살았다. 사람들을 만나 밤늦게까지 술을 마셨고 노래방도 갔으며 실없는 농담을 주고받기도 했다.

편했다. 아주 편해서 딸이 어떻게 지내는지도 알지 못했다.

어느 날 모르는 번호가 그의 휴대폰에 찍혔다. 아내의 병으로 꽤 많은 빚을 지고 있었다. 빚쟁이겠지 싶어 전화를 받지 않았다. 얼마쯤 후에는 그를 찾는 전화가 파출소로 걸려왔다. 전화를 받고 보니 이웃한 파출소였다.

"딸이 해미 맞죠?"

별일 아니겠지 싶었다. 느긋하게 그곳 파출소로 갔다. 차에서 내려 파출소 안으로 들어갔는데, 그곳 경찰관들의 시선이 따가울 지경이었다. 입으로는 웃고 있었지만 눈에는 비난과 경멸의 빛이 가득했다. 그제야 뭔가 잘못되었다는 것을 느꼈다.

딸애는 학원에 등록은 했으나 다니지를 않았다. 시시껄렁한 자기 또래 아이들과 밤늦도록 어울려 다니며 술과 담배를 아무렇지 않게 즐겼다. 이제 겨우 열네 살짜리 계집아이였다. 석규는 기가 막혀 말도 나오지 않았다. 화가 나서 미칠 것만 같았다. 자기도 모르게 번쩍하고 손이 나갔다. 뺨을 얻어맞은 딸아이는 파출소 바닥에 힘없이 나뒹굴었다. 다시 덤벼들어 발길질을 하려는데 그곳 파출소장이 몸을 날려 그를 제지했다.

"이게 뭔 짓이야? 이런다고 뭐가 달라져!"

"놔두세요. 내가 저놈을, 저놈을⋯⋯."

"애들이 크다 보면 이런 일도 저런 일도 있는 거야. 아직 어리잖아."

"어리니까 더 문제죠!"

"지나고 나면 별거 아냐. 참아."

그때는 참는 법을 몰랐다. 그는 우악한 손으로 다시 아이의 뺨을 냅다 휘갈겼다. 딸은 친구들이 앉아 있던 의자로 나동그라지듯 쓰러졌다. 친구들의 몸을 쿠션 삼아 딸은 발작적으로 벌떡 몸을 일으켰다. 그 조그마한 입에서 그악스레 악다구니가 튀어나온 것은 그다음이었다.

"쳐! 쳐! 죽여버려! 죽여버리라고, 이 나쁜 새끼야!"

그곳에 있던 모든 사람들의 얼굴이 한순간 벌겋게 달아올랐다. 황당하고 계면쩍은 얼굴로 서로의 얼굴만 바라보았다. 어떻게 해미의 입에서 저런 험악한 말이 나올 수 있지? 석규는 도무지 믿기지가 않았다. 고개를 절레절레 흔들며 주춤주춤 뒷걸음질을 쳤다. 그 바람에 엉덩이가 책상 모퉁이에 찍혔다. 아픔은 전혀 느껴지지 않았다. 다만 그 순간 주먹에 불끈 힘이 들어갔다.

"다⋯⋯ 다 너희들 때문이야."

딸아이가 망가진 건 다 못된 친구들 탓이었다. 그 못된 녀석들이 전깃줄에 앉은 참새처럼 그의 눈앞에 있었다. 그는 앞머리를 빨갛게 물들인 사내아이 하나의 멱살을 움켜쥐고는 그대로 바닥에 내동댕이쳤다. 구둣발로 엉덩이를 힘껏 걷어찼다.

아이는 죽을 듯이 비명을 질러대며 데굴데굴 바닥을 굴렀다. 금세 닭똥 같은 눈물을 펑펑 쏟아냈다.

"이게 무슨 짓이야! 애를 죽이려고 그래?"

소장이 버럭 소리를 질렀고, 그곳 경찰관들이 우르르 덤벼들어 에워쌌다. 그러나 석규는 일부러 더욱 길길이 날뛰었다.

"해미야, 아빠한테 잘못했다고 빌어. 어서!"

파출소장이 으르듯이 딸애에게 소리쳤다. 그러나 소용없었다. 딸애는 바닥에 침을 찍 뱉어내곤 또다시 악에 받쳐 소리 질렀다.

"싫어요! 내가 왜 빌어요! 난 아빠가 싫어요. 그냥 죽어버렸으면 좋겠다고요!"

어린것이 눈물조차 흘리지 않았다. 조그마한 눈동자에는 독기만이 가득했다.

"못된 것! 엄마가 널 봤으면, 넌! 넌······."

해미가 눈을 부릅뜨더니 대거리라도 벌일 것처럼 턱을 죽 내밀었다.

"엄마가 뭐? 엄마가 살았어? 다시 엄마 살려낼 수 있어? 그럴 수 있냐고!"

"이런 싸가지······."

싸가지 없는, 싸가지 없는. 석규는 그 말만을 반복했다. 파출소장 역시 그의 한쪽 팔을 붙잡은 채 같은 말만 계속했다. 참아, 참아, 참아.

딸의 일기장을 본 것은 그 일이 있고 며칠 후였다.

해미가 일기를 쓰고 있으리라고는 생각지도 못했다. 그는 딸의 일기장을 꼼꼼하게 읽었다. 거기에 어떤 비밀이 감춰져 있을지도 모른다고 생각했다. 그 비밀을 찾아내면 딸애와의 관계도 곧 좋아질 것이라고 믿었다.

그러나 그것은 그의 오판이었다. 일기장 중간쯤에 이르러 그는 까무러칠 듯이 놀랐다.

개새끼, 씹새끼. 좆같은 새끼, 죽어버려. 제발 죽어버려! 너 같은 건 죽어야 해. 용서 안 해! 너 같은 게 왜…… 개새끼, 네가 아빠야! 너 까짓 게 무슨 아빠야! 내가 죽여버릴 거야. 죽일 거야! 개새끼, 개새끼, 씹새끼.

눈으로 보면서도 믿을 수가 없었다. 해미가, 내 딸이 어째서? 도대체 왜? 눈물은 나오지 않았다. 분노도 치밀지 않았다. 그저 눈앞의 현실이 믿기지 않을 뿐이었다.

그날의 일기장 맨 마지막에는 이렇게 쓰여 있었다.

엄마, 미안해. 내가 나빴어. 내가 너무 비겁했어. 우리 엄마 얼마나 아팠을까.

그만 엉덩방아를 찧고 말았다. 머릿속이 하얗게 변했다. 딸의 방에서 나와 안방으로 갔다. 문을 잠그고 이불 속으로 들어갔다. 아내처럼 꺽꺽거리며 울어보려고 했으나 소용없는 짓이었다. 그는 아내가 그랬던 것처럼 다리를 오므린 채 모로 누웠다.

아내가 생각났다. 그리고 아내의 고통이 느껴졌다.

우리 엄마 얼마나 아팠을까.

어디선가 딸의 목소리가 들리는 것 같았다.

"어디로 모실까요?"

버스에 탄 줄 알았는데 택시였다. 그것도 모범택시. 재수가 안 좋구나, 라고 생각했다.

"시외버스터미널요."

말해놓고 곧 후회했다. 1분이 채 지나지 않아 목적지를 바꾸었다.

"신림동으로 가주세요."

택시가 급하게 차선을 바꾸더니 유턴해 정반대 방향으로 달리기 시작했다.

얼마쯤 지나고 석규는 두 동짜리 임대아파트 앞에 서 있었다. 이미 수없이 와본 곳. 그의 시선은 자연스럽게 한곳으로 꽂혔다. 불이 훤하게 켜진 7층의 베란다, 열린 유리창 사이로 빨래를 널고 있는 젊은 여자의 모습이 보였다.

딸, 해미였다.

그는 택시에서의 생각을 미련 없이 바꾸었다. 오늘은 재수가 안 좋은 날이 아니었다. 오히려 그 반대였다.

　석규는 송정인이 졸업한 대학을 찾아갔다. 송정인이 아닌 그녀의 룸메이트에 대해 알아보기 위해서였다.

　연극 동아리는 쉽게 찾을 수 있었다. 노크를 하고 안으로 들어가자 노트북 앞에 앉아 있던 두 사람의 시선이 동시에 그에게 쏠렸다.

　"어떻게 오셨어요?"

　그중 한 사람이 자리에서 일어나 엉거주춤한 자세로 물었다. 아무리 봐도 학생 같은데 수염을 길게 기르고 있었다.

　"뭣 좀 물어볼까 해서요."

　테이블을 사이에 두고 두 학생과 마주 앉았다. 그제야 알게 됐는데 수염은 가짜였다.

　석규는 휴대폰의 사진 폴더를 열어 송정인의 룸메이트 사진을 화면에 띄웠다.

　"이 사람이 여기 동아리 출신인데, 학교를 졸업한 지 35년쯤 됐어요. 이 사람을 알고 있는 사람을 혹시 찾을 수 있을까 해서요. 가능할까요?"

　"어디서 오셨는데요?"

　학생 하나가 그의 신분을 물었다.

　"경찰입니다. 형사는 아니고 파출소에서 근무해요."

　석규의 신분증을 꼼꼼하게 살핀 뒤에 가짜 수염이 물었다.

　"이분이 연극을 계속하진 않는 모양이에요. 계속했으면 웬만하면 우리도 아는데."

송정인의 룸메이트에 대해 석규가 알고 있는 정보는 아무것도 없었다. 그 점을 사실대로 밝힌 뒤 이곳을 찾아온 목적이 사진의 주인공을 알 만한 동아리 선배를 소개받기 위한 것이라고 덧붙였다.

학생들은 의외의 대답을 해주었다.

"뭐 별로 어려운 부탁도 아니네요. 동아리 선배 중에 우리 학교 교수님도 있어요. 그분이 OB 모임 간사를 맡고 있고요. 마침 잘 됐네요. 공연 문제 때문에 선생님과 식당에서 만나기로 했는데."

석규는 두 학생과 동행해 식당으로 갔다.

식당 입구에서 교수와 만났다. 이미 전화로 사정 얘기를 들은 교수는 흔쾌히 사진을 보겠다고 했다. 노안이 있는지 안경을 손으로 약간 들어 올리고는 휴대폰 화면을 살폈다.

"저는 잘 모르는 분이로군요."

"오십대 중반의 나이입니다."

"그럼 저보다 한참 선배네요. 선배라면 선배를 만나야죠."

그러면서 교수는 전화번호 하나를 알려주었다.

"전상만이라고 연극계에서 꽤 유명한 배우예요. 잘 안 풀려서 그렇지 영화나 텔레비전에도 가끔 얼굴을 비췄고요. 지금은 뮤지컬 쪽으로 활동이 많아요."

"뮤지컬이라면?"

"햄릿요. 이시우가 주연을 맡은, 아시죠?"

"아, 네. 물론 알죠."

석규는 조금 당황스러웠다. 하지만 그런 기색을 내색하지는 않았다. 어쩌면 황민기의 말처럼 나이가 든 탓에 반응이 한 박자가 늦어지는 것인지도 모른다.

"선배님이 거기서 폴로니우스[18] 역을 맡았어요. 마침 오늘은 공연이 없는 날이니까 찾아가면 만날 수 있을 겁니다."

전상만은 대학로에서 소극장을 운영한다고 했다.

교수에게 한 가지 부탁을 한 뒤 석규는 그들과 헤어졌다. 부탁이란 그의 방문 사실과 목적을 전상만에게 미리 얘기해달라는 것.

교수는 얘기를 잘해준 것 같았다. 그가 대학로에서 전상만에게 전화했을 때 그는 오래된 친구와 통화하듯 스스럼없이 응대해주었다.

석규는 설명을 들은 대로 길을 찾아갔다.

세월이 흘렀어도 그에게 대학로는 익숙한 거리였다. 형사였을 적에 대학로는 관할지였다. 아직 그를 기억하는 형사가 있을지 의문이었지만 혹여 있더라도 그들과는 우연으로라도 다시 만나지 않기를 바랐다. 그는 서평에 내려간 후로는 종로서의 형사들과는 아예 인연을 끊고 살았다. 아내가 죽었을 때에도 일부러 연락하지 않았다. 반장과 선배들이 연락해 뒤늦게 부의금을 보내주겠다고 했지만 그것마저도 그는 정중하게 거절했다. 형

---

18 클라우디우스 왕의 재상. 햄릿과 대결을 펼치는 레어티스, 그리고 햄릿과 사랑에 빠진 오필리아의 아버지.

사 시절의 기억을 모조리 지우고 싶었다. 아내의 죽음으로 그것이 비로소 가능해졌다고 그는 진실로 그렇게 믿었다.

그는 방통대 건물을 끼고 돌아 계속해서 걸어갔다. 조그마한 슈퍼마켓이 나오면 거기서 다시 전화하라고 했다.

한여름처럼 더운 날씨였다. 석규는 걸음을 멈추고 손수건으로 이마의 땀을 닦아냈다. 저만치 슈퍼마켓이 보였다. 그리고 전봇대에 붙어 있는 화살표 모양의 안내 팻말도 보였다. '소극장 동백'. 전상만에게 다시 전화했다.

"팻말 보이시죠? 그걸 따라 50미터쯤 오다가 좌측으로 꺾으세요. 조그맣게 간판이 보일 겁니다."

슈퍼마켓에서 묶음으로 포장된 과일 주스 상자를 하나 사 들고 가르쳐준 대로 찾아갔다.

간판만 지상에 있을 뿐 소극장은 지하에 있었다. 온통 검은색으로 칠해진 계단을 내려가자 역시 검은색 문이 나왔다. 문을 밀치고 들어가자 곧바로 무대와 객석이 보였다. 무대에서는 배우들이 한창 연습 중이었다. 석규는 객석에 앉아 있는 남자에게 다가가 용건을 밝혔다. 그 사람이 한쪽 벽을 손으로 가리켰다. 그러나 그의 눈에는 그저 시커먼 벽만 보일 뿐이었다. 난감한 표정을 짓자 남자가 다시 말했다.

"가까이 가면 손잡이가 보여요."

남자의 말대로였다. 돌출된 손잡이를 잡아당기자 안쪽에서 한꺼번에 빛줄기가 쏟아져 나왔다.

"미로 같죠? 공간이란 공간은 어떻게든 이용해야 하는 형편이라서요."

과일 주스 상자에서 캔 하나를 꺼내놓으며 전상만이 덤덤한 어조로 말했다. 사무실은 5평 정도였다. 거기에 책상과 의자, 캐비닛 두 개 그리고 자그마한 소파 하나가 간신히 자리를 잡고 있었다.

"사진부터 보죠."

전상만이 맞은편 소파에 앉으며 말했다.

석규는 휴대폰 속의 사진을 전상만에게 보여주었다. 잠옷 차림의 사진으로 송정인과 함께 찍은 사진이었지만 이미지를 확대한 탓에 화면에는 룸메이트 혼자만 보였다.

"희영이네요, 홍희영."

전상만은 금방 그녀를 알아보았다. 석규는 좀더 설명을 부탁했다.

"순하고 착한 아이였죠. 연극을 할 때는 물론 사람이 완전히 달라졌지만. 무대에 서면 눈에서 광채가 났어요. 악바리였죠."

"홍희영 씨 전화번호 좀 알 수 있을까요? 아니면 주소라도."

"전화번호는 몰라도 주소라면 대충 알죠."

말하고 나서 전상만이 쓸쓸하게 웃었다.

"만나서 물어볼 말이 있었는데, 다행이네요."

"그건 어려울 겁니다. 희영이가 저기에 살거든요."

그러면서 전상만은 갓등이 널찍한 형광등 쪽을 손가락으로 가리켰다. 석규는 어리둥절했다. 전상만의 행동이 무엇을 의미하는지 감조차 잡히지 않았다.

"희영이, 죽었어요."

전상만이 덤덤하게 말한 뒤 캔을 가져가 꿀꺽거리며 마셨다. 석규는 쿨렁거리는 전상만의 목젖을 가만히 지켜보았다.

"죽어요?"

그러고 보니 이번에도 한 박자 또 늦었다. 뒤늦게 머릿속이 혼란스러워졌다. 죽다니? 왜? 대체 언제?

그러나 지금은 다른 질문이 먼저였다.

"다시 사진 좀 봐주시겠어요?"

이번에는 사진을 축소해 잠옷 차림의 송정인과 홍희영을 한 화면에 보여주었다.

"정인이네요. 참 예뻤죠."

"송정인 씨도 동아리 회원이었나요?"

아니었을 것으로 추측했지만 일단은 그렇게 물었다.

"아니요, 희영이 때문에 자주 왔어요. 나중에는 희영이가 없어도 우리와 어울렸고요. 술집에도 함께 가고 연극할 때 스태프로 참여하기도 했어요. 어느 때는 엠티도 함께 갔고요. 거의 명예 회원으로 대접받았죠."

"송정인 씨와 특별히 친한 남자 회원이 있었던 겁니까?"

"예쁘니까 다들 좋아했죠. 임자 있는 사람들 빼놓고는 아마 다들 대시는 해봤을걸요. 사실 저도 그랬고요. 하지만 어림없었죠. 다들 퇴짜 맞았어요."

"혹시 그 당시의 사진 같은 걸 볼 수 있을까요? 지금 당장은 힘들겠지만 나중에 다시 찾아왔을 때 한번 봤으면 하는데요."

"나중에 오실 필요 없어요. 지금도 가능하니까요."

전상만이 자리에서 일어나더니 캐비닛에서 사진첩 두 개를 갖고 왔다. 사진첩의 등에는 '대학 동아리 6'과 '대학 동아리 7'이라는 글씨가 적혀 있었다.

"집이 콩알만 해서 놓을 데가 없어요. 마누라 잔소리가 심해서 여기로 옮겨놨어요. 버릴 수는 없으니까 마냥 갖고 있는 거죠. 이건 동아리 애들과 찍은 사진만 따로 모아놓은 겁니다. 정인이를 보려면 여기 6부터 보면 되고요."

전상만이 사진첩 하나를 펼쳐주었다. 필요한 사진은 휴대폰으로 촬영하겠다는 양해를 구한 뒤 석규는 사진첩을 넘기기 시작했다.

석규는 사진첩을 넘기다가 홍희영과 송정인의 사진이 나오면 유심하게 살펴보았다. 여러 사람이 같이 찍은 경우, 주위의 사람들도 그의 관심의 대상이었다. 특히 남자들은 더욱 그랬다. 그때마다 여지없이 휴대폰으로 사진을 찍는 것도 잊지 않았다. 그의 행동을 지켜보던 전상만이 손으로 한쪽 볼을 긁적거리며 말했다.

"스캔하는 건 힘들고, 저도 그런 식으로 디카로 찍어놔야겠군요."

사진첩 6을 덮고 사진첩 7의 중간쯤을 보았을 때 석규는 뜻밖의 사람을 발견하고 다급하게 숨을 멈추었다.

"이 친구는……."

여러 사람이 함께 찍은 사진이었다. 얼굴 사진이 작아서 처음에는 긴가민가했지만 그가 알고 있는 얼굴이라는 것은 틀림없는 사실이었다. 휴대폰으로 사진을 찍고 나서 사진첩을 통째로 전상만 쪽으로 돌려놓고 나서 물었다.

"이 사람, 누군지 아시는지요?"

"알죠. 눈치로 보아 최 소장님도 아는 것 같군요."

"예……."

"이 친구 재능이 괜찮았어요. 의대생만 아니라면 이쪽으로 나갔어도 크게 성공했을 겁니다."

"그 정도였습니까?"

전상만이 그럼요, 라고 말하고는 입술 언저리를 쓰윽 손으로 문질렀다.

"소장님이 이 친구는 어떻게 알죠?"

"중학교 동창이에요. 지금은 서평에서 병원을 크게 운영하고 있고요."

"성공했군요. 그럴 줄 알았어요. 워낙 열정이 대단한 친구라서 뭘 해도 잘할 거라고 생각했거든요."

"이 친구가 이곳 동아리 회원일 줄은 꿈에도 몰랐어요."

"의대생이라 동아리방에는 그다지 자주 나오지 않았어요. 1년에 두 번 있는 동아리 정기 연극 공연 중 한 번은 꼭 참여했던 걸로 기억하지만. 인기가 좋았죠. 의대생에다가 재능도 있고 또 기타도 잘 쳤고. 여자든 남자든 다들 좋아했죠. 남자들보다는 여자들한테 더 인기가 더 좋았고요."

"송정인 씨하곤 어땠죠?"

"네?"

"두 사람이 사귀지 않았을까 싶어서요."

"희영이가 아니라 정인이랑 말입니까?"

전혀 예상하지 못한 얘기였다.

"그 말은 황민기가 홍희영이라는 분과 사귀었다는 건가요?"

"소문은 있었죠. 둘이 함께 있는 모습을 여러 사람이 봤다고 했거든요. 목격자 중에는 여관에서 나오는 걸 봤다는 사람도 있었고요. 하지만 정확한 건 아니에요. 헛소문이었을 수도 있어요. 당시 민기에게는 사귀는 여자가 따로 있었거든요. 우리 학교가 아닌 다른 학교 여학생이었죠. 저도 학교 앞에서 만나 인사를 나누기도 했고요."

"다른 학교 여학생이라는 분, 혹시 이름을 기억하고 있습니까?"

"그럴 리가요. 들은 소문으론 그 여학생과 결혼했다고 하던데. 결혼식 때 청첩장을 보내지 않아서 섭섭해하는 사람들이 꽤 많았어요."

그렇다면 그 여학생은 황민기의 지금 부인일 것이다.

석규는 다시 사진 쪽으로 시선을 옮겼다.

황민기를 비롯한 사진 속 사람들이 꽃다발을 번쩍 쳐들고 있었다. 사진만 보자면 무슨 운동경기에서 우승이라도 한 것 같은 포즈였다. 그러나 전상만의 설명으로는 공연이 끝난 뒤 찍은 것이라고 했다.

석규는 잠시 생각에 잠겼다.

전상만은 송정인이 인기가 좋았다고 했다. 동아리 남자들이 적어도 한 번씩 대시했을 정도로. 하지만 다들 퇴짜 맞았다. 이유가 뭘까? 그녀의 마음에 드는 남자가 아무도 없었던 것일까? 혹여 누군가를 이미 사귀고 있었던 것일까? 그 사람이 이정수였을까?

또 다른 의문도 있었다.

석규는 송정인이 연극 동아리 활동에 그토록 열심이었던 이유가 단지 홍희영 때문이라고는 믿지 않았다. 홍희영 때문에 연극에 흥미를 느꼈고, 그리하여 동아리 활동에 점점 적극적으로 참여하게 되었다는 것은 얼마든지 이해할 수 있었다. 그러나 그녀는 일정한 거리를 유지했다. 남자들의 대시를 거부했고 동아리에 회원으로 가입하지도 않았던 것이다. 왜 그래야만 했을까?

이지아는 자신의 부모가 연극에는 별로 관심이 없었다고 했다. 연극 공연에 가는 것을 보지 못했다고 했다. 대학 때와 결혼 후의 모습이 다를 수 있다. 그러나 조금이 아닌 완전히 달라졌다면 거기에는 뭔가 그럴듯한 이유가 있지 않을까?

"송정인 씨는 왜 동아리 회원으로 가입하지 않았던 거죠? 그 정도 관심과 열정이면 차라리 가입해서 활동하는 것이 더 좋았을 텐데."

"사실 여러 번 권유했었어요. 거부해서 그렇지."

"이유가 뭐라던가요?"

"한 집에서 배우가 두 명이면 집안 살림이 엉망이 된다고 하더군요."

"그 말의 뜻이 뭐죠?"

"희영이랑 정인이 함께 자취했었어요."

얼른 이해가 가지 않았다.

"그게 무슨 의미죠? 혹시 두 사람이 연인 관계라거나······."

전상만이 한쪽 눈썹을 살짝 찡그리더니 고개를 옆으로 저었다.

"그런 건 아니고, 그냥 농담식으로 말한 거죠. 이유가 없었거나 말하기 싫었거나 둘 중 하나겠죠."

그 순간 석규의 눈앞으로 누군가의 얼굴 하나가 퍼뜩 스쳐갔다. 바로 황민기였다. 당시 황민기는 지금의 부인과 사귀고 있었다고 했다. 그런데 홍희영과의 열애설은 무슨 소리인가? 뜬금없는 목격담은 또 뭐고?

"홍희영 씨가 사망한 지 얼마나 된 거죠?"

"꽤 오래됐어요. 대학 4학년 때였으니까."

약간 놀랐다. 사십대나 오십대에 죽었을 것이라고 생각했는데 대학생 때였다니!

"좀 자세히 말씀해주시겠어요?"

"여름에 동아리 엠티를 갔다가 물에 빠져서 죽었어요. 그때 일에 대해 더는 제가 해줄 수 있는 말이 없어요. 저는 엠티에 가지 않았으니까요."

대신 그는 후배라는 사람에게 전화를 걸었다. 후배에게 짧은 설명을 하고 난 뒤 석규에게 휴대폰을 넘겨주었다. 석규에게도 후배에 대해 짧게 설명을 해주었다.

"그 일이 벌어졌을 때 사고 처리가 끝날 때까지 그곳에 남아 있던 친구입니다. 옛날 얘기를 할 때면 지금도 그때의 얘기를 가끔씩 언급하고요."

그는 전상만의 후배에게 몇 가지 사실을 확인했다. 그는 짧게 말했고 전상만의 후배라는 친구는 할 말이 많았던 듯 아주 길게 말했다. 그 결과 그는 아주 중요한 사실 한 가지를 알게 되었다.

그것이 무엇인지 전상만도 이미 알고 있었다. 통화가 끝나고 전상만이 넌지시 그 얘기를 꺼냈다.

"희영이가 임신 3개월이었다는 말, 들었죠?"

석규는 조용히 고개를 끄덕여주었다.

"술자리에서 늘 하는 소리죠. 곧이곧대로 믿지는 마세요."

"그래도 확인은 해봐야겠죠."

"혹시 알게 되면 제게도 알려주시겠습니까. 제 후배 놈에게는 진실을 알려줘야 할 것 같아서요."

석규는 그러겠다고 약속했다.

석규는 그곳에서 나오기 전에 송정인이 그때 엠티에 함께 갔는지를 마지막으로 질문했다. 전상만은 방아깨비처럼 잦게 여러 번 고개를 끄덕이는 것으로 대답을 대신했다.

석규가 전상만에게 전화한 것은 그로부터 나흘 후였다. 홍희영의 죽음을 조사한 경찰관을 만나고 하루 뒤였다.

"임신 3개월이 맞더군요."

전상만이 그랬군요, 라고 대꾸하고는 조금 뒤에 이렇게 물었다.

"누구 아이였죠?"

"그건 모른답니다."

당시 홍희영 사건을 담당한 경찰관은 오래전에 퇴직했다. 다행이라면 다른 곳으로 이사하지 않고 여전히 가평에서 아들 내외와 살고 있었다. 이미 일흔이 훨씬 넘었지만 예순 중반쯤으로 보일 정도로 건강 상태는 좋았다. 미리 전화를 하고 찾아갔기 때문인지 따로 정리한 노트를 펼쳐놓고 조곤조곤 설명해주었다. 노트에는 글은 물론 그림까지 그려져 있었다.

전상만이 조심스럽게 물었다.

"자살이 맞던가요?"

"아마도요."

애매한 대답에 실망했는지 휴대폰 저편에서 전상만의 한숨 소리가 흘러나왔다.

"미안합니다."

"제게 미안할 건 없죠. 후배 놈한테는 아무 말도 안 하는 게 차라리 낫겠어요."

석규는 전상만의 후배라는 친구의 목소리가 귓속에서 앵앵거리는 것 같았다. 남자치고는 목소리 톤이 얇은 친구였다. 휴대폰으로 통화하면서 귀가 따갑다는 느낌도 받았다.

그러나 목소리에는 어떤 확신과 열정, 그리고 옅은 분노가 뒤섞여 있었다. 그는 줄곧 홍희영의 죽음이 자살이 아니라고 주장했다. 그 근거로 당시 수사를 담당한 경찰관에게 들었다는 얘기를 해주었다.

퇴직 경찰관도 같은 얘기를 그에게 해주었다.

"낮에 물놀이를 했어. 스무 명쯤 되는 학생들이. 근데 한 사람만 안 한 거야. 그 애가 바로 죽은 홍 머시기라는 애야. 그 애는 원래 수영을 못한다고 하더래. 하지만 수영을 못해도 물놀이를 하는 건 아무 상관이 없었지. 물이 무릎쯤 오는 얕은 곳이었거든. 이유는 따로 있었어."

임신이었다. 임신했기에 함부로 몸을 놀릴 수 없었던 것이다. 그런데 왜 엠티에는 갔던 것일까? 차라리 가지 않는 게 좋지 않았을까?

"그 여자애가 왜 수영을 안 했겠어? 그건 그 여자애가 아기를 낳을 생각이었기 때문이야. 들어보니까, 술도 일절 입에 대지 않았다고 하더라고. 배 속 아기를 염려했던 거지. 우리도 그 사건 조사하면서 뭔가 석연찮았어. 아주 찜찜했지. 수영도 못하고 임신까지 한 여자가 한밤중에 혼자 물속에 들어갔다? 그것도 깊은 물에? 어떻게 께름칙하지 않을 수 있겠어."

홍희영의 시신은 시오 리쯤 아래 댐 근처에서 발견되었다. 나뭇가지에 옷이 걸려 시신이 더는 밑으로 흘러가지 않았다. 사인은 익사였다. 만일 누군가 그녀를 야트막한 물가로 유인해 억지로 물속에 처넣으려고 했거나 그런 엇비슷한 행동을 했다면 상대방과 그 자신에게 어떤 흔적이 남았을 것이다. 자기 자신이든 배 속 아기를 지키기 위해서라도 몸부림을 치며 반항했을 것이다. 그러나 홍희영의 몸에서는 방어흔[19]이 전혀 발견되

---

19 타인의 공격을 방어하다가 생기는 상처.

지 않았다.

"개인적인 생각이지만, 만일 타살이라면 범인은 여자애가 믿는 사람일 거야. 당연히 수영을 아주 잘하는 사람이겠고."

퇴직 경찰관의 말은 의심을 받지 않고 깊은 물까지 홍희영을 데려갔고, 이후로 그녀를 내버려두고 혼자서 물 밖으로 빠져나왔다는 의미였다.

홍희영이 믿는 사람. 수영을 아주 잘하는 사람. 그 사람이 누굴까?

단순하게 생각해도 두 사람 중 한 사람이었다. 송정인이거나 홍희영을 임신시킨 남자.

석규는 '남자'를 황민기로 의심했다. 근거는 미약하다. 황민기가 수영을 아주 잘한다는 것, 그리고 홍희영과 루머가 있었다는 것. 그러나 이것만으로 황민기를 의심한다는 것은 설득력이 부족했다. 그런데도 석규는 그를 의심하고 싶었다. 왜일까? 자격지심? 성공한 자에 대한 못난 사내의 질투? 설령 그렇더라도 상관없었다. 누군가를 의심해야 한다면 그 사내가 황민기였으면 좋겠다는 것이 그의 솔직한 속내였다.

석규는 전상만에게 황민기에 대해 질문했다.

"엠티 때 황민기도 갔었습니까?"

"아니요, 의대생이라 원래 엠티에는 거의 참석하지 않았어요."

"그래도 엠티 장소는 알고 있었겠죠?"

"그야 당연하죠. 회원 모두에게 공지되었으니까요."

"송정인 씨는 수영을 잘했나요?"

"그럭저럭 하는 편이었죠. 본 적이 있거든요."

"그렇군요."

"근데 말씀을 들어보니 황민기를 의심하는 것 같은데…….."

전상만의 목소리가 조심스러웠다.

"아, 그건 아닙니다."

"정말로 아닌가요?"

"네, 아닙니다."

속내와 다른 거짓말을 굳이 할 필요가 있었을까? 그러나 그의 입장에서는 필요한 일이었다. 속내를 일부러 드러낼 필요는 없었다. 그의 바람처럼 황민기가 저지른 짓이라고 해도 이미 오랜 세월이 지났다. 형사처벌은 고사하고 범죄의 어떤 증거조차 제시할 수 없었다. 그런 상황에서 괜한 분란을 키워 일을 복잡하게 만들 필요는 없었다. 그 점을 전상만 역시 어렴풋하게나마 이해한 것 같았다.

"하긴 그 친구의 짓이라고 해도 이제 와서 뭘 어쩌겠어요. 공소시효[20]가 지나도 두 번은 지났는데."

"황민기의 짓이라고는 말하지 않았습니다. 당시에 사건을 수사한 경찰관도 그렇게 얘기하지 않았고요."

석규는 혹시나 싶어 보다 분명하게 언질을 해놓는 게 좋을 것 같다고 판단했다. 그러나 전상만은 이미 그런 따위 관심 밖

---

20 2007년 12월 21일 공소시효의 일부 개정이 있었다. 사형에 해당하는 범죄는 15년에서 25년으로, 무기징역 또는 무기금고에 해당하는 범죄는 10년에서 15년으로 변경되었다.

이었다.

"제가 들었는데 기억이 안 나는 건지, 아예 못 들었는지 잘 모르겠어서 다시 묻는 건데요, 희영이의 죽음이 왜 자살로 결론이 난 거죠? 얼마든지 타살을 의심해볼 수도 있었을 것 같은데요?"

석규는 퇴직 경찰관이 한 말을 고스란히 전해주었다.

"일종의 객관식 시험 문제 같은 겁니다. 경찰은 선택지 중 하나를 찍어야 하죠. 타살의 증거가 없으면 타살이 아닌 겁니다. 타살이 아니라면 나머지 선택은 그리 어렵지 않죠."

그렇게 홍희영은 임신을 비관해 자살한 여자가 되었다.

그러나 그것은 진실이 아니었다. 적어도 석규는 그렇게 믿고 싶었다. 그 믿음에 대한 의무감에서라도 홍희영의 죽음에 대한 의문을 조사해 밝혀진 진실을 세상에 낱낱이 알려야 하는가? 그건 아니었다. 그런 사명감 따위 애초부터 그의 관심 밖이었다.

솔직히 자신이 무엇에 관심을 갖고 있는지조차 알지 못했다. 느닷없이 왜 이런 일에 발 벗고 나서게 됐는지 이유조차 모르고 있었다. 분명한 것은 은퇴를 몇 개월 앞둔 그에게 서은희가 나타났다는 것. 그녀의 죽음이 그를 18년 전의 죽음에 대해 관심을 갖게 했다는 것. 이정수와 송정인은 이정국과 황민기, 그리고 홍희영까지 그를 깊숙이 빨아들였다는 것. 새삼 인연의 끈이라는 게 꽤 질긴 것이구나 하는 것을 느꼈다. 그리고 속으로 중얼거렸다. 끊을 수 없다면 그저 쫓아갈 수밖에.

"어쩌면 조만간 다시 볼 수도 있을 겁니다."

다시 만나는 건 몰라도 다시 전화 통화를 한 것은 채 10분이 지나지 않아서였다.

"전에 통화한 제 후배 기억할 겁니다. 그 친구한테 새로운 얘기를 들어서요."

"그게 뭐죠?"

"엠티에 함께 갔던 자기 동기 여학생한테 들은 얘기가 있답니다."

그리 긴 얘기는 아니었다. 운동화에 얽힌 짧은 에피소드였다.

얘기를 끝내고 나서 전상만이 조심스럽게 물었다.

"이게 무슨 힌트라도 될까요?"

솔직히 석규는 특별한 느낌은 감지하지 못했다. 글쎄요, 라고 한마디 늘어놓고 나서 통화를 끝냈다.

사실 그때 석규의 머릿속에서는 두 개의 원이 둥둥 떠다니고 있었다. 오롯하게 떠오른 두 개의 원, 그것은 송정인과 이정수였다.

두 개의 원은 어떻게 만나 하나가 됐을까? 누가 그 두 사람을 인연의 끈으로 연결시켜주었을까? 두 사람은 학교도 달랐고 사는 곳도 달랐다. 그런데 만났고 또 부부가 되었다.

그가 고민하는 것은 두 원의 교집합이었다. 생각해보면 두 원의 교집합은 한 사람뿐이었다.

황민기.

그들에게 대체 무슨 일이 있었던 것일까?

꽃집 앞에서 테러

여자는 침대에서 벗어나기 싫었다. 지금 이대로 그의 옆에 누워서 좀더 아늑한 시간을 느끼고 싶었다. 여자는 남자에게 손을 뻗었다. 당연히 옆에 있을 줄 알았는데, 그녀의 손은 아무런 촉감을, 감흥을 불러일으키지 못했다. 여자는 부리나케 상체를 일으켰다.

남자는 사라진 게 아니었다. 술잔을 앞에 두고 창가에 앉아 있었다. 고즈넉한 시선으로 이슥해진 유리창 저편을 바라보고 있었다.

어둠이 달라붙기 시작한 유리창에 빗방울이 사선을 그으며 부딪쳤다. 무엇인가에 홀린 듯 남자는 미동조차 없었다. 남자의 옆얼굴은 여자를 설레게 했다. 여자는 다시 몸이 달아올랐다.

그러나 지금은 냄새를 풍길 뿐 꼬리를 흔들 때가 아니었다.

그녀의 소속사 사장은 그녀가 아직 신인이었을 때 자주 같은 소리를 했다.

"여자는 타이밍이야. 냄새를 풍길 때, 꼬리를 흔들 때, 엎어질 때를 알아야 해. 그게 엉키면 천박한 인생이 되는 거야."

여자는 천박한 여자가 되기 싫었다. 더욱이 이시우 앞에서는 더더욱.

여자는 홑이불로 몸을 말고는 남자의 곁으로 다가갔다. 다소곳하게 남자의 맞은편에 앉았다. 헛기침을 했지만 남자는 그녀의 존재 따위 까맣게 잊은 듯 고개조차 돌리지 않았다. 섭섭했는지 가슴 한쪽으로 싸한 느낌이 스치고 지나갔다. 여자는 서늘한 가슴을 가리기라도 하듯 다리를 끌어 모아 곧추세웠다. 거기에 얼굴을 괴고는 남자 쪽을 지그시 응시했다.

위스키 병은 반쯤 비어 있었다. 아직 초저녁인데 너무 과한 것이 아닌가? 그러나 그녀는 곧 자조적인 웃음으로 자신의 생각을 떨쳐냈다. 대낮부터 찾아와 남자의 침대에서 뒹군 계집도 있는데 뭐. 그녀는 여러 번 생각했다. 과연 이것이 잘한 짓인가? 아직까지 판단을 내리지 못했다. 하지만 후회해봤자 이미 늦었다는 것은 분명했다. 앞으로의 일에 대해 잔머리라도 굴리는 것이 보다 현명한 처사였다.

남자를 지켜보고 있으려니 여자는 다시 욕구가 들끓었다. 남자의 품에 안겨 마구 몸을 흔들어대고 싶었다. 남자의 무거운 분위기에 짓눌리지만 않았어도 어쩌면 여자는 그렇게 했을지도 모른다.

여자는 왠지 모르게 남자가 쉽지 않았다. 어떤 말을 하든 어떤 행동을 하든 은근히 남자가 신경 쓰였다. 지금도 마찬가지였다. 기껏 남자의 품에 뛰어들었는데 남자가 거부하면 어쩌지? 두려움은 그녀를 선뜻 행동하지 못하도록 했다. 여자는 자신의 욕구를 다시금 지그시 억눌렀다.

그러나 여자는 여자로서의 권리를 완전히 포기한 것이 아니었다. 숱한 남자들의 유혹에도 웬만하면 눈길 한번 주지 않던 그녀였다. 너무 도도하게 군 탓에 노골적으로 유언비어를 퍼뜨리고 다니는 못난 사내들도 여럿 경험했다. 그러거나 말거나 그녀는 조악한 스캔들 따위에는 눈도 꿈쩍하지 않았다. 남이 뭐라든 자신만 당당하면 된다는 식이었다. 앞으로도 얼마든지 그렇게 할 수 있었다.

그런데 이 사내는 달랐다. 이 사내는 모든 것이 예외였다.

먼저 몸이 달아오른 것도 그녀였다. 어젯밤 남자의 공연을 보고 난 뒤 그녀는 안달이 나서 대기실로 달려갔다. 매니저를 통해 미리 준비해둔 큼지막한 꽃다발을 남자에게 건넸다. 답례로 남자는 여자를 가볍게 포옹해주었다. 남자의 가슴이 그의 가슴에서 멀어지는 순간 자기도 모르게 낮게 한숨이 나왔다. 아쉬웠고 안타까웠다. 좀더 남자와 함께 있고 싶었다.

"술 한잔할래요?"

주위에 사람이 많았지만 그녀는 신경 쓰고 싶지 않았다. 당장 사내를 붙잡지 못하면 영영 놓치고 말 것 같아 가슴이 조마조마했다.

"나중에요. 나중에 봐서."

여자는 남자에게 보기 좋게 거절당했다. 희한하게도 당황스럽다거나 분하다는 감정은 치밀지 않았다. 오히려 남자의 거절을 여자는 당연하게 받아들였다.

얼마쯤 지났을까. 누군가의 입에서 킥, 하고 웃음이 새어 나왔다. 잠시 후 다른 사람들에게서도 같은 반응이 나왔다.

그제야 여자는 정신이 돌아왔다. 여자는 줄곧 남자의 얼굴에 시선이 박혀 있었다. 그것도 남자의 바로 앞에서.

수치심으로 얼굴이 벌겋게 달아올랐다. 그래도 여자는 물러날 생각이 전혀 없었다. 한창 전성기를 누리고 있는 영화배우라는 허울은 그 순간 그녀에게 아무런 방해물도 되지 못했다. 여자는 자존심이고 뭐고 다 팽개쳤다.

"나, 당신에게 반했어요."

효과가 있었다. 남자는 갑자기 냉동 인간이 된 것 같았다. 주위의 다른 사람들도 상황은 같았다. 당황한 사람은 뒤늦게 달려와 어찌할 바 모르고 상황을 주시하던 여자의 매니저였다. 진작 끼어들지 못한 것을 후회하는지 매니저는 안절부절못하며 발만 동동 굴렀다. 그즈음에서 상황을 수습할 수 있는 사람은 매니저도 여자도 아닌 오직 남자뿐이었다.

"내일, 식사합시다."

정각 12시, 여자는 로열프린스호텔의 한 객실 앞에 서 있었다. 문이 열리자마자 쓰러지듯 남자의 품에 안겼다. 남자가 그녀를 번쩍 안아 들더니 식사가 준비되어 있는 테이블로 데려갔다. 여자는 식사를 하는 내내 남자에게서 눈을 떼지 못했다. 식사와 함께 곁들인 와인으로 적당히 취기가 올랐을 때 여자는 자리에서 일어나 스스로 옷을 벗었다. 여자는 제정신이 아니었다. 사장의 타이밍이 어떻고 하는 소리는 그녀의 머리에서 이미 하얗게 지워지고 없었다.

여러 번 수컷과 암컷으로 몸과 몸이 부딪쳤다.

목소리, 손짓, 눈짓 그리고 남자의 숨결과 땀방울에도 여자는 흥분했다. 그녀의 몸은 남자의 모든 것에 반응했다. 여자는 숨이 넘어갈 것 같은 아득한 기분을 여러 번 경험했다. 여자는 그때마다 참지 않고 비명을 내질렀다.

"깼어?"

남자의 목소리가 몽롱하게 젖어 있던 여자의 눈동자에 파문을 일으켰다. 그 순간 몸의 기운이 어디론가 빠져나가는 기분이었고, 실제로 몸이 축 늘어지는 것을 느꼈다. 여자의 곧추세웠던 무릎이 무너지며 홑이불이 조금 옆으로 흘러내렸다. 그 바람에 여자의 은밀한 무릎 사이가 보일 듯 말듯 아슬아슬했다.

그러나 거기까지였다. 남자의 눈동자에는 바람이 불지 않았다.

"봐봐. 비 와."

남자가 다시 창밖으로 눈길을 던지며 중얼거렸다.

"응, 그러네."

여자는 결코 서두르지 않았다. 한 번 유혹한 남자를 또다시 어쩌지 못할 정도로 자신감이 없는 것도 아니었다.

"비도 오는데 한잔 더 해."

여자는 손끝으로 남자의 위스키 잔을 조금 밀어주었다. 여자는 알고 있었다. 술에 취한 남자가 돌아갈 곳이란 침대밖에 없다는 것을.

그러나 남자는 아니었다.

"그만 가."

설마 잘못 들은 것이겠지? 여자는 자기 귀를 의심했다.

"지금 무슨 말 했어?"

여자는 일부러 환하게 웃었다.

"너무 오래 있었어."

남자는 여자의 기분 따위 아랑곳하지 않는다는 투였다.

"나 더 있고 싶어. 그래도 되고."

"우리나라 최고의 여배우라며. 소문나면 안 되잖아."

"이미……."

소문은 다 났어, 라고 말하고 싶었는데 남자는 여자에게 그럴 기회조차 주지 않았다.

"내가 곤란하다는 거야."

여자는 자존심이 상했다. 자기가 어떤 희생을 치렀는지 어떤 수모를 참았는지 남자는 전혀 모르는 것 같았다.

"이대로는 안 돼. 싫어!"

여자는 단호하게 거부했다. 의자에 앉은 자세 그대로 몸을 감싸고 있던 홑이불을 벗어 던졌다. 그녀의 하얀 나신이 다시 남자의 눈앞에 훤히 드러났다. 여자의 몸은 매혹적이다 못해 충분히 고혹적이었다.

남자는 감히 그녀의 몸을 거부하지 못했다. 여자의 몸 구석구석에 남자의 시선이 찍혔다. 어지러운 사내의 시선에 여자는 흡족해졌고 더욱 당당히 자신의 몸을 활짝 드러냈다.

또 한 번 수컷과 암컷의 몸과 몸이 부딪쳤다.

샤워를 하고 나와 여자가 남자에게 다시 물었다.

"나, 정말 가?"

"응."

남자의 대답은 조금의 망설임도 없었다. 변한 것은 아무것도 없었다. 유리에 부딪히는 빗줄기만 더욱 거세졌을 뿐.

"그래, 오늘은 여기까지. 우리 다음에 언제 봐?"

"조만간."

"조만간 언제?"

"연락할게."

"내일은 어때?"

"공연 있어."

"공연 끝나고 만나."

"싫어."

"싫다고?"

여자는 남자의 무덤덤한 얼굴을 보며 적잖이 당혹스러웠다. 그새 싫증이 난 걸까? 아니면 이쯤에서 그만 끝내자는 신호인가?

여자는 경험으로 알고 있었다. 손을 뻗지 않아도 언제든 내 것이 되는 사내도 있지만 아무리 원해도 결코 내 것이 되지 않는 사내도 있다는 것을. 그녀의 눈앞에 있는 사내는 후자 쪽이었다.

여자는 차분하게 생각을 정리했다. 앞으로 관계가 좋아진다면 몰라도 그렇지 않을 것이라면 지금 이쯤에서 끝내는 것도 그다지 손해는 아니라고. 단지 문제라면 엉망으로 망가진 그녀의 자존심뿐. 손안에 들어온 보석을 다시 내놓는 찜찜한 기분을 어떻게 해소할 수 있을까?

"당신, 용감한 여자야."

"응?"

"소문 못 들었어? 테러에 대해."

아니, 들었다. 사내의 주위에서 벌어지고 있는 의문의 테러 사건. 언론에서는 광팬의 짓이라며 호들갑을 떨어대고 있었다.

"조심해서 가."

지하 4층에서 내렸다. 엘리베이터를 나오며 여자는 조심스럽게 주위를 살폈다. 다행히 사람은 눈에 띄지 않았지만 진입로를 따라 은색 SUV 차량 한 대가 들어오고 있었다. 여자는 아차 싶어 얼른 선글라스를 착용했다. 고개를 숙이고는 세워둔 차를 향해 잰걸음으로 걸어갔다.

차에 올라서는 문부터 잠그고 시동 키를 눌렀다. 룸미러로 방금 전 진입한 차량의 위치를 잠시 지켜보았다. 은색 SUV에서 내린 사람은 중년의 남녀였다. 손톱만큼 열린 차창 사이로 스며드는 소리를 들어보니 우리나라 사람이 아닌 중국인이었다. 여자는 안심하고 출구 쪽을 향해 액셀을 밟았다.

파파라치는 그리 염려할 필요가 없었다. 이곳으로 오기 전에 매니저를 통해 차 한 대를 렌트했다. 요즘은 회사 직원의 차로 바꿔 타도 어찌 알았는지 금세 뒤를 밟힌다. 그러나 렌터카라면 안심이다. 필요한 만큼 쓰고 적당한 곳에 주차해놓으면 그것으로 끝이다. 매니저에게 전화 한 통만 해주면 뒷일을 깨끗하게 처리해줬다.

여자는 지하주차장을 벗어나 비가 오는 거리로 차를 몰았다. 여자에게 문자메시지가 도착한 것은 룸미러에 호텔의 네온사인이 비쳤을 때였다. 회사겠지, 하고 무시하려다가 혹시나 하는 생각에 메시지를 확인했다.

아무래도 안 되겠어. 다시 와. 꽃집 있으면 안개꽃이나 좀 사 오고.

그녀는 급히 도로 한쪽으로 차를 세웠다. 비상등을 켜놓고 발신자를 확인했다.

누구지?

모르는 번호였다. 그러나 곧 한 사람의 얼굴이 떠오르며 그녀의 입가에 미소가 매달렸다. 객실에서 나오기 전 위스키 병 옆에 그녀의 휴대폰 번호를 적은 메모지를 남겨놓았다. 사실은 어제 꽃다발에도 메모지를 남겼다. 메모지를 적을 때는 쑥스러웠는데 지금 생각해보면 아무래도 잘한 짓 같았다.

"이 남자 뭐야? 날 길들이겠다는 거야? 은근히 귀여운 구석이 있네."

기분이 좋았다. 남자에게 돌아가느냐, 모른 척 그냥 가버리느냐. 이제 칼자루는 그녀가 쥐고 있었다.

다시 차를 출발시켰다. 조금 가다 보니 오른쪽으로 꽃집이 보였다. 다시 피식 웃음이 나왔다. 남자의 속셈이 뻔히 보였다.

"알고 있었던 거야. 내가 어디쯤 가면 꽃집을 보게 될 줄."

물론 그런 속셈으로 시간 맞춰 문자도 보냈을 것이다.

여자는 기분이 더욱 좋아졌다. 그녀의 머릿속에 장면 하나가 그려졌다. 안개꽃이 뿌려진 침대에서 뒹구는 벌거벗은 남자와 여자. 그리고 연이어 새어 나오는 달짝지근한 신음 소리. 여자는 금세 몸이 달아올랐다. 서둘러 남자에게 돌아가고 싶어 안달이 날 지경이었다.

차를 세우자마자 여자는 우산을 펼쳐 들고 차 문 밖으로 나갔다.

꽃집으로 들어가면서도 여자는 선글라스를 벗지 않았다.

"안개꽃 주세요."

"장미는요?"

"안개꽃만 주세요."

"얼마나요?"

"저거 다 주세요."

은색 양동이에 한가득 안개꽃이 들어 있었다.

"저거 저래 보여도 굉장히 많아요."

"그러니까요. 많아야 하거든요."

침대에 뿌리려면, 이라는 말은 하지 않았다.

"하지만 장미를 팔려면 안개꽃이 필요한데……."

"그래서 안 된다는 건가요?"

"아니요, 그건 아니지만……."

주인 여자가 안개꽃을 포장하는 동안 여자는 뒤돌아서서 꽃들을 구경했다. 등 뒤로 여자의 힐끔거리는 시선이 느껴졌다.

"혹시 영화배우……."

포장이 끝나고 주인 여자가 끝내 여자의 정체를 확인하려고 했다.

"고맙습니다."

여자는 거스름돈을 받지 않고 얼른 꽃집에서 나왔다.

차로 돌아가 손잡이를 잡아당겼다. 그런데 차 문이 열리지 않았다. 여자는 차에서 내리면서 차 키를 갖고 내리지 않았다. 스마트키가 아니어서 차가 자동으로 잠길 염려도 없었다. 당연히 문은 잠기지 말았어야 한다. 대체 어찌된 일이지?

화가 치솟았다. 여자는 신경질을 이기지 못하고 구둣발로 냅다 타이어를 걷어찼다.

여자는 곧바로 매니저에게 전화했다.

"여기가 어디냐면……."

용건만 간단히 말하고 일방적으로 전화를 끊었다. 매니저에게서 곧바로 전화가 걸려왔다. 예상한 일이었다. 여자는 모른 척 아예 휴대폰을 꺼버렸다.

호텔까지는 약 300미터 거리였다. 거리에는 인적도 없었다.

설령 사람들이 그녀를 보게 되더라도 우산 때문에 누구인지는 알아보기 힘들 것이었다. 더욱이 그녀에게는 안개꽃까지 있었다.

여자는 단단히 우산을 움켜쥐고는 잰걸음으로 호텔로 향했다. 헤드라이트를 밝힌 차들이 빗물을 튕기며 내달렸다. 가로등이 켜져 있었지만 빗줄기 탓인지 그리 밝은 편은 못되었다. 가로등 밑을 지날 때면 우산을 든 그림자가 발치 저 앞으로 길게 늘어졌다. 그때마다 왠지 모르게 섬뜩한 기분을 느꼈다. 그럴수록 발걸음이 더욱 빨라졌다. 이런 속도라면 5분이면 호텔에 도착할 것 같았다.

누군가 여자의 앞을 가로막은 것은 호텔을 불과 100미터쯤 남겨뒀을 때였다. 처음에는 가로등에 비친 자신의 그림자인 줄 알았다. 그런데 그림자의 신발이 달랐다. 하이힐이 아닌 운동화였다. 여자는 당황하여 얼른 옆으로 몸을 피했다. 그 순간 앞쪽의 운동화가 똑같이 그녀를 따라 했다. 반대로 방향을 바꿨지만 이번에도 결과는 같았다. 운동화는 정말로 여자의 그림자처럼 움직이고 있었다.

"이, 이봐요! 길을 왜 막는 거예요!"

여자는 우산을 조금 치켜들고 일부러 따지듯이 언성을 높였다. 상대방은 아무런 대꾸도 없었다.

여자는 시선을 내리그으며 우산의 아래쪽을 보았다. 운동화 위에 청바지가 보였다. 그것만으로는 남자인지 여자인지 얼른 분간이 되지 않았다.

"이봐요, 그냥 가만히 계세요. 제가 알아서 피해 갈게요."

여자는 앞의 우산을 살펴보며 조심스럽게 오른쪽으로 발을 옮겼다. 아니, 그러는 척하다가 재빨리 왼쪽으로 움직였다. 그 상태로 냅다 줄행랑을 칠 생각이었다.

그러나 그것은 여자만의 바람이었다. 그녀의 생각을 읽기라도 한 듯 그림자가 또다시 앞을 가로막았다.

"뭐, 뭐예요? 대체…… 왜 이래요? 무슨 수작이냐고요!"

잔뜩 겁에 질린 목소리였다. 그래서 일부러 더욱 크게 목소리를 높였다. 하필이면 그때 여자의 머릿속에서 남자의 목소리가 리플레이되었다. 소문 못 들었어?

"테, 테러!"

순간 뒷골에 찌릿, 하고 전기가 흘렀다. 여자는 자기도 모르게 뒷걸음질을 쳤다. 그 순간 그림자의 우산이 여자의 우산을 가볍게 툭 쳤다. 그 간단한 행동으로 여자는 우산을 손에서 놓쳤다. 여자는 바닥으로 떨어진 우산을 도로 잡기 위해 허둥거렸다. 그 바람에 그만 발목이 삐끗해 옆으로 넘어지고 말았다. 여자는 여전히 한 손에 안개꽃을 꼭 움켜쥐고 있었다. 마치 그것이 자신의 마지막 무기라도 되는 것처럼.

그러나 안개꽃은 그녀의 무기가 되어주지 못했다. 그것을 깨닫는 것에는 결코 오랜 시간이 필요치 않았다.

무엇인가 여자의 눈앞에서 휘릭, 하고 움직였다. 흰색 비닐장갑을 얼핏 보았다고 느꼈고, 바로 그 순간 누군가 그녀의 몸 어딘가에 숨어 있던 고통의 스위치를 누른 것 같았다.

아아아아악—

얼굴을 움켜쥔 채 여자는 목이 찢어져라 비명을 내질렀다.

참으로 엉뚱하게도 그녀의 머릿속에서는 그녀의 데뷔작인 공포영화를 촬영할 때가 떠올랐다.

"야, 그것밖에 못해! 상황에 따라 비명도 크기도 느낌도 다 달라야 한다는 거 몰라!"

감독은 그녀를 몹시 못마땅해했다. 당시에 지금처럼 비명을 질렀더라면 감독은 어떤 반응을 보였을까? 모르긴 몰라도 흡족해했을 것이다.

아아아아악—

빗물이 내리치는 보도블록을 데굴데굴 구르면서도 여자는 비명을 멈추지 않았다.

*

이상했다. 언젠가 와본 것 같고, 그래서 낯선 느낌은 들지 않는데, 도통 기억에는 없는 그런 거리에 그녀는 멀뚱히 서 있었다. 어리둥절한 표정으로 지아는 주위를 둘러보았다. 그 거리에는 살아 있는 생명체라고는 아무것도 없는 것 같았다. 사람은 물론 개나 고양이 같은 짐승들도 눈에 띄지 않았다. 왜 사람들이 안 보이지? 어디선가 정체불명의 소리가 들려온 것은 그때였다.

끄끅 끅.

희한한 소리였다. 그 소리는 잠시 멈추었다가 다시 들려왔다.

_끄끄 끅, 끄끄, 끄끅 끅._

겨우 방향을 잡았다. 허공이 분명했다. 고개를 치켜들자 햇살이 가시처럼 그녀의 눈을 찔렀다. 얼른 고개를 다시 떨구었지만 소리의 정체가 무엇인지는 확인했다. 기다랗게 허공을 가로지른 두꺼운 전선 한 가닥, 사오십 마리의 비둘기들이 떼까마귀들처럼 앉아 있었다. 비둘기의 시뻘건 눈동자는 한곳을 쏘아보고 있었다.

뭘 보는 거지? 새들의 시선을 쫓아 가늘게 뜬 그녀의 고개가 옆으로 돌아갔다. 햇살 저편으로 투명한 거미줄에 걸린 엄청난 크기의 곤충 같은 것이 허공에 매달려 있었다. 저게 뭐지? 그녀는 다시 눈을 가늘게 뜨고 허공을 살폈다. 그리고 그제야 비로소 한 가지 사실을 깨달았다.

비둘기들이 아니었다. 그 희한한 소리의 정체는 그녀가 보고 있는 괴물 같은 곤충에게서 흘러나오고 있었다. 괴물 곤충은 놀랍게도 사람의 형상이었다. 고개가 꺾인 채 허공에 매달린 여자의 몸뚱이였다.

아—악.

지아는 비명을 내질렀다.

몸이 흔들렸다. 흔들리고 있었다. 누군가 그녀의 이름을 불렀다. 그제야 지아는 눈을 떴다. 흰색 천의 침대였다. 낯익은 두 여자의 얼굴이 그녀를 빤히 내려다보고 있었다. 허미자와 보건 선생이었다. 보건 선생은 허미자의 여고 선배였다. 그런 이유로 허미자와 지아는 보건실을 휴게실처럼 이용했다. 오늘처럼 더러 낮잠을 자기도 했다.

"무슨 꿈을 그리 험하게 꿔. 낮거리로 거시기라도 한 거 아냐?"

허미자의 음흉한 눈빛이 얄궂게 그녀를 흘겼다.

지아는 얼른 상체를 일으켰다. 버릇처럼 옷매무새부터 매만졌다.

"지금 몇 시예요?"

"수업 시간은 아직이고, 전화나 받아."

휴대폰을 건네주며 허미자가 태주 씨야, 라고 덧붙였다.

그녀가 그토록 반기는 까닭은 오태주가 조진호의 동료이자 친구라는 단 한 가지 이유 때문이었다. 조진호와 허미자 두 사람은 그녀가 생각하는 이상으로 상당히 가까워진 눈치였다. 한번은 가방에 든 임신 테스트기를 슬쩍 보여주며 이렇게 속삭였었다.

"한 달 안에 이걸 사용하는 게 내 1차 목표야. 남녀가 그걸 하고 2주가 지나면 이걸 사용할 수 있거든. 요즘 밤마다 기도해. 빨랑 소원 이루게 해달라고."

그녀의 2차 목표는 이후로 두 달 안에 신부 화장을 하는 것이었다.

"전화 안 받아?"

허미자가 조금 뜨악한 얼굴로 지아를 재촉했다. 그러나 그녀는 전화를 받고 싶은 마음이 아니었다.

"나중에요. 나중에 제가 다시 거는 게 좋겠어요."

"뭐야? 이 묘한 반응은? 둘이 뭔 일 있었어?"

"그게 아니라요."

지아는 손사래를 쳤다.

"그럼, 자기 선본 거야? 그치? 선봤지? 어쩐지 다시 꽃다발이 오더라니."

"그런 거 아니에요, 정말로."

"아니긴. 아휴, 이 깜찍한 것."

"오해예요. 선본 적도 없고 누가 꽃을 보내는지 난 알지도 못한다니까요."

"이 선생한테 꽃 배달이 온 게 뭐 요즘만 그랬던 건 아니니까."

허미자가 동의를 구하듯이 흰 가운의 보건 선생 쪽을 힐끗거렸다. 가운 주머니에 양손을 찔러 넣은 채 보건 선생이 맞장구를 쳤다.

"이 선생, 그러고 보면 은근히 끼가 있어. 안 그런 척하면서 이놈 저놈 다 홀리고 다니고."

보건 선생의 지원에 허미자가 그것 보라는 듯 남자처럼 껄껄거리며 웃었다.

두 여자가 지아를 놀리는 것에는 나름 그만한 이유가 있었다.

정확히 3개월 동안 1주일에 한 번씩 지아에게 꽃다발이 배달되었다.

허미자도 그랬지만 동료 선생들도 처음에는 지아의 생일이거나 다른 특별한 의미가 있는 날인 줄로만 생각했다. 그런데 다음 주에도 그다음 주에도 계속해서 꽃이 배달되었다. 묘하게도 보내는 사람의 메시지는 없었다. 교무실의 관심사는 자연스럽게 누가 꽃을 보내는 것인가에 모아졌다. 꽃이 배달되면 선생들은 지아를 둘러싸고 추궁 아닌 추궁을 해댔다.

"이 선생, 잘 좀 생각해보세요. 분명 이 선생 주위에 그 사람이 있어요."

그러나 그녀의 대답은 항상 똑같았다.

"죄송해요. 아무리 생각해도 그럴 만한 사람이 없어요."

이것이 두 달 전까지의 일이었다. 이후로 꽃 배달은 거짓말처럼 뚝 끊겼다.

꽃 배달이 다시 시작된 것은 2주일 전이었다. 이번에도 장미꽃이 배달되었으나 전과 다르게 꽃다발이 아닌 꽃바구니였다.

"이 선생 그렇게 안 봤는데 참 욕심 많아. 남으면 차지 말고 옆으로 토스하라니까 왜 그걸 못해? 주위에 엄청 괜찮은 여자 있다고, 허미자인데 특상품이라고 이거 말하는 게 그리 힘들어?"

허미자가 구시렁거렸고 보건 선생이 얼른 말을 받았다.

"야, 넌 조 뭐시기 있잖아. 한 구멍만 파. 여러 개 파다 구멍 헷갈리면 어쩌려고. 너보단 선배인 내가 더 급하지."

"치사하게 왜 이래? 언니는 두 번이나 갔다 왔잖아. 우리나라는 민주주의 국가, 기회균등주의 몰라?"

"능력우선주의겠지. 기회균등주의라는 말은 처음 듣는데."

"어라? 이 언니 또 자신감 발동하네."

그렇게 말하면서 허미자는 벽시계를 확인했다. 점심시간은 이제 10분쯤 남아 있었다.

"이 선생, 이제 슬슬 가보자고."

"그래, 이제 그만들 가. 나도 좀 자게."

보건 선생이 등을 떠밀듯이 두 사람을 내쫓았다.

보건실을 나와 복도를 걸어가며 허미자가 입술을 삐죽 내밀고는 한마디 했다.

"하여간에 있는 것들이 더해요. 이 선생도 그렇고. 예쁜 것들이 더하다니까. 그나저나 이 선생은 태주 씨 싫어?"

허 선생이 정색한 얼굴로 물었다.

"아직은 연애를 할 생각이 별로 없어서요."

"그냥 편하게 만나. 많이 만나서 나쁠 것 하나도 없다. 이번 토요일에 같이 만날까?"

"이번 주엔 양로원 목욕 봉사 있어요."

"아, 그렇구나. 그러고 보면 천사들도 꽤 바빠. 언뜻 생각하기엔 악마들이 훨씬 더 바쁠 것 같은데."

허미자는 자기가 한 말이 웃기다고 생각했는지 또다시 남자처럼 껄껄껄 웃었다.

"내가 남자라면 이 선생을 보자마자 막 우겼을 거야."

"뭘 우겨요?"

"큐피드의 화살에 맞았으니 책임지라고."

"아휴, 그러지 좀 마요. 창피하게."

"그렇잖아. 암만 봐도 지상에 유배당한 천사가 이 선생이라니까."

"그런 말 하지 마요. 정말로 싫어요."

그런 말 하지 마요, 정말 싫어요. 허미자가 지아의 말을 똑같이 흉내 내고는 이어서 다시 말했다.

"아휴, 이 내숭. 대체 이 내숭 공주는 누굴 닮은 거야?"

누구를 닮았을까? 누구를 닮았는지 지아는 분명하게 알고 있었다. 허미자가 부러워하는 그녀의 모든 것은 엄마를 쏙 빼닮았다는 것을.

"난 이번 시간이 오늘 마지막 수업이야. 자기는 어때?"

교무실의 팻말이 보였다.

"전 6교시까지 있어요."

"이번 수업 끝나고 다시 보건실에 가야 할까 봐. 자꾸 졸린 게 아무래도 임신한 것 같아."

"네?"

눈을 동그랗게 뜨는 그녀를 보면서 허미자가 까르륵 자지러지게 웃었다. 원래 그녀의 웃음소리였다. 좀 경박하기는 해도 들으면 기분이 좋아지는 묘한 매력이 있는 웃음이었다.

허미자와 지아의 책상은 나란히 붙어 있었다.

자리에 앉자마자 허미자가 늘어지게 하품을 했다.

"끝나고 맥주 한잔해. 임신하기 전에 왕창 마셔두게."

앞쪽에 앉은 사십대 후반의 여선생이 허미자를 향해 살짝 눈살을 찌푸렸다. 그렇다고 기가 죽을 허미자가 아니었다.

"올여름이 지나기 전에 기필코 반드시 꼭 성공할 겁니다."

허미자가 움켜쥔 주먹을 허공에 치켜들며 시위하듯 휘둘러

보였다. 건너편의 선배 여선생이 어이없다는 듯 설레설레 고개를 흔들었다.

"이번 시간 난 7반이야. 자기는 몇 반?"

"1반요."

"자, 이제 우리도 슬슬 일어나볼까?"

허미자와 지아는 거의 동시에 자리에서 일어났다.

"또 왔네?"

그때 누군가 이렇게 말했다. 그 말이 무엇을 의미하는지 허미자도 지아도 금세 이해했다.

교무실 입구 쪽에 등산 조끼 같은 재킷을 걸친 사내가 우뚝 서 있었다. 택배 업체 직원으로 손에는 장미꽃 바구니를 들고 있었다.

꽃바구니를 든 사내가 교무실을 향해 소리쳤다.

"이지아 선생님이 어느 분이시죠?"

허미자가 지아를 보았다. 약속이나 한 듯 다른 선생들도 일제히 그녀에게 시선이 쏠렸다. 택배 사내가 그녀를 향해 성큼성큼 걸음을 옮겼다.

멍하니 서 있는 지아 대신 꽃바구니를 받은 사람은 허미자였다. 택배가 내민 배달지에 허미자는 사인까지 대신 해주었다.

허미자는 꽃바구니를 책상에 내려놓고 여기저기 살펴보며 무엇인가를 찾았다. 그녀가 찾는 것은 카드나 엽서였다. 그러나 이번에도 아무것도 발견되지 않았다.

택배는 이미 교무실을 빠져나가고 있었다. 지아는 사내의 뒷모습에서 시선을 떼지 않았다. 사내가 시야에서 완전히 사라지고 나서야 그녀는 비로소 꽃바구니로 시선을 옮겼다.

왠지 모르게 어색한 침묵이 교무실에 흘렀다. 침묵을 깬 것은 스피커를 통해 흘러나온 멜로디 소리였다. 점심시간이 끝났음을 알려주는 소리였다. 이제 5분 후에는 5교시 수업 시작을 알리는 멜로디가 울릴 것이다.

"자, 뭐하세요. 수업해야죠, 수업!"

교감이 목청을 높여 소리쳤다. 선생들이 하나둘씩 교무실을 빠져나갔다. 곧 교무실에는 허미자와 지아를 포함해 수업이 없는 선생 몇 사람만이 남았다. 교감 선생이 가까이 오더니 안경 너머로 허미자를 노려보았다. 교무실을 왜 나가지 않느냐는 힐난이었다. 허미자가 교감 선생의 눈초리를 피하며 작게 이기죽거렸다.

"수업하기 싫지? 확 땡땡이치고 싶지? 우리 그럴까?"

교감 선생이 손으로 책상을 탁 쳤다.

허미자가 얼른 말을 바꾸었다.

"마음 같아선 나도 그러고 싶지. 하지만 교감 쌤의 감시를 피하는 게 생각처럼 쉽지가 않아."

"허 선생!"

교감 선생이 다시 빽 소리를 질렀다.

"그러니까 그냥 수업에나 집중하자고."

그 말을 끝으로 허미자가 지아의 손목을 잡아끌며 부리나케 교무실에서 나갔다.

복도를 걸어가면서 허미자가 조심스럽게 물었다.

"이 선생, 선본 거 정말 아냐?"

"아니에요."

허미자가 골똘히 뭔가를 생각하는 표정이다가 진지해진 얼굴로 지아에게 물었다.

"오태주 그치는 아니겠지?"

"아닐 거예요."

"메모지도 없이 꽃다발을 보내는 사람도 그렇지만 누군지 짐작도 못 하는 자기도 좀 이상하긴 해."

"정말로 짐작조차 안 돼요."

"이건 내 생각인데, 전에 꽃을 보내던 사람과 지금 꽃을 보내는 사람은 다른 사람 같아."

지아는 화들짝 놀라 걸음을 멈추었다. 도대체 그걸 어떻게 알았을까?

"왜요?"

다시 발걸음을 떼어놓으며 이유를 물었다.

"전에는 꽃다발이었는데 요즘은 꽃바구니잖아. 사람의 취향이 그리 쉽게 변하는 건 아닐 것 같거든."

"겨우 그게 이유예요?"

지아는 어이가 없어 실소할 뻔했다.

그러나 결과적으로 허미자의 추측은 정확하게 들어맞았다.

예전에 꽃다발을 보낸 사람은 그 누구도 아닌 바로 지아 자신이었다. 그녀는 엄마의 흉내를 냈다. 꽃다발을 받고 몹시 기뻐하던 엄마의 기분을 느껴보고 싶었다.

어릴 적에 가끔씩 엄마에게 꽃다발이 배달되고는 했다. 그때마다 엄마는 몹시 기뻐했다. 지아는 누가 엄마에게 꽃을 보내는지 궁금했다. 물론 어느 정도 예상은 하고 있었다. 아빠가 아니면 누구겠어.

그러나 엄마의 입에서는 의외의 대답이 흘러나왔다.

"엄마야, 엄마가 엄마한테 보내는 거야."

왜지? 이유가 무엇인지 곧바로 캐물었다.

"꽃을 받으면 기쁘니까. 기분이 아주 좋아지니까."

정말로 그럴까? 그래서 그녀는 엄마처럼 해보았다. 그러나 전혀 기쁘지가 않았다. 거짓으로라도 기뻐해보려고 했는데 아무리 애써도 기쁜 마음은 들지 않았다. 다시 의문이 생겼다. 엄마는 어떻게 그토록 기뻐할 수 있었을까?

그 이유를 생각하면서 시간이 훌쩍 지났다. 그동안 꾸준하게 꽃 배달을 받았다. 기쁘기는커녕 반복될수록 오히려 짜증만 보태졌다. 결국 그녀는 꽃 배달을 중지시켰다.

그런데 또다시 꽃 배달이 시작되었다.

이번에는 그녀가 아니었다. 누구지? 누가 꽃바구니를 보내는 거지? 궁금한 만큼 가슴이 설렜다. 그녀가 그녀 자신에게 보내던 꽃과는 기분이 완전히 달랐다. 꽃바구니를 받아 들면 손이 떨렸고 그만큼 가슴도 떨렸다. 꽃바구니를 기다리고 있는 자신을 문득 느끼기도 했다.

왜 그랬을까? 왜 그렇게 가슴이 뛰었던 걸까?

엄마가 그토록 기뻐할 수 있었던 이유, 지아는 오늘 비로소 그 이유를 깨달았다.

거짓말쟁이. 엄마는 진짜 거짓말쟁이였어.

자기가 자기한테 선물하는 꽃이라고 했지만 사실은 그렇지가 않았다. 꽃다발을 받은 다음 날이면 엄마는 어김없이 한껏 멋을 내고는 밖으로 나갔다. 그럴 때면 늘 캐플린 모자를 썼다. 햇빛 알레르기가 이유였다. 어린 지아 역시 엄마처럼 챙이 넓은 모자를 써야 했다.

하지만 지아에게는 햇빛 알레르기 따위 처음부터 있지도 않았다. 엄마가 그런 거라고 하니 그렇겠지 했을 뿐이다. 그렇다면 엄마는 어땠을까? 어이없게도 엄마 역시 햇빛 알레르기는 애초부터 없었다. 그저 햇살이 아닌 남의 시선을 피하고 싶었을 뿐.

그러나 그건 엄마의 착각이었다. 오히려 모자는 엄마를 더욱 도드라지게 만들었다. 엄마와 딸은 늘 다른 사람들의 시선을 잡아끌었다. 엄마를 보지 않던 사람들도 모자 때문에 엄마를 바라보기 일쑤였다.

문득 의문 하나가 머릿속에 찍혔다. 엄마는 모자가 사람들의 이목을 집중시킨다는 걸 진짜로 몰랐을까? 아니, 그렇지는 않았다. 바보가 아닌데 어찌 그것을 모를 수 있겠는가. 그런데 왜 엄마는 모자를 고집했을까?

"바보같이……."

실실거리며 그녀의 입술 사이로 웃음이 새어 나왔다. 비로소 이유를 깨달았다. 수업이 있는 교실을 몇 발짝 앞에 두고 있을 때였다.

"응? 무슨 소리야?"

허미자가 의뭉한 눈빛으로 그녀를 쳐다보았다.

"아까 제가 누굴 닮았느냐고 물었죠?"

"그런 말을 한 것 같기도 하고…… 한데 그건 왜?"

"누굴 닮았는지, 방금 생각났거든요. 난 엄마를 닮았어요. 그 것도 아주 많이."

그녀의 엄마는 사람들의 시선 따위 애초부터 상관이 없었던 것이다. 오히려 사람들의 시선을 잡아끌고 싶었던 것인지도 모른다.

그녀는 새로운 사실을 또 한 가지 깨달았다.

모든 것이 닮았다고 생각했는데 결코 그런 것이 아니었다. 엄마와 그녀는 엄연하게 한 가지가 달랐다. 적어도 엄마는 자신에게 당당했다. 그러나 그녀는 그렇지가 못했다.

*

"누구한테 선물할 건가요? 아니면 프러포즈?"

주인 여자가 장미꽃을 포장하면서 물었다.

"아닙니다. 그냥…… 제 생일이거든요. 제가 저한테 주는 선물입니다."

사실이었다. 그런데 여자는 믿지 못하겠다는 듯 살짝 눈을 흘기며 그를 향해 헐겁게 피식 웃었다.

"조금만 일찍 왔어도 안개꽃을 붙여줄 수 있었는데 아쉽네요. 방금 전에 어떤 여자 손님이 안개꽃을 모조리 쓸어 갔거든요."

"안개꽃만요?"

"네, 안개꽃만."

말하면서도 주인 여자는 계속해서 손을 움직였다. 이제 포장의 끝마무리인 리본을 묶을 차례였다.

"근데 그 여자 꼭 영화배우 같더라고요."

관심은 없었지만 있는 척 대꾸해주면서 시간을 보냈다. 이윽고 포장이 다 끝났다. 주인 여자가 꽃을 건네주며 좋은 날 되세요, 라고 말했다.

빗줄기는 여전히 거셌다. 일기예보에서는 잠깐 지나는 비라고 했는데 벌써 비는 한 시간 넘게 내리고 있었다.

미처 우산을 챙기지 못한 태주는 도로변에 세워놓은 차까지 부리나케 뛰어갔다.

그의 차 앞에는 깜박이를 켜놓은 채 외제차 한 대가 멈춰 서 있었다. 번호판을 보니 렌터카였다. 밤이고 선팅이 짙어 안쪽은 보이지 않았다. 차 안에 밀회를 즐기는 연인이 타고 있을 것이라고 태주는 짐작했다.

차에 타자마자 태주는 꽃다발을 뒷좌석에 놓았다. 주머니에 꽂혀 있던 무전기는 센터 콘솔에 내려놓았다. 그리고 그 순간 무전기를 통해 다급한 조진호의 목소리가 들려왔다.

"태주야!"

막 시동 키를 누르려고 할 때였다.

"왜?"

태주는 재빨리 무전기를 집어 들고 응답했다.

"터졌어. 터졌다고!"

"어디야?"

"호텔 정문에서 9시 방향. 너 있는 쪽이야. 그쪽으로 튀었어."

"인상착의는?"

"짙은 회색 비옷을 입었어."

차창을 내리고 밖을 살폈다. 인도 쪽 대각선 방향에서 비옷을 입은 사람이 뛰어오는 모습이 보였다. 그 사람은 꽃집에 못 미쳐 급히 방향을 꺾으며 모습을 감추었다. 세탁소 간판에 얼핏 비친 빛으로 판단하건대 청바지를 입은 것 같았다.

"청바지 입었어?"

"그건 몰라. 일단 수상쩍으면 무조건 잡아!"

태주는 무전기를 손에 쥔 그대로 차 밖으로 뛰쳐나갔다. 미처 차창을 올릴 새도 없었다. 청바지가 사라진 골목으로 들어가 눈씨를 돋웠다. 청바지가 저만치 달려가고 있었다.

"태주야! 봤어?"

"뒤쫓고 있어. 다시 호텔 방향이야."

"꼭 잡아. 이번에도 황산이야. 얼굴이 완전히 망가졌어. 생명이 위독할 수도 있어."

생명이 위독하다! 태주는 어금니를 깨물었다. 지금은 전력 질주를 해야 할 타이밍이었다.

"아웃!"

조진호와 태주는 각기 다른 곳에서 호텔 밖을 지키고 있었다. 호텔 안에서 잠복하는 형사는 없었다. 그 대신 호텔 보안과에서 수상쩍은 사람이 보이면 즉시 연락을 주겠노라고 약속했다. 실제로 호텔 보안과에서는 여러 명의 인상착의를 휴대폰으로 전송해주었다.

조진호와 태주는 그때마다 사진의 인물을 붙잡고 신분증을 요구했다. 신원 조회를 한 뒤 별다른 이상이 없으면 곧바로 귀가조치 했다. 그것만으로도 충분히 범죄 예방 효과는 있었다. 형사에게 신원이 알려진 이상 어떤 범행을 계획했더라도 웬만하면 포기하는 것이 일반적인 사람들의 심리니까.

띄엄띄엄 가로등이 있었다. 그 밑을 지나는 회색 비옷은 바다에서 유영하는 매끈한 돌고래를 연상시켰다. 저 돌고래를 잡을 수 있을까? 다행히 거리는 점점 좁혀지고 있었다.

다른 건 몰라도 태주는 달리기만큼은 자신이 있었다. 단 한 번을 제외하고는 1등을 놓친 적이 없었다.

1등이 아닌 2등을 한 것은 군대에서 처음이었다. 육상도 아닌 축구 시합에서였다. 3중대 대표인 녀석은 공을 뻥 차놓고 무작정 달리는 게 특기였다. 그만큼 발이 빨랐다. 그도 만만찮다는 것을 보여주기 위해 녀석이 달리면 그도 달렸다. 그러나 뒤늦게 출발한 거리만큼은 여간해서 좁혀지지 않았다. 나중에 녀석을 만났을 때 달리기로 내기 시합을 하자고 제안했다. 녀석은 그의 제안을 수락했다. 100미터, 200미터, 연병장 한 바퀴, 내리 세 판을 도전했지만 녀석의 발은 매번 그보다 아슬아슬하게 빨랐다.

알고 보니 녀석은 한때 육상 청소년 대표였다고 했다. 그런 사실은 선임에게서 들었다.

시합에서 진 것도 억울한데 허락 없이 다른 중대 녀석과 내기 시합을 했고, 또 지기까지 했다면서 선임이 뺑뺑이를 돌렸다. 그것만으로 끝난 것이 아니었다. 어떻게 알았는지 득달같이 달려온 소대장이 노발대발하며 단독군장으로 연병장 열 바퀴를 명령했다. 그리고 그날 그는 처음으로 자신의 재능, 그러니까 단거리보다 장거리에 훨씬 능하다는 사실을 알게 되었다.

연병장은 한 바퀴에 500미터였다. 열 바퀴면 5킬로미터. 맨몸으로 뛰어도 힘든 거리였지만 그는 단독군장 차림이었다. 처음에는 안쓰러워하던 소대원들이 그가 쓰러지지도 멈추지도 않고 일정한 속도를 유지하며 열 바퀴를 완주하자 환호성을 내질렀다. 소대장도 어이없다는 듯 절레절레 고개를 흔들었다. 마지막 한 바퀴를 남겨두고 구경 삼아 나왔던 중대장은 대대장님께 건의해서 마라톤 대회나 한번 하자고 해야겠다며 흐뭇하게 웃었다.

발바리를 잡았을 때처럼 지금도 그의 재능이 유감없이 발휘될 기회였다. 그러나 상대도 만만치는 않았다. 회색 비옷은 이곳 지리에 훤한지 그가 거리를 좁힐 만하면 다른 골목으로 뛰어들어 몸을 감추곤 했다. 그가 부리나케 쫓아가면 비옷은 또 다른 골목으로 꽁무니를 감추었다. 그런 과정이 반복되면서 애써 좁혀놨던 거리는 또다시 벌어졌다.

그래도 태주는 실망하지 않았다. 어차피 시간과의 싸움이었다. 사이보그가 아닌 이상 비웃은 언제고 지칠 것이다. 그때 녀석의 뒷덜미를 와락 잡아채면 게임은 끝나는 것이다. 앞으로 10분쯤? 길면 15분?

모퉁이를 돌면서 다시 비웃의 모습이 사라졌다. 태주는 전력으로 뒤를 쫓아갔다. 태주가 발걸음을 멈춘 것은 그로부터 얼마 뒤였다.

난감하고 당황스러웠다. 지금까지 상황을 너무 안이하게 판단한 것은 아닐까 하고 순간 후회했다. 눈앞에는 머리띠와 피켓, 현수막을 든 시위대가 있었다. 백여 명쯤 되는 사람들은 하나같이 비웃 차림이었다. 그들 앞에는 판초우 차림의 전경대가 바리케이드를 치고 있었다.

태주는 아랫입술을 깨물었다. 천천히 발걸음을 옮겨놓으며 시위대를 살폈다. 똑같은 비웃 차림의 사람들 그리고 여러 개의 현수막과 피켓이 그의 시야를 어지럽혔다.

태주는 무작정 시위대 안으로 파고들었다. 시위대 사이를 헤집고 다니며 청바지를 찾았다. 누군가 튀는 행동을 하는 사람, 그자가 목표였다. 그리고 그는 얼핏 그자를 본 것 같았다. 그자는 다른 사람들과 패턴이 달랐다. '우리도 사람이다 생존권을 보장하라'는 현수막 뒤로 누군가 사람들의 진행 방향과 정반대로 움직이고 있었다.

다시 사람들을 헤치며 목표물을 향해 조심스럽게 다가갔다.

어느 한순간 목표물이 사라졌다. 태주는 시선을 아래쪽으로 미끄러뜨렸다. 청바지가 보였다. 태주는 피켓 글씨를 확인하고 그것만 노려보며 발길을 옮겼다. 사람들과 부딪쳤으나 괘념치 않고 앞으로만 나아갔다.

"뭐야? 당신 뭐야?"

사십대 중반의 사내가 느닷없이 그를 막더니 바짝 턱을 치켜세웠다.

"죄송합니다. 급한 용무가 있어서요. 정말 죄송합니다."

대충 둘러대고 빠져나갈 생각이었는데 사내는 그를 쉽게 보내줄 생각이 아닌 듯싶었다.

"그 용무가 뭐야? 당신 경찰이야?"

사내가 그를 다그쳤다.

"네, 경찰입니다. 형사예요."

그는 순순하게 인정했다. 아니, 습관적으로 그렇게 대답했을 뿐이다.

"뭐? 형사?"

사내의 목소리에 날이 섰다. 그 상황에서도 태주는 피켓에서 시선을 떼지 않았다. 청바지는 아직 그 자리에 그대로 서 있었다.

"당신 정보과지?"

그 한마디에 사람들이 삽시간에 그를 에워쌌다. 다행히 사람들의 머리와 머리 사이로 현수막이 보였다.

"아닙니다. 지금 저는 테러 용의자를 쫓고 있는 중이에요!"

사내가 쌍심지를 돋우더니 오히려 버럭 소리를 질렀다.

"우리가 테러리스트야? 우리가 테러리스트냐고!"

그때 한순간 시야에서 피켓이 사라졌다. 다급해진 태주는 신분증을 꺼내 사람들을 향해 번쩍 치켜들었다.

"난 형사과 형사고, 지금 황산 테러범을 쫓고 있는 겁니다! 황산 테러범이요, 황산!"

"황산 테러범?"

그제야 반응이 왔다.

사내의 옆에 있던 아주머니가 우물쭈물하더니 조금 목소리를 높여 누구에게랄 것 없이 말했다.

"조금 전 이상한 사람을 봤어요. 마스크와 선글라스를 썼더라고요."

"시위하면서 선글라스를 써? 그것도 이렇게 비 오는 날에?"

태주를 몰아붙였던 사내가 어이없다는 듯 툴툴 혀를 찼다.

"바로 그자예요! 그자가 테러범이라고요! 아주머니, 그자 어디로 갔어요? 어디로 갔는지 봤어요?"

여자의 손가락이 한곳을 가리켰다. 손가락질을 당한 사람들이 갑자기 양쪽으로 쫙 갈라지며 길을 만들었다. 태주는 뒤도 돌아보지 않고 그쪽으로 달려갔다.

다시 차도가 보였다. 횡단보도 저편으로 비옷을 입은 누군가가 달리고 있었다. 멀지만 한눈에도 그자라는 것을 직감했다. 그 길 끝은 지하철역이었다.

회색 비옷은 곧 지하 계단으로 사라졌다. 태주는 횡단보도를 건너지 않고 곧장 달려 지하철역으로 들어갔다. 한꺼번에 여러 개의 계단을 펄쩍펄쩍 뛰어내렸다. 계단 아래쪽에 이르러 하마터면 넘어질 뻔했지만 가까스로 몸의 균형을 바로 잡았다. 태주는 얼른 주위를 둘러보았다. 회색 비옷은 눈에 띄지 않았다.

어디로 갔지?

그때 스피커에서 곧 지하철이 들어온다는 안내 방송이 흘러나왔다.

그는 개표구를 뛰어넘어 다시 계단을 내려갔다. 그가 승강구 앞에 섰을 때 지하철은 아직 들어오지 않은 상태였다. 아직은 시간이 있었다. 지하철을 기다리는 사람들도 그리 많지 않았다.

태주는 빠르게 발을 옮기며 사람들을 살폈다. 다행히 이곳 지하철역은 환승역이 아니었다. 지하철을 타기 위해 이곳으로 들어온 사람은 반드시 비옷 차림이거나 우산을 갖고 있는 것이 당연했다.

그런데 찾지 못했다. 맞은편을 살펴봤으나 거기도 마찬가지였다. 맞은편의 승객은 겨우 열 명 남짓이었다. 더욱이 혼자 있는 사람은 없고 다들 동행이 있었다. 그들은 일부러 그에게 보여주려는 것처럼 빗물이 뚝뚝 떨어지는 우산을 손에 들고 있었다.

지하철이 진입하고 다시 문이 닫히고 떠나는 것을 그는 멍청히 서서 지켜봐야 했다.

도대체 왜 없지?

비옷과 선글라스와 마스크, 이것들은 쓰레기통에 버릴 수 있는 물건이었다. 사실 용의자는 그렇게 했을 가능성이 높다. 그러나 용의자가 우산까지 미리 준비했을 거라고는 믿지 않았다. 그래서 청바지를 입은 사람, 우산을 들고 있지 않은 사람을 찾았다. 안타깝지만 그의 예상은 빗나갔다. 그는 용의자를 찾아내지 못했다.

태주는 서둘러 계단으로 올라갔다. 무인 개표구를 나가서 양쪽으로 은색의 스테인리스 쓰레기통이 하나씩 있었다.

그가 찾던 비옷은 오른쪽 쓰레기통에서 발견되었다. 그것을 꺼내 들자 물이 뚝뚝 떨어졌다. 마스크와 선글라스는 보이지 않았다.

그는 지하철역 사무실로 찾아갔다. 신분증을 보이고 폐쇄회로 TV를 보여줄 것을 부탁했다. 만일 안 된다고 한다면 윽박이라도 지를 생각이었다.

"평소라면 그게 어려운 일이 아닌데요, 마침 교체 중이라 좀 그러네요."

"교체요?"

"네. 좀더 성능이 좋은 걸로 바꾸고 있거든요."

"그래서요? 안 찍혔다는 겁니까?"

"보세요. 저기 모니터가 꺼져 있는 거 보이시죠? 그게 그쪽입니다."

역무원 앞에는 여러 대의 모니터가 나란히 붙어 있었다. 거의 시커멓게 꺼져 있고 켜져 있는 것은 단 두 대뿐이었다.

"그럼 이쪽에 켜져 있는 이건 뭡니까?"

"그건 반대편이에요. 거긴 교체가 끝났죠."

성능이 좋은 걸로 교체 중이라고 했지만 화면이 그리 좋은 편은 아니었다. 모니터에 나온 인물은 조그맣고 또 흐릿해서 알아보기도 힘들었다. 직원이 그의 의문이 뭔지 눈치챘다는 듯 어눌한 말투로 변명했다.

"카메라를 바꾼다고 했지 모니터를 바꾼다곤 안 했습니다."

결국 태주는 아무런 소득 없이 지하철역 사무실에서 나왔다.

한꺼번에 피곤이 몰려왔다. 그는 에스컬레이터를 타려다가 그만두고 옆쪽 계단에 주저앉았다. 손으로 얼굴을 문지르는데 누군가 어이, 하고 그를 불렀다. 무전기에서 흘러나온 조진호의 목소리였다.

"어떻게 됐어?"

"놓쳤어."

"고생했겠다, 힘내."

"넌 어딘데?"

"병원. 상황이 아주 심각해. 여자가 유명한 영화배우야."

"깨질 일만 남았군."

"죽이기야 하겠어. 나중에 보자."

태주는 무릎 사이에 머리를 묻었다. 저절로 한숨이 나왔다. 잠시 그대로 있다가 문득 생각난 듯 계단에 놓아둔 비옷으로 시선을 옮겼다.

태주는 비옷을 입어보았다. 그가 입기에는 사이즈가 작았다. 한쪽 팔은 들어가는데 다른 쪽 팔을 집어넣기가 힘들었다.

비옷을 다시 벗는데, 누군가 그때 다시 그를 불렀다.

"비옷을 갖고 있는데 옷이 다 젖었네요."

그의 바로 앞쪽에 한 여자가 우뚝 서 있었다. 그리고 그녀의 옆에는 한 남자도 있었다.

여자는 507호 하수연이었다. 남자는 처음 보는 얼굴이었지만 그가 누구인지는 단박에 짐작했다.

"여긴 어쩐 일이죠?"

태주의 질문에 하수연이 어깨를 으쓱 올렸다가 도로 내렸다.

"왜요? 우린 지하철역에 오면 안 돼요? 우리가 재벌 그룹 후계자처럼 보여요? 폴리스 라인도 안 쳐져 있는데 와도 되잖아요. 안 그래요?"

하여튼 만만찮은 여자였다.

"아뇨, 그냥 우연찮게 만나서……."

"만난 김에 서로 인사나 해요. 이쪽은 제가 전에 얘기했던 제 애인 김기준 씨. 그리고 이쪽은 내가 얘기했던 이웃사촌 오태주 형사님. 자, 두 사람 반갑게 맞절."

하수연은 마주 세운 손바닥을 반으로 꺾으며 맞절하는 제스처를 취했다. 신호에 맞춰 507호의 애인이라는 남자와 태주는 거의 동시에 손을 내밀어 악수했다.

507호 여자가 활짝 웃었다. 그제야 문득 차 안에 놓아둔 장미꽃이 생각났다. 꽃집 여주인의 말이 뒤이어 머릿속을 울렸다.

안개꽃만 사 갔다고 했던가? 그 여자, 영화배우를 닮았다고 했던가? 테러를 당했다는 여자가 설마 그 여자?

다시 시선이 앞의 두 사람에게로 옮겨 갔다.

두 사람은 운동화에 청바지 차림이었고 엉덩이 아래가 빗물에 젖어 있었다. 더욱이 사람은 둘인데 우산은 하나였다.

"우산이 하나예요?"

태주가 물었다.

"하나면 되죠. 연인인데."

가슴속에서 비죽 고개를 쳐드는 녀석이 있었다. 그것은 의심이었다.

두 사람을 번갈아 보다가 태주가 은근슬쩍 비옷을 건네며 말했다.

"이거 입을래요? 딱 맞을 것 같은데. 전 어차피 다 젖어서 필요 없거든요."

그러나 하수연은 선뜻 비옷을 받지 않았다. 입술을 조금 내밀고는 무엇인가를 골똘히 생각하는 표정이더니 잠시 후 느릿하게 고개를 저었다.

"싫어요, 왠지 찜찜해요."

오, 이 더러운 육체여

저수지 수면에 비친 가로등 불빛이 수초처럼 일렁였다. 낚시꾼들의 모습도 드문드문 보였다. 석규와 현 순경은 저수지에 시선을 던져둔 채 벤치에 앉아 있었다. 석규는 캔맥주를 홀짝거렸고 운전을 책임진 현 순경은 안주로 사 온 전기구이 통닭을 열심히 먹어댔다. 제복을 입지 않은 평상복 차림의 두 사람은 얼핏 보아 부자지간처럼 보였다.

"가로등이 작년에 생겼잖아요. 왜 생긴 건지 아세요?"

"몰라."

"저수지에서 밤마다 귀신이 나온다는 소문은 아세요?"

"그거야 늘 하는 소리잖아."

"그 얘기, 제가 군청 홈피에 사흘에 한 번꼴로 올렸어요."

"왜?"

"가로등 좀 달아달라고요."

"가로등은 왜? 그럼 귀신들 안 나온대?"

"아뇨, 귀신들 구경하려고요. 귀신 체험관이나 귀신 갤러리 같은 신개념의 테마파크를 만들면 어떨까 해서요."

석규가 돌연 너털웃음을 터뜨리고 나서 물었다.

"정말이야?"

맥주를 한 모금 마시고 나서 물었다.

"아뇨, 그냥 해본 소리예요."

"넌 선글라스 좀 벗을 수 없어? 밤엔 좀 그렇잖아."

"이게 제 트레이드마크잖아요. 콧수염을 기를 수는 없고. 그렇다고 제복 위에 바바리코트를 입고 다닐 수도 없잖아요."

"지금은 제복도 안 입었잖아."

"그래도요. 일종의 징크스예요."

석규는 또다시 너털웃음을 터뜨렸다. 현 순경과 함께 있으면 이상하게도 웃을 일이 많았다. 뭘 하든 하는 짓이 밉지 않았다.

저수지로 산책을 나온 것은 이제까지 그가 조사한 '사건'에 대해 설명을 해주기 위해서였다. 그렇다고 모든 것을 낱낱이 얘기해준 것은 아니다. 현 순경은 콜롬보를 동경하는 사람답게 그가 무엇을 고민하는지 단박에 요점을 짚어냈다.

"여자냐, 남자냐가 문제네요."

여자는 우편함에 사진을 넣어두고 간 이지아가 목격한 여자였고, 남자는 석규가 의심하는 이정국이었다.

석규는 이정국을 그 사건의 주범으로 의심하고 있었다. 여자는 단순히 심부름꾼 정도로 이해했다. 이정국을 주범으로 본 것은 결과적으로 이정수와 송정인의 죽음으로 이득을 본 사람이 이정국뿐이었기 때문이다.

그런데 또 다른 변수가 등장했다.

이정수의 여자. 이정수에게 다른 여자가 없었다고 장담할 수 없었다. 현 순경은 이 경우를 '케이스 1'로 명명했다.

케이스 1의 경우, 어린 이지아가 목격했다는 그 여자가 사진을 찍고 사진 배달까지 직접 도맡아 했을 가능성이 높은 것으로 현 순경은 추리했다. 이정수의 숨겨진 여자였기에 그의 하루 스케줄을 훤히 꿰뚫고 있을 가능성이 높을 것으로 유추했다.

현 순경은 의문의 그 여자를 '미스 마플'로 명명했다. 그가 알기로 미스 마플은 현 순경이 활동한다는 인터넷 카페의 운영자였다. 미스 마플처럼 현 순경도 운영자였지만 두 사람은 사이가 그리 좋은 편은 아니었다. 현 순경은 미스 마플을 언급할 때마다 '잘난 척하는 여자', '재수 없는 여자'라는 식으로 툴툴거리곤 했다.

"미스 마플은 이정수를 독점하고 싶은 거죠. 그래서 이정수와 송정인의 이혼을 바랐던 거예요."

그러나 이 경우에도 문제는 있었다.

미스 마플이 이지아의 눈에 익숙한 사람이라는 것이 문제였다. 이지아가 인간관계의 폭이 좁은 어린 나이였다는 것을 감안했을 때 마플은 한두 번 스치듯이 본 사람은 아닐 것이다. 친분이 깊지 않아도 자주 얼굴을 본 사람 정도로 이해하는 것이

합리적일 터였다. 그러니까 가까운 이웃 사람이거나 유치원 선생은 아니라는 의미였다. 또한 이지아 본인이 밝혔듯이 친인척이나 이정수의 회사 사람들도 아니었다. 이 사람 저 사람 제외하고 나면 사실상 손아귀에 잡히는 사람은 거의 없었다.

또 다른 문제점도 있었다.

미스 마플이 얻은 것이 아무것도 없다는 것. 미스 마플의 목적은 이정수였다. 그런데 그는 죽었다.

미스 마플이 누구든 이정수의 죽음에는 직접적인 연관이 없다는 게 이제까지 석규가 조사한 18년 전 사건의 진실이었다.

현 순경은 이정국을 해리 라임[21]이라고 명명했다.

미스 마플과 달리 해리는 인터넷 카페와는 아무런 연관이 없는 인물이었다. 자기가 읽은 소설 속 인물인데, 악한의 대명사처럼 통하는 인물이라고 설명해주었다.

현 순경은 해리를 케이스 2의 '주범'으로 보았다. 그리고 사진을 배달한 여자를 '종범'으로 보았다.

현 순경은 먼저 질문 하나를 던졌다.

"해리는 자기가 직접 사진을 우편함에 갖다놓지 않고 심부름꾼을 시켰어요. 이유가 뭘까요?"

그 이유는 당연히 한 가지뿐이었다.

"얼굴이 알려지길 원하지 않았던 거겠지."

---

21 그레엄 그린의 장편소설 『제3의 사나이』의 등장인물.

"그런데 변수가 있었죠. 심부름꾼의 얼굴을 어린 이지아가 알고 있었던 거예요. 이름은 몰라도 어쨌든 알고 있던 사람이었어요."

이정국의 입장에서 사진을 이정수에게 몰래 전달해야 할 이유를 찾는 것은 그리 어렵지 않았다. 동생 부인의 뒤를 캐고 다닌 사람이 친형인 이정국이라는 사실을 알게 되었을 때 이정수의 반응이 어떠할지는 불을 보듯 뻔했다.

하지만 사진의 수취인이 송정인이 아닌 동생 이정수 쪽이었다는 것은 몹시 중요한 메시지를 담고 있었다.

돈을 바랐다면 송정인 쪽이 보다 협상에 유리했을 것이다. 이정국 본인의 정체를 감춘 채 하수인을 시켜 얼마든지 협상이 가능했을 테니까.

하지만 이정국은 돈이 아닌 송정인과의 이혼을 원했다. 그래서 사진을 동생인 정수에게 전달하게끔 한 것이었다. 황민기의 말대로라면 형제간의 돈 문제에 사사건건 끼어들어 방해한 사람이 송정인이라고 이정국은 믿었다. 그러니까 기회를 잡았을 때 아예 송정인을 쫓아내려 작정했던 것인지도 모른다.

그런데 그 일이 생각처럼 쉽지 않았던 것일까? 그래서 동생네 부부를 한꺼번에 살해할 음모를 꾸미기에 이르렀던 것일까?

여기서 석규와 현 순경의 의견이 갈렸다.

현 순경은 석규의 생각을 억지라고 주장했다.

"그래도 친동생이잖아요. 말도 안 돼요."

석규는 생각이 달랐다.

"이정국 그놈이라면 충분히 그러고도 남아. 그놈은 내가 잘 알아."

이 문제로 두 사람은 한동안 옥신각신 다투었다. 그래 봤자 근거도 없이 무수한 추측만을 남발할 뿐이었다.

대화는 곧 소강상태에 접어들었다.

현 순경은 우적거리며 닭다리를 뜯었고, 석규는 저수지 쪽을 물끄러미 응시했다.

"소장님."

닭가슴살을 물어뜯던 현 순경이 문득 동작을 멈추고는 고개를 돌려 그를 빤히 바라보았다. 표정을 보니 뭔가 심상치가 않았다.

"왜? 왜 그러는 건데?"

"어린 이지아가 어떤 사람을 안다고 해서 그의 부모도 안다고는 할 수 없잖아요. 어른들의 관계 속에서 어린아이들의 인간관계가 형성되는 것이 보편적이지만 얼마든지 예외도 가능하잖아요."

"심부름꾼의 정체에 대해 이정수와 송정인은 전혀 모를 수도 있다, 이건가?"

갑자기 현 순경이 벌떡 일어나며 소리쳤다.

"맞아요!"

그 바람에 녀석의 입안에 있던 닭고기가 입 밖으로 파편처럼 튀어나왔다.

"소장님은 지금 해리가 이정국이라고 의심하잖아요. 그렇죠?"

물론 그랬다. 아니라면 그렇게 조작이라도 하고 싶은 것이 그의 심정이었다.

"그걸 알아내려면 이정국과 어린 이지아의 교집합을 찾으면 돼요. 그 사람이 바로 심부름꾼이니까요. 만일 찾지 못하면 이정국은 해리가 아닐 가능성이 높은 거고요."

현 순경의 말은 핵심을 찌르고 있었다.

"또 교집합이로군."

석규는 고개를 주억거리며 말했다.

"네?"

"아냐, 아무것도."

송정인과 이정수의 교집합. 그리고 이제 이정국과 어린 이지아의 교집합도 찾아야 하는 것이었다.

현 순경이 팔짱을 끼더니 미간을 찡그린 채 다시 말문을 열었다.

"소장님은 지금 18년 전 사고가 타살이라고 의심하잖아요. 근데 이번에 죽은 서은희도 그렇게 생각하는 거예요?"

대답이 마땅치가 않았다. 경찰의 조사로는 사고사로 이미 결론이 난 사건이었다. 같은 경찰의 입장에서 얼마 전의 사고 조사 결과를 부인하는 것도 결코 좋은 태도는 아니었다. 우물쭈물하는데 다시 현 순경의 질문이 이어졌다.

"만일 타살이라면 서은희는 왜 죽어야 했을까요? 이정국의 짓일까요?"

"가장 혐의점이 짙지만 이정국은 알리바이가 있어. 그날 공연장에 있었더라고. 그날이 프리뷰 첫날이라 아침부터 바빴대."

"공범이나 살인청부업자 같은 하수인이 일을 저질렀을 가능성도 있잖아요."

"우리나라에서 아무나 고용할 수 있는 게 킬러 같냐? 그게 잘나가는 직업이었으면 벌써 유망 직종으로 떠올랐겠지. 실업률도 내려갔을 테고. 아직은 영화나 소설 속에서나 가능한 얘기야."

"전 그렇게 생각 안 해요. 우리가 몰라서 그렇지, 킬러가 엄청 많을걸요."

그러면서 현 순경은 파출소 앞 슈퍼마켓 남자를 예로 들었다.

"슈퍼마켓 운영은 부인이 다 하고 남자는 하루 종일 빈둥거리며 놀잖아요."

"그런데?"

"그러다 가끔 종적이 묘연해지고요. 적게는 한두 주일, 길게는 두세 달씩. 우리가 알다시피 슈퍼마켓은 그리 장사가 잘되는 편이 아니에요. 그런데 남자는 고급 차를 끌고 다녀요. 소문에 의하면 얼마 전에 터미널 근처에 있는 4층짜리 상가 건물을 새로 매입했대요. 소문이 사실이라면 그 돈이 대체 어디서 났는지 궁금할 수밖에 없잖아요."

"그러니까 킬러의 대가라는 거야?"

"제 생각에는 거의 99.99퍼센트예요."

"정신 차려, 인석아!"

석규는 현 순경의 코를 잡고 비틀었다.

"아파요!"

"너, 인마. 이런 얘긴 군청이나 경찰서 홈페이지에 올리지 마라. 괜히 생사람 잡는 거야."

"틈새시장이라는 게 있잖아요, 틈새시장!"

현 순경이 코를 어루만지며 볼을 씰룩거렸다.

"너, 인터넷 카페에서 이러고 노는 거냐?"

"아, 그 얘긴 하지 마요. 어제도 마플한테 엄청 당했다고요. 언제고 고것의 기를 팍 꺾어놔야 하는데."

"마플이 너보다 똑똑한가 보네. 언제 나 좀 만나게 해주라. 조수로 쓰게."

"똑똑하긴요? 오프 모임 때 만난 적이 있는데요. 걔 완전 사이코예요. 첫 오프 때였는데, 걔가 자기소개를 하면서 뭐랬는 줄 아세요? 자기 소원은 엄마가 되는 거래요. 아이와 함께 살고 싶은 집도 이미 지어놨대요."

"사이코가 아니라 극히 평범한 거잖아."

"그 집이 우리나라도 아닌 네팔이래요. 집 이름도 있어요. 댄싱 하우스. 있지도 않은 아이 이름도 이미 지어놨는데요, 네팔어로 순다레래요. 무슨 뜻인지 아세요?"

석규는 고개를 저었다.

"돼지예요, 돼지."

"우리 어렸을 적엔 개똥이도 흔했어."

"그래도 지금은 그때가 아니잖아요. 돼지가 뭐예요. 애한테 몹쓸 짓 하는 거죠. 그것만이 아니라고요. 걔 취미가 뭔 줄 아세요? 통계청에 드나드는 거예요. 이런저런 통계 자료를 외우는 게 취미예요. 하여튼 많이 이상한 애라니까요."

현 순경은 한동안 침을 튀겨가며 마플을 비난하는 데 시간을 할애했다. 그것만으로 부족했는지 마플이 올린 글을 휴대폰으로 직접 보여주기까지 했다.

"여기 이 글 좀 보세요."

현 순경은 석규의 노안을 감안해 글씨 크기를 조금 크게 조정해주었다. '영국 사람은 하루에 방귀를 15번 뀌고, 평생 꾸는 꿈은 104,390회라고 합니다.' 이런 식의 글이 아래로 길게 늘어져 있었다.

마지막 행에는 이렇게 쓰여 있었다. '104,390회는 우리가 80세까지 산다고 가정했을 때 하룻밤에 보통 3.5번의 꿈을 꾸는 것입니다. 여러분은 너무 많은 꿈을 꾼다고 생각하지 않으세요?'

"좋은 글이네. 재밌고."

"걔가 왜 밥 먹듯이 통계청에 드나드는지 아세요? 마크 트웨인이 이런 말을 했대요. '거짓말에는 세 종류가 있다. 하나는 거짓말, 또 하나는 시뻘건 거짓말 그리고 통계'. 세상에서 가장 재밌는 거짓말이 통계래요."

문득 이지아의 말이 머릿속에 떠올랐다.

"엄마는 거짓말쟁이였어요."

그리고 그녀는 이런 말도 했다.

"딸은 엄마를 닮죠. 원해서 닮기도 하고 또 원하지 않는데 닮기도 하고."

외모만 따진다면 이지아는 엄마를 쏙 빼닮았다. 그러나 그녀는 엄마와는 또 다른 삶을 살아가고 있었다.

그는 이지아에 대해 약간의 조사를 했다. 사실은 이정국에 대한 조사를 하다가 어쩌다 알게 된 내용이었다.

이지아의 부모는 죽었지만, 그리고 사실상의 재산 관리를 이정국이 맡아 했지만 그녀는 여전히 적지 않은 재산을 소유하고 있었다. 이지아는 학교에 출근하지 않는 주말에는 주로 봉사활동에 치중했다. 노인들을 위한 목욕 봉사와 빨래 봉사, 맹아들을 위한 오디오책 녹음 작업, 보육원 아이들과 노숙자, 가출 청소년을 위한 봉사활동 등에 직간접적으로 참여했다. 드러내지 않았지만 그녀가 기부하는 단체도 헤아릴 수 없이 많았다. 단순하게 비교해도 이지아는 사랑에 목맸던 송정인과는 확실히 다른 삶을 살아가고 있었다. 그런데 이지아는 왜 그런 말을 했을까? 딸은 정말로 엄마를 닮을까? 원해서 닮는 거야 어쩔 수 없지만 원하지 않는데 닮기도 하는 것일까?

"소장님, 또 해미 생각했어요?"

현 순경이 그의 팔뚝을 툭 쳤다.

"아니, 다른 거. 뭐 물었어?"

현 순경이 토라진 척 코를 벌렁거렸다.

"전에 제게 이정국이 바람둥이라고 했던 말이 생각나서요. 술자리에서 그러셨잖아요."

그랬던가? 그랬을지도 모른다. 현 순경이 인터넷 카페의 미스 마플을 껄끄럽게 생각하는 것보다 수십 배는 더 이정국을

싫어하는 것이 사실이니까. 술김에 막말을 지껄이지 않았다고
는 하지 못했다.

"그런데?"

"그 심부름꾼 여자와 이정국이 그렇고 그런 관계가 아니었
을까 하는 생각이 들어서요. 이정국이 예전부터 기린인가 뭔가
하는 큰 극단을 운영하고 있었다면서요."

그 말은 술자리에서 현 순경에게 여러 번 얘기했었다.

석규는 현 순경의 의도를 곧바로 이해했다.

"그 심부름꾼 여자가 극단 소속이고 이정국의 애인이라
면……."

석규는 이지아가 했던 말을 또렷하게 기억했다. 이시우와 자
주 극단을 들락거렸다는 것, 연극 공연을 할 때면 이정국이 따
로 자리를 만들어주었다는 것. 이지아는 사촌 오빠인 이시우를
잘 따랐고, 이시우 역시 이지아를 예뻐했다. 결과적으로 아들
의 교육을 위해 이정국은 이지아를 이용했던 것이지만, 어쨌든
이정국과 어린 이지아의 교집합이 '극단 기린'일 수 있다는 것
은 충분히 추측 가능한 얘기였다.

"애인 관계가 아니라면 동생과 관련된 일인데, 심부름을 시
키기가 쉽지 않았을 것 같아서요."

석규는 깊게 숨을 삼켰다.

결국 화살은 정해진 타깃을 향해 날아갈 수밖에 없는 것일까?

현 순경이 바람둥이 운운했을 때 그의 머릿속에는 느릿하게
이름 하나가 고개를 내밀고 있었다. 처음에는 형체를 알아볼

수 없을 정도로 흐릿했지만 지금은 무척이나 또렷하게 이름 석
자가 각인되어 있었다.

석규의 벌어진 입술 사이로 한숨인지 신음인지 모를 한 줄기
바람이 새어 나간 것은 그때였다.

김. 영. 옥.

        *

석규는 서랍 속에서 수첩을 꺼냈다. 남들은 추억으로 간직한
다지만 그는 그렇지가 못했다.

1994.

검은색 표지 위로 금빛으로 새겨진 연도가 보였다. 예전에는
햇빛이나 전등에 비치면 반짝 빛이 났다. 세월의 더께만큼 낡
았는지 이제 빛은 나지 않았다.

한 장을 넘기자 '6'이라고 쓴 볼펜 글씨가 나왔다. 그러니까
수첩은 1994년 6월의 형사 수첩이었다.

그해 6월은 몹시 더웠다.

언론에서는 요즘이 사상 최악의 더위니 폭염이니 떠들어대
고 있지만 기상청 관측 이래 우리나라에서 가장 더운 여름은
그해 여름이었다. 서울을 비롯해 전국 모든 지역에서 최고기온
을 기록했고, 7월 말과 8월 초에 찾아온 두 차례 태풍의 영향으
로 다소 수그러들긴 했으나, 7월 초순에 시작된 열대야는 8월
중순까지 무려 30여 일 동안 이어졌다. 오죽 더웠으면 식당에

가는 것이 싫어 점심식사를 아예 거른다는 말이 나왔을까.

7월과 8월보다는 다소 덜했지만 덥기는 6월 중순도 마찬가지였다. 연일 냉과류와 팥빙수의 판매가 최고치를 갈아치웠다. 사람들은 더워서 미치겠다, 더워서 죽겠다, 라는 말을 아예 입에 달고 살았다.

더위 탓에 사건 사고도 많았다. 아주 사소한 일로도 핏대를 곤두세웠고 또 주먹이 오갔다. 여러 사고가 발생했고 잡혀 온 사람들로 경찰서가 북새통을 이루던 여름이었다.

석규에게도 그해 6월은 아주 특별했다.

그 여자가 죽은 것이 그때였고, 만나기 싫은 한 녀석을 만난 것도 그때였다. 서울에서의 형사 생활을 접고 서평으로 내려가기로 결심하게 된 것도 그해 6월이었다.

석규는 수첩 내지를 한 장 넘겼다.

깨알처럼 조그마한 글씨가 빽빽하게 줄에 맞춰 적혀 있었다. 글자가 너무 작아 시커멓게만 보여서, 돋보기안경을 착용하고 나서야 글씨가 제대로 보였다.

김영옥, 그 여자의 이름이 나온 것은 수첩을 반쯤 넘기고 난 다음이었다.

그곳의 맨 위에는 '6월 17일'이라는 날짜가 적혀 있었고, 그 아래쪽에는 조그맣게 이렇게 쓰여 있었다.

김영옥…… 그놈…… 부패 경찰.

길게 한숨이 흘러나왔다.

석규는 수첩을 한 장 더 넘겼다. 내지 사이에 책갈피처럼 끼워진 사진 석 장이 나왔다. 하나는 연극 포스터를 찍은 것이었고, 다른 하나는 눈을 감은 김영옥의 얼굴이었다. 마지막 사진은 김영옥이 쓴 글씨였다.

포스터 속의 김영옥은 그리 예쁜 얼굴은 아니어도 청순한 매력이 느껴지는 얼굴이었다. 두 눈을 감고 있는 김영옥의 얼굴 사진은 죽고 난 다음에 찍은 것이었다. 글씨를 찍은 사진은 김영옥이 머물던 방 화장대 유리에 립스틱으로 쓰여 있던 그녀의 유서였다.

석규는 사진을 휴대폰 카메라로 찍었다. 일부러 각도를 달리 여러 장씩 찍은 다음 마음에 드는 한 장씩만 남기고 나머지는 지웠다.

석 장의 사진 중 글씨가 적힌 유서 사진을 제외한 두 장의 사진을 이지아에게 문자메시지로 발송했다. 짧은 질문도 적었다.

답장이 오기를 기다리며 그는 수첩을 다시 한 장 넘겼다. 글씨가 눈에 닿을 때마다 가슴 한쪽이 저릿저릿한 것이 뾰족한 가시에라도 찔린 듯 아팠다. 그래도 그는 읽는 것을 포기하지 않았다.

석규는 다시 한 장을 넘겼다.

그곳에는 한 줄의 글이 적혀 있었다. 모텔 방 309호에 남긴 김영옥의 유서였다.

오, 이 더러운 육체여. 녹아 흘러 한 방울 이슬이 되어라.[22]

이지아로부터 전화가 왔다.

"죄송해요, 제가 봉사활동 중이라서요."

"사진 봤어요? 이 선생이 그때 봤다던 여자가 그 여자 맞습니까?"

"네, 맞아요. 틀림없어요."

이지아의 대답은 차분하고 또렷했다. 이렇게 쉽게 대답해도 되는 것인가 싶을 정도로 이지아의 대답은 확신에 차 있었다.

"세월이 꽤 지났는데, 그래도 용케 알아봤군요."

"별로 어렵지 않았어요. 사진을 보는 순간 어제 일인 듯 기억이 생생해졌거든요."

어쨌든 다행이었다. 중요한 사실이 한 가지가 밝혀진 셈이었으니까.

김영옥이 심부름꾼이라면 당연히 이정국은 '해리'였다. 두 사람의 관계에 대해 누구보다 잘 알고 있는 사람이 바로 석규였다.

석규의 눈앞에 무엇인가 다시 오롯하게 떠올랐다.

박카스병.

그 모든 것이 결국 이정국의 음모였단 말인가? 그렇기를 내심 바랐지만 역시 쉽사리 믿기지는 않았다. 그러나 이제는 믿고 싶지 않아도 믿을 수밖에 없는 일이었다.

---

22 O that this too too solid flesh would melt, thaw, and resolve itself into a dew!

                           *

휴대폰 연락은 되지 않았다. 사무실로 전화했으나 그곳에서도 이정국의 행방은 모른다고 잡아뗐다. 별다른 방법이 없었다. 연락이 오면 아무개에게 연락을 달란다는 말을 남겨두고 전화를 끊었다. 그런 다음에도 시간을 두고 여러 차례 이정국에게 다시 전화했다.

이정국과 어렵사리 연락이 닿은 것은 그로부터 세 시간쯤 지난 뒤였다.

이정국은 용산에 있는 비즈니스호텔이라고 했다. 공연 기간 동안 사무실 겸 휴식 공간으로 객실 하나를 빌려 사용하고 있다고 했다.

비즈니스호텔이라고 해서 그리 크지 않은 객실을 예상했는데 비즈니스호텔치고는 꽤 큰 편이었다. 응접실과 침실은 별도의 공간으로 분리되어 있었고, 사무를 볼 수 있도록 책상과 의자 등이 응접실 한쪽에 구비되어 있었다. 책상에는 노트북 한 대와 휴대폰, 어지럽게 흩어진 서류들, 위스키병과 얼음이 채워진 온더록스 잔이 보였다.

석규는 응접실 가죽 소파에 앉아 이정국과 마주 보았다. 그가 무슨 얘기를 할 것인지는 이미 이정국도 알고 있었다. 그 말을 하지 않았으면 이정국은 그를 만나주지도 않았을 것이다.

이곳으로 오면서 어떻게 서두를 꺼낼 것인지는 이미 생각해 놓았다. 첫번째 질문은 역시 송정인과 이정수의 교집합이었다.

"정수와 그 부인 송정인 말이야, 소개시켜준 사람이 황 원장인가?"

"그건 왜 묻지?"

이정국이 새로운 온더록스 잔에 위스키를 채워 넣으며 그를 넌지시 바라보았다.

"궁금해서."

"전직 형사인 늙은 파출소장의 호기심이 발동한 건가?"

"나이가 들면서 호기심이 많아지긴 하더라고."

석규는 지지 않고 되받아쳤다.

"최 소장, 올해 퇴직하지? 그래 이후엔 뭘 할 건지 생각해봤나? 딱히 할 일 없으면 우리 회사에 와서 경비 일이나 보든지. 요즘 일자리 구하기 힘들잖아. 친구니까 배려하는 거야."

이정국이 온더록스 잔 두 개 중 하나를 그에게 밀어주고는 무릎을 포갰다.

"모처럼 친구가 배려하는 거니까, 생각해보도록 하지."

석규는 자존심이 상했지만 그런 쓸데없는 대화로 시간을 허비하고 싶지 않았다. 필요한 말만 듣고 서둘러 그 자리에서 떠나고 싶은 것이 그의 솔직한 심정이었다. 그러자면 더는 이런저런 말이 나오지 않도록 순순히 제안을 받아들이는 것이 현명한 대응이라고 생각했다. 그런데 그게 아니었던 모양이다.

"아 참, 내가 깜박했는데, 방금 전에 한 말 취소야 취소. 아무래도 자넨 안 되겠어. 지금 경비 보는 사람이 경찰서장 출신이거든. 파출소장 출신을 친구랍시며 그 자리에 앉히면 그 양반

이 섭섭할 거 아냐. 난 원칙을 중시하는 사람인데 친구라는 올
가미에 걸려 잠시 마음이 흔들렸지 뭐야. 하하."

석규는 모욕감을 느꼈다. 그 자신뿐만 아니라 경찰에 대한
모욕이기도 했다. 그러나 석규는 꾹 참았다.

"안타깝군. 친구 덕에 직장 하나 얻나 했는데."

"아니지, 벌써 실망하면 내가 곤란하지. 내가 그렇게 능력 없
는 사람처럼 보이나? 염려 마. 적당한 자리를 알아봐줄 테니까."

"내년에도 자네의 형편이 지금처럼 괜찮기를 바라야겠군. 내
가 취직하려면 말이야."

이정국이 약간 굳어진 얼굴로 실실거리며 웃었다. 그리고 어
느 순간 온화한 표정으로 돌연 바뀌었다.

"그래, 자네가 날 찾아온 용건이 뭐라고 했지? 들은 것 같은
데 생각이 안 나서 말이야."

석규는 헛기침을 한 번 하고 난 뒤 차분하게 용건을 말했다.

"18년 전에 발생한 정수네 부부의 죽음, 그 사고에 대해 몇
가지만 말해주면 돼."

"계속해, 얘길 들어야만 도움을 줘도 줄 테니까."

이정국이 온더록스 잔을 들더니 장난처럼 좌우로 흔들어댔
다. 얼음과 유리잔이 부딪치는 달그락거리는 소리가 왠지 모르
게 석규의 신경에 거슬렸다.

"18년 전 그 사건, 아무래도 난 자네의 짓인 것 같아."

"사건? 뭐, 내가 그랬다고? 그것도 동생네 부부를?"

흥. 이정국이 기가 차다는 듯 콧바람을 튕겨냈다.

"증거가 있어."

"증거 따위가 있는 게 말이 안 되잖아!"

이정국이 버럭 고함을 질렀다. 곧이어 탁, 소리가 나도록 테이블에 잔을 내려놓았다.

"정수와 송정인의 불화는 사진이 시발점이었어. 자네가 내게 보내준 석 장의 사진, 아니 서른 장쯤 되는 사진이 문제였지. 그걸 누군가 심부름꾼을 시켜 정수네 집 우편함에 넣었어. 그 것도 정수가 퇴근해 집에 들어가기 직전에. 그 사진 때문에 부부 관계는 걷잡을 수 없이 틀어졌던 거야. 심부름꾼을 시켜 사진을 정수에게 전달한 사람, 바로 자네야. 자네는 정수네 부부가 이혼하기를 원했던 거야. 그러나 그렇게 되지 않았어. 정수는 송정인과 이혼하지 않고 다시 잘해보려고 했지. 자네의 뜻대로 일이 풀리지 않자 자네는 정수와 송정인을 살해하기에 이른 거야."

"하하, 웃기는 말을 듣는군. 내가 왜? 세상 사람들이 말하듯 돈 때문에? 겨우 그것 때문에 동생을 죽였다고? 내가 아무리 돈에 환장한 놈이라고 해도 친형제를 죽이지는 않아."

"아니, 넌 그러고도 남을 놈이야. 내가 알고 있는 넌 그보다 더한 짓도 눈 하나 깜빡이지 않고 할 수 있는 놈이니까."

"이봐, 최 소장!"

이정국이 버럭 소리를 지르고는 이어서 말했다.

"최석규, 너! 지금 누구 앞에서 시건방을 떠는 거야! 친구라고 대접해줬더니 진짜 친구인 줄 알아? 너 죽고 싶어서 환장했어? 엉?"

예전의 버릇이 나오는 것인가? 그러나 예전처럼 주먹을 날릴 나이는 아니었다. 석규는 그저 피식 웃는 것으로 이정국의 악다구니를 받아넘겼다.

"그 심부름꾼을 기억하는 사람이 있어."

"그래? 그자가 누구지?"

이정국이 입안에 얼음을 넣고 우적우적 씹으며 물었다.

"이지아."

이정국이 허공을 향해 허허, 웃더니 나직한 어조로 이렇게 말했다.

"그 꼬맹이는 그때, 겨우 열한 살이었어."

열한 살. 이정국이 강조하듯 한 번 더 말했다.

"열한 살이면 충분히 누군가를 기억할 수 있는 나이지."

"좋아, 내가 쿨하게 인정해서 그거 그냥 내가 정수한테 보냈다고 해. 그렇다고 해서 내가 내 동생을 죽였다는 게 말이 돼? 내가 운전했어? 아니잖아. 최 소장, 뭔가 착각하는 모양인데 난 그렇게 잔인한 사람이 못 돼. 그건 누구보다 자네가 더 잘 알잖아. 난 병아리 한 마리 죽이지 못해서 다른 사람에게 대신 죽여달라고 부탁하는 사람이야. 그렇잖아?"

"물론 잘 알고 있지. 그 병아리는 내가 기르던 거였고, 자네 대신 그 병아리를 바닥에 내동댕이친 것도 나니까."

"사람에 따라 삑삑거리는 병아리 소리가 엄청 거슬리기도 하거든. 그러고 보면 그때 자네는 내 말에 참 고분고분했어. 지금은 껍대가리가 없어져서 짜증이 날 정도지만."

"이정국, 헛소리는 이제 그만해."

"자네야말로 그래야 할 거야. 봐주는 것도 한계가 있으니까. 누구 앞에 있는지, 무슨 말을 하는지 잘 생각하는 게 좋아."

"그 말은 내가 해야 할 것 같은데. 이정국, 너도 기억하고 있을 거야. 박카스병! 그날 차 안에 있던 박카스병."

"지금…… 뭐라고 했지?"

이정국이 처음으로 당황하는 낯빛을 보였다. 눈동자가 흔들리고 있었다.

"박카스병. 설마 그걸 모른다고 발뺌하진 않겠지?"

"흥, 난데없이 박카스병은 뭐야? 난 그런 거 몰라!"

이정국은 뻔뻔하게 시치미를 뗐다.

"박카스병에 장난질을 한 사람이 바로 너야. 그걸 너만 빼고 모두 마셨어. 정수의 차가 속도를 줄이지 못하고, 브레이크도 밟지 못하고 벼랑을 날아 저수지에 곤두박질친 건 다 네놈의 수작 때문이었던 거야."

"최 소장, 내가 그토록 미웠나? 그래서 날 모욕하고 싶었어? 박카스병은 뭐고 심부름꾼 여자는 또 뭐야? 지아 그 애는 대체 무슨 소리를 지껄인 거야? 걔가 기억하고 있다는 사람이 누군데 그래? 난 자네가 무슨 소리를 하는 건지 도통 모르겠어."

이제 이정국의 얼굴에는 당황한 기색이라고는 전혀 없었다. 어느새 그의 번지르르한 입가에는 미소가 매달려 있었다.

실체를 증명할 수 없는 증거물의 한계였다. 박카스병을 눈앞에 드러내지 않는 한 이정국에게는 그 어떤 말도 먹히지 않을 것이 분명했다.

그렇다고 석규가 포기한 것은 아니었다.

"이지아는 그 여자, 자네 심부름꾼의 정체를 정확히 알고 있었어. 그 여자는 바로……."

하하하. 이정국의 웃음이 터진 것은 그때였다. 이정국은 무엇이 그리 재밌는지 목까지 뒤로 젖히고는 키득거리며 웃었다. 왠지 모르게 기분 나쁜 웃음이었다.

석규는 그의 웃음이 그치기를 잠자코 기다렸다. 웃음이 그친 뒤 곧바로 반박할 생각이었다. 그러나 석규보다 이정국이 한발 더 빨랐다.

"하하, 자네 말이야. 내가 생각했던 것보다 훨씬 더 유능한 형사였던 것 같아. 우리 최근에 그래도 제법 많이 친해졌는데 좀 아쉽게 됐어. 하긴 최근에 우정을 쌓았다고 해도 그게 쌓이면 또 얼마나 쌓였겠어? 그래 봤자 옛정과 비교하면 어림도 없는 일이겠지. 그 지겨운 옛정을 끊는 기념으로 내가 옛날 얘기 하나 해줄까?"

뜬금없이 옛날 얘기라니? 석규는 당혹스러웠다.

"지금부터 하는 얘기, 아주 잘 들어야 할 거야."

이렇게 말머리를 꺼내놓고 이정국은 테이블 아래쪽에서 담배와 라이터 그리고 재떨이를 끄집어냈다. 희끄무레한 담배 연기가 너울너울 허공으로 번져갈 즈음 그의 입이 다시 열렸다.

"자네가 말한 그 심부름꾼 말이야. 정수네 우편함에 그 사진을 넣어둔 날짜가 언제인지 혹 알고 있나?"

석규는 정확한 날짜를 모르고 있었다. 대답 대신 온더록스 잔을 집어 들어 한 모금 삼켰다.

"날짜를 모르더라도 당황할 필요는 없어. 왜냐하면 자네가 알고 있는 그 날짜에 정수는 서울이 아닌 제주도에 있었으니까."

이건 또 무슨 엉뚱한 소리인가? 갑자기 불안감이 엄습했다. 왠지 모르게 느낌이 불길했다.

"정수가 날 찾아와서 이렇게 말하더군. 제주도에서 열린 경제인 관련 세미나에 참석하고 돌아왔는데 우편함에 누런 봉투 하나가 있었다고. 그 봉투에는 아주 불온한 사진들이 들어 있었다고. 그 세미나는 사흘간의 일정이었어. 인터넷으로 신문사의 DB를 뒤져보면 그리 어렵지 않게 날짜 정도는 확인할 수 있겠지. 정부에서 주도한 회의였으니 참석 인사도 얼마든지 확인할 수 있을 테고."

이정국이 호흡을 가다듬듯 잠시 말을 멈추고는 무거운 몸을 소파 등받이에 기댔다. 그 와중에도 이정국의 한쪽 입꼬리는 쉬지 않고 실룩실룩 움직이고 있었다. 불안감이 더욱 짙어진 석규는 자기도 모르게 마른침을 꿀꺽 삼켰다.

"최 소장, 정수가 제주도에 있었던 날짜가 언제인지 모르지? 내가 가르쳐줄까?"

이정국이 선심 쓴다는 듯 이어서 말했다.

"6월 15일 오전부터 17일 오후까지야. 17일 오후 6시쯤에

비행기로 서울에 올라왔고, 회사에 들렀다가 퇴근해서 집에 도착한 시각이 밤 9시쯤."

"그런데?"

"아직 눈치채지 못한 건가? 이거 귀찮지만 아둔한 옛 친구를 위해 좀더 설명을 해줘야겠군. 최 소장, 자네가 말한 사진이 든 봉투 말이야, 그게 정수네 집 우편함에 들어간 게 언젠 줄 알아? 15일이었어, 6월 15일, 밤 8시 30분쯤."

석규는 고개가 비스듬하게 기울어졌다. 앞뒤가 맞지 않았다.

"그게 사실이야?"

"내 말이 거짓인지 아닌지는 자네가 충분히 확인할 수 있을 거야. 안 그래?"

이정국이 비아냥거리듯이 말하고는 온더록스 잔의 얼음을 입에 넣고 와작와작 깨물었다.

6월 15일 밤에 봉투가 우편함에 들어갔는데, 그날 밤 정수는 집에 가지 않았다. 세미나 관계로 그는 제주도에 머물고 있었다. 이틀 후 그는 밤늦게야 집에 도착했다. 그 시각이 밤 9시. 그리고 우편함에 든 봉투를 발견했다.

이정국이 흐흐, 하고 웃으며 말했다.

"참고 삼아 말하는데 난 정수가 제주도에 간 사실을 까맣게 모르고 있었어. 그리고 그 여자가 하필이면 오늘 죽을 줄도 몰랐고."

"오늘?"

"18년 전 오늘이지."

석규가 말도 안 되는 또 다른 사실을 깨달은 것은 바로 그 순간이었다. 석규는 벌떡 소파에서 일어났다. 주먹이 바들바들 떨렸다.

그러고 보니 김영옥이 죽은 날, 바로 오늘이었다.

그녀의 사망 시각은 6월 17일 낮 2시 무렵이었다. 그러니까 이정수가 집에 오기 전에 이미 심부름꾼은 이 세상 사람이 아니었던 것이다.

"이제 뭔가 깨달았나 보군."

이정국이 능글맞게 웃으며 그를 쳐다보았다.

"대체 어떻게 된 일이지?"

"깨달은 줄 알았더니 아직 깨닫지 못했군. 생각했던 것보다 똑똑하지가 못한걸."

이정국이 다시 비아냥거리고는 손목시계를 보았다.

"이거 어쩌나, 난 좀더 말 상대를 해주고 싶은데 이제 파티에 참석할 시간이라서 말이야."

자기는 할 말 다 했다는 의미였다. 그러니 생각은 알아서 하고 그만 방에서 나가달라는 요구였다.

석규도 그 정도면 충분하다고 생각했다. 어쨌든 그도 어제보다 꽤 많이 진실에 가까워진 것이 사실이었으니까. 가슴 한쪽에는 정체를 알 수 없는 불안감이 여전히 똬리를 틀고 있었지만 석규는 불안감의 정체와 대면하기 싫은 사람처럼 서둘러 객실에서 빠져나왔다.

그러나 방을 나가기 직전 이정국의 목소리가 그의 뒷덜미를 낚아챘다. 왠지 모르지만 석규는 그때 선득한 한기를 느꼈다.

"아직, 얘기가 남았어."

석규는 억지로 상체를 돌렸다.

이정국이 손에 잡은 술잔을 빙글빙글 돌리면서 뒷말을 이었다.

"자네에게 일자리를 알아봐준다고 했잖아? 생각해보니까, 아무래도 취소해야 할 것 같아. 하마터면 내가 큰 실수를 할 뻔했지 뭐야."

또 어떤 말로 비위를 긁으려는 것일까.

"최 소장 자네한테 경비 자리를 맡기는 건 고양이에게 생선을 맡기는 꼴이잖아. 안 그래, 양아치 형사?"

석규는 불안감의 정체를 비로소 깨달았다. 석규는 오물통을 뒤집어쓴 것 같은 기분이었다. 지독한 수치심으로 얼굴이 화끈거렸다.

"그게 자네의 본모습이잖아. 자네가 부패 경찰이라는 걸 내가 깜박 잊고 있었지 뭐야. 하하."

이정국, 이 여우 같은 놈! 모르는 줄 알았는데, 사실은 모든 걸 다 알고 있었어.

"먹고살아야 한다고 해서 기껏 소작을 줬더니 농사가 잘 안 됐다며 소작료를 깎아달라고 하지. 별 수작을 다 부려. 그 애비에 그 아들놈 아니겠어. 기껏 친구가 돼줬더니 옛 주인의 목을 물려고 해. 아주 건방진 놈이야."

석규는 어금니를 으드득 깨물었다. 까마득한 옛날 언제인가처럼 주먹에 불끈 힘이 들어갔다. 가슴속 어디에선가 분노가 끓어올랐다. 마음 같아서는 그 옛날처럼 냅다 주먹을 날리고 싶었다. 녀석의 주둥아리를 맘껏 뭉개버리고 싶었다.

그러나 세월이 문제였다. 나이가 문제였다. 예전에는 무엇이든 한 박자 빠른 것이 문제였는데 지금은 무엇이든 한 박자 늦는 것이 문제였다.

석규는 그 어떤 말도 어떤 행동도 없이 우두커니 서 있기만 했다. 지금 그가 할 수 있는 최선의 공격과 방어는 고작 그 정도가 전부였다.

*

1994년 6월 17일, 김영옥이 죽었다.

여자는 침대 시트를 찢고 꼬아서 밧줄을 만들었고, 그걸로 자신의 목을 맸다. 한쪽은 올가미였고 다른 한쪽은 침대 다리에 단단하게 고정되어 있었다. 한눈에 봐도 여자의 죽음은 명백하게 자살이었다.

여자가 죽은 곳은 모텔이었다. 여자는 그곳 모텔 방의 장기 투숙 손님이었다. 여러 정황상 그녀의 자살은 이미 계획된 것으로 보였다. 처음 그 방에 들어갔을 때 석규가 본 것은 화장대에 놓여 있던 뚜껑이 열린 붉은색 립스틱이었다.

여자의 이름은 김영옥.

샅샅이 찾아봤지만 모텔 방에서도 여자의 몸에서도 유서는 발견되지 않았다. 그녀가 남긴 유서 비슷한 것은 화장대 거울에 남긴 한 줄의 립스틱 글씨가 전부였다.

　　오, 이 더러운 육체여. 녹아 흘러 한 방울 이슬이 되어라.

　모텔의 주인 여자에게 혹시 이런 말을 여자가 한 적이 있는지를 물었다. 주인 여자가 고개를 젓다가 문득 멈추고는 오히려 반문했다.
　"그게 무슨 뜻인데요?"
　주인 여자에 따르면 죽은 여자는 연극배우라고 했다. 그 말을 듣고 나니 여자의 유서가 어느 연극 대사의 일부분일지도 모른다는 생각이 퍼뜩 들었다.
　주인 여자는 예순쯤 되는 여자였다. 이런 경우 보통은 욕부터 늘어놓는 것이 주인들의 보편적인 반응일 텐데 주인 여자는 전혀 그렇지가 않았다. 조금 의외라서 넌지시 그 이유를 물었다.
　"여기서 오래 살았어요. 한 5년 살았을걸. 난 내 자식놈 빼놓고 그렇게 오래 얼굴 본 사람은 309호가 처음이에요."
　그간 정이라도 들었던 것일까?
　"여자가 죽기 전에 만난 사람은요?"
　"있죠, 사내놈. 밤낮으로 뻔질나게 드나들었어요."
　"남편은 아니고요?"
　"에이, 아니지. 남편인데 부인을 이런 데 처박아두겠어요?"
　"장기 투숙이면 방값도 만만찮을 텐데, 그 사내가 낸 겁니까?"

"보통 두 달 치를 한꺼번에 계산했어요. 하고 다니는 꼬락서니를 보면 돈은 아쉬울 게 없는 사람처럼 보였고."

"그 뻔질나게 오는 사내놈에 대해 아는 걸 전부 말해보세요."

"글쎄, 별로 없는데…… 얼굴만 알지 다른 건 전혀."

"나이는요? 대충이라도."

"그쪽 형사님이랑 엇비슷할 것 같은데."

"옷차림은요?"

"그쪽 형사님이랑은 완전 다르지. 아까도 말했지만 꼬락서니는 아주 좋았거든. 항상 정장 차림이었고, 한눈에 보기에도 고급이었으니까."

"물론 구두도 시계도 고급이었을 테고요?"

"그건 못 봤고. 뭐가 그리 바쁜지 카운터 앞을 지날 때면 바람처럼 획획 지나치곤 했어. 덩치가 곰인데도 그렇게 빨리 움직이는 걸 보면 매번 신기하다는 생각이 들었으니까."

"그 곰, 한번 오면 얼마나 있다 갔어요?"

"두세 시간 정도. 내 기억엔 밤에 자고 간 적은 없고."

"오늘은 남자가 언제쯤 왔고 또 언제 갔죠?"

"여자가 죽기 두 시간 전쯤에 왔고, 여자가 죽기 얼마 전쯤에 갔지 싶어."

"얼마쯤이 정확히 몇 분쯤인데요?"

"한 10분쯤?"

"여자가 죽은 건 언제 어떻게 알았어요?"

"앞집 모텔 사장이 허겁지겁 뛰어들어와서 알려주더라고. 깜짝 놀라 나가봤더니 309호야. 309호로 뛰어올라가서 앞집 모텔 사장하고 같이 끌어올렸어. 이미 죽어 있더라고."

"밖에 구경꾼들이 많던가요?"

"별로. 이 동네는 다 모텔이잖아. 낮에는 사람들이 그리 많이 다니지 않아. 한눈에도 모텔 사람들밖에 안 보이더라고. 모르지 일반 사람들도 섞여 있었는지. 워낙 정신이 없어놔서리."

그러고 보면 주인 여자는 처음에 그에게 깍듯하게 존칭을 사용했다. 그런데 지금은 완전히 하대하고 있었다. 그만큼 그녀가 노회하다는 증거였다.

"여자가 연극배우라고 했잖아요? 어디 극단 소속인지 아세요?"

"대학로 어디쯤이라고 하던데? 매일 출근하더라고."

대학로는 모텔에서 도보로 10분 거리였다.

"여자에게 그 곰 같은 남자에 대해 물어본 적 있나요?"

"아니, 장기투숙자라도 손님은 손님이야. 먼저 말하지 않으면 묻지 않아."

"오늘 그 남자가 왔을 때 특이사항은 없었고요? 가령 심하게 말다툼을 한다거나 주먹다짐을 한다거나."

"목소리가 높아지긴 했지. 309호가 그렇게 앙칼지게 소리치는 건 처음이었어."

아무리 방음시설이 좋지 않다고 해도 3층 소리가 1층 카운터까지 들릴 리 없었다. 이 말은 곧 주인 여자가 309호를 염탐

하고 있었다는 의미였다. 아니면 어딘가에 도청장치라도 해놨거나. 석규는 모른 척 다음 질문으로 넘어갔다.

"뭐라고 했는데요?"

"그걸 일일이 어떻게 다 말해?"

"대충 말해보세요."

"남자가 강제로 309호의 옷을 벗기려고 했어. 여자는 계속해서 반항하며 거부했고. 남자가 좀 능글맞더라고. 사랑한다고 조잘거리면서 별의별 간사한 말을 다 하더라고."

"그래서요?"

"309호가 울었어. 당신은 날 사랑하지 않는 거다, 당신은 내 몸만 원할 뿐이다, 내가 당신한테 받은 건 꼴랑 정액뿐이다, 뭐 이런 얘길 악에 받쳐 소리치더라고."

"그게 끝이에요?"

"그건 아니지. 309호가 다른 말도 하긴 했어."

"무슨 말이죠?"

"팬티 벗기면 죽어버릴 거라고."

"죽어요?"

"난 그 소리가 정말 끔찍하게 들렸는데 그 곰은 안 그랬나 봐. 하긴 그 짓만 하고 나면 모든 게 원래대로 돌아간다고 착각하는 치들이 있긴 하지. 그 곰 결국 자기 하고 싶은 대로 욕심을 채우더군."

자기 하고 싶은 대로 멋대로 한 사람은 여자 쪽도 마찬가지였다. 그녀는 죽어버릴 것이라고 했고 진짜로 그렇게 했다.

"그런데요, 평소에도 손님방을 엿듣는 건 아니겠죠?"

주인 여자가 남자처럼 호호거리며 웃더니 가만히 손사래를 쳤다.

"처음이에요. 절대 안 그래요."

뜬금없는 존댓말에 석규는 어이가 없어 피식 웃고 말았다.

"그 남자 말고 또 찾아온 사람은 없었습니까? 꼭 그날이 아니더라도 그 전날이거나 전전날에요."

다시 질문이 이어졌다.

"웬 여자가 왔다 가긴 했어. 아침나절에."

"여자가요?"

"선글라스를 쓰고 있더라고. 향수 냄새도 진하고 가방도……
그런 걸 토트백이라고 부르는 것 같던데, 암튼 비싸 보이더라고. 옷도 멋졌고. 노란색이랑 분홍색이 섞인 원피스를 입고 있었어. 그런 여자가 309호를 찾더라고. 309호의 이름도 정확히 알고 있었고."

"누구냐고 물어봤습니까?"

"아니, 눈치가 빤한데 뭐하러 그런 걸 물어. 묻는다고 선뜻 대답을 해줄 리도 없는데."

주인 여자가 답답한 소리 말라는 듯 가볍게 핀잔을 주었다.

"그 여자가 곰 같은 남자의 부인이라는 말씀인 거죠?"

"그럼, 그 선글라스가 애인이겠어? 뻔한 얘기잖아."

"그다음도 뻔했겠군요."

"그다음이 뻔하다고? 왜?"

주인 여자가 느물거리며 웃었다.

"그렇잖아요. 부인이 와서 한바탕 난장을 치고 그다음에 곰 같은 사내놈이 와서 제 욕심을 채우고, 결국 309호 여자는 수 치심과 분노에 자살하고 말았다, 그거잖아요."

"아니, 틀렸어. 그 선글라스, 점잖은 여자였어. 나도 그럴 거 라고 예상해서 뒤를 쫓아 올라갔는데, 사실 여차하면 뜯어말리 려고. 그런데 예상과는 달리 조용하더라고. 소리가 작아서 잘 듣진 못했는데, 309호는 울고 선글라스는 309호를 위로하고 그러는 것 같더라고."

"뭐라고 위로를 했는데요?"

"얼핏 들은 말로는 선글라스가 309호한테 다 잊고 새롭게 시작하라고 말하라는 것 같았어."

머리채를 잡기는커녕 둘이서 조곤조곤 얘기를 나누었다고? 남편의 정부에게 새 출발을 하라고 용기를 북돋아주었다고? 조금 의외였다. 모텔의 주인 여자도 그 의외성에 신선한 충격 을 받은 것 같았다. 혼잣말처럼 같은 말을 반복했다. 선글라스 여자에 대한 존경이거나 칭찬의 말이었다. 갑자기 비위가 뒤집 혔다.

"전 아닌 것 같은데요. 그 선글라스 여자, 잘못한 겁니다."

"대체 왜?"

주인 여자가 시큰둥한 어조로 반문했다.

"결국 309호가 죽었잖아요."

무슨 요상한 헛소리를 지껄이느냐는 듯 주인 여자가 뜨악한 눈초리로 석규를 보았다.

석규는 선글라스 여자의 행동이 정상이든 비정상이든 그것은 판단하고 싶지 않았다. 하지만 불만스러운 것은 사실이었다. 겉보기에 점잖게 보였을지 몰라도 결코 현명한 행동은 아니었다고 생각했다.

선글라스가 여느 여자들처럼 고함을 지르고 욕설을 퍼붓고 머리채를 잡아 뜯고, 물건을 마구 부수며 흉악을 떨었더라면 어땠을까? 과연 309호 여자가 죽을 결심까지 하게 됐을까? 억울해서라도 죽을 생각 따위 하지 않았을지도 모른다.

309호, 김영옥의 모텔 방에 뻔질나게 드나들었다는 곰 같은 사내에게도 불만이 있기는 마찬가지였다. 그날 하루만이라도 그자가 자기 욕심을 채울 생각을 포기했다면, 만일 그랬다면 김영옥은 죽지 않았을지도 모른다.

석규의 입장에서 선글라스와 곰은 똑같은 족속이었다. 김영옥의 죽음에 두 사람은 더도 덜도 아니고 똑같이 책임이 있었다.

"309호, 그렇게 안 봤는데 참 독한 여자였어. 하긴 여자가 독해지는 건 자식 아니면 남자 때문이긴 하지."

이제 석규에게는 한 가지 질문만이 남아 있었다. 사실 이 질문이 그에게는 가장 중요했다.

"그 곰 말입니다, 직장이 어딘지 알고 계세요?"

"309호가 정확하게 말한 건 아닌데 내 생각엔 여자가 다니는 극단의 사장 같아."

석규는 마지막으로 남자의 인상착의에 대해 질문했다. 물론 주인 여자는 알고 있는 것이 거의 없다는 식으로 이미 말했다. 하지만 사람의 기억력은 상황에 따라 다르게 반응한다. 처음에는 몰랐어도 자꾸 그 사람에 대해 얘기하다 보면 새삼 여러 가지를 알고 있었다는 것을 깨닫게 되는 것이다. 주인 여자도 마찬가지였다.

"키는 175 정도? 얼굴은 동그랗고, 눈썹이 아주 짙어. 턱수염을 길게 길렀어. 금테 안경에 금색 손목시계. 나비넥타이였고 양복은 주로 세로 줄이 있는 짙은 남색이었던 것 같아."

주인 여자의 말을 석규는 꼼꼼하게 수첩에 적었다.

그가 수첩을 덮었을 때 주인 여자가 아! 하고 짧게 외치더니 이렇게 덧붙였다.

"그 곰, 이씨였어. 선글라스랑 309호가 얘기할 때 이 사장님 어쩌고저쩌고하는 걸 들었거든."

석규는 다시 수첩을 펼쳐 '이 사장'이라고 적었다.

"더는 해주실 말씀 없고요?"

인사치레 삼아 마지막으로 물었다.

"언젠가 309호가 이런 말을 했어. 아주 오래된 관계라고. 하긴 우리 모텔에서만 5년이니까. 그전부터 그랬을 테니까, 꽤 오래되긴 했겠지."

석규는 그 말도 수첩에 적었다.

"고맙습니다. 이곳에 다시 올 일은 없을 것 같지만 전화는 할지도 몰라요."

"알았어요. 더운데 고생하시고요."

돌아간다니까 주인 여자의 말투가 다시 바뀌었다.

　모텔의 주인 여자가 기억하는 곰 같은 덩치를 가진 극단의
'이 사장'을 대학로에서 찾는 건 그다지 어렵지 않았다.
　석규는 극단 '기린'을 찾아갔다. 꽤 넓은 4층짜리 건물에 '공
연예술센터'라는 큼지막한 흰 글씨가 붉은 외벽에 붙어 있었
다. 건물 안으로 들어가자 수없이 많은 연극 포스터들이 눈에
띄었다.
　석규는 수첩에 끼워두었던 두 개의 사진을 꺼냈다. 눈을 감
고 있는 김영옥의 사진과 립스틱으로 거울에 남긴 유서. 그중
눈을 감고 있는 사진을 들고 포스터를 둘러보며 김영옥의 얼굴
을 찾았다. 그러나 찾지 못했다.
　"여기 사장님이 이씨라고 들었는데, 맞습니까?"
　그는 안내데스크로 가서 직원에게 사장의 이름을 물었다.
　"네, 카메론 리예요."
　"뭐라고요? 여기 사장님이 외국 사람인 겁니까?"
　"아니요, 본명이 아니고 예명이세요."
　"사장님이 여기 건물 주인이고요?"
　"네."
　별걸 다 묻는다는 듯 여자가 살짝 눈을 흘겼지만 석규는 아
랑곳하지 않았다. 예명이든 본명이든 석규로서는 어차피 상관
할 바가 아니었다. 여자의 대답은 그를 흡족하게 했다.
　다음 날 석규는 선배 형사를 대동하고 카메론의 사무실을 급

습했다.

마침 카메론은 사장실에 있었다. 예상하지 못했던 것은 카메론의 덩치였다. 모텔 주인 여자는 곰이라고 했지만 이렇게 뚱뚱한 곰일 줄은 몰랐다. 카메론의 덩치는 그의 예상보다 훨씬 더 컸다. 물론 덩치의 대부분은 비곗살이었다. 살로 뒤덮인 몸은 솔직히 약간 역겹기까지 했다. 카메론은 자기 몸보다도 훨씬 큰 가죽 의자에 몸을 파묻듯이 앉아 있었다. 가죽 의자와 마호가니 책상은 주문 제작했을 것이라고 짐작했다.

덩칫값을 하는지 몰라도 불현듯 형사가 들이닥쳤는데도 카메론은 전혀 긴장하거나 놀란 기색이 아니었다.

석규는 신분증을 보여주지 않았다. 처음부터 그럴 생각이 아예 없었다. 경찰이라고 밝히고 나서 '사건 조사차' 찾아왔노라고 말했다. 방문 전에 연락해 약속을 정하지 못한 것에 대해 사과와 양해를 구하기도 했다. 그런 다음 곧바로 본론으로 들어갔다.

"김영옥 씨, 죽었다는 거 아십니까?"

"죽어요? 왜요? 죽은 이유가 뭐요?"

느리지만 카메론은 차분하게 반응했다. 말투와 억양에서 힘이 느껴지기도 했다. 매사에 자신감이 있는 사내라는 의미였다. 어쩌면 경찰 나부랭이에게는 막 대해도 된다고 생각하는 자인지도 모르지만.

석규는 즉시 대답하지 않고 남자의 책상에 있는 명패에 시선을 떨어뜨렸다.

카메론 리. 그 밑에는 영어로 적혀 있었다. Cameron Lee. 이것이 예명이라는 건가? 본명은 뭐지? 물어볼까 하다가 그만두었다. 쓸데없는 질문으로 시간을 낭비하고 싶지 않았다. 그가 이 덩치를 만나러 온 목적은 오로지 한 가지뿐이었다. 그는 뜯어낼 수 있는 한 최대로 많이 뜯어낼 작정이었다. 한 번으로 안 되면 두 번, 그것도 안 되면 세 번, 네 번 계속해서 사내를 만날 작정이었다. 암에 걸린 아내의 병원비는 처음부터 형사의 월급만으로는 가당치 않았다. 그걸 알았더라면 아예 치료를 포기했을까? 아니, 그렇지는 않았을 것이다.

아내는 수술이 불가능하다고 했다. 그래서 수술이 아닌 약물치료를 선택했다.

의사는 7차에 걸쳐 입원 치료를 받는 것으로 계획을 세웠다. 입원하면 보통 1주일을 병원에서 보냈다. 각종 검사는 물론 닷새 동안 밤색 비닐로 감싼 항암제를 투여했다. 6차 입원 때부터는 방사선 치료도 병행되었다. 그때는 몸이 너무 약해진 상태라 퇴원은 생각지도 못하고 아예 꼼짝 않고 입원해 있어야 했다.

아내는 견디기 힘들어했다. 치료를 받는 것인데도 아내의 몸은 점점 형편없이 망가지기만 했다. 나중에는 뼈만 앙상하게 보일 정도였다. 음식은 입에 대지도 못했고 수시로 구토만 해댔다. 저러다가 행여 잘못되기라도 하는 것이 아닐까 하는 생각에 밤잠을 설칠 때도 많았다.

아내의 치료는 그러나 그것으로 끝이 아니었다.

아내는 집에서 요양 아닌 요양을 하며 지내다가 병세가 악화되거나 몸이 안 좋다 싶으면 다시 병원에 입원해야 했다. 그래봤자 마약 성분의 진통제를 맞거나 복용하는 것이 치료의 전부였다.

하루는 의사가 그를 부르더니 더는 가망이 없으니 치료를 포기하겠다고 했다. 그것이 환자의 여생을 위한 하나의 치료라며 그를 설득했다. 그동안 온갖 고생을 다 하며 치료를 받았는데 이제 안 된다며 치료를 포기하겠다니? 이게 무슨 개떡 같은 경우냐며 의사의 멱살을 움켜쥐고 고래고래 소리를 질러댔다.

"너희들한테 쏟아부은 돈이 얼만데? 내가 그 돈을 마련하려고 무슨 짓을 했는데? 이 개새끼들아, 너희들이 그걸 알아?"

병원의 보안요원이 달려와 그를 개처럼 끌고 나갔다.

그렇게 한바탕 소란을 피우고 나서야 아내는 병원에서 퇴원했다. 이후로 그 병원에서는 입원은커녕 외래조차 받아주지 않았다.

그래도 아내는 꿋꿋하게 5년을 넘어 10년 가까이 버텼다. 새로 옮긴 병원의 의사 덕분은 아니었다. 그저 아내는 스스로 견뎌냈을 뿐이다.

사실 아내는 언제 죽어도 전혀 이상할 것이 없는 사람이었다. 거기까지 오는 동안 전세금을 빼는 것만으로는 어림도 없었다. 그는 할 수 있는 방법을 모두 동원해야 했다. 아는 사람들에게 손을 벌렸고, 그것만으로는 모자라 사채를 쓰기도 했다. 사채조차 버거워졌을 때 그가 선택할 수 있는 길은 오직 한 가지뿐이었다.

결국 석규는 부패 경찰관이 되었다. 아내도 힘들었지만 그도 그만큼 힘든 시절이었다.

그래도 그는 스스로 위안할 수 있었다.

"아내 때문이야. 아내를 사랑하니까, 아내를 살려야 하니까."

그는 닥치는 대로 돈을 받았다. 뒤탈이 있든 없든 따지지 않고 마구잡이로 돈을 챙겼다. 그의 사정을 아는 동료 형사들도 정도가 지나치다 싶었는지 어느 때부터인가 슬금슬금 그를 피하기 시작했다.

카메론 리.

이 돼지 같은 놈은 그의 좋은 먹잇감이었다. 그가 보기에 이런 놈은 악질 중 악질이었고, 얼마든지 뜯어먹어도 좋은 놈이었다. 어쨌거나 김영옥이 죽은 것에 책임이 많은 놈이었다.

"침대 시트로 밧줄을 만들어서 목에 걸었습니다."

석규는 카메론에게 김영옥의 죽음에 대해 친절하게 설명해주었다.

"뇌의 혈액순환을 차단하는 데는 머리 자체의 무게인 약 4.5킬로그램만으로도 충분하죠. 기도 폐쇄는 약 15킬로그램의 무게면 가능하고요. 죽은 여자의 얼굴은 피가 몰린 탓에 울혈이 심했고, 안검결막과 일혈점(溢血點)도 보였습니다."

일종의 고객 서비스였다. 고객이 원한다면 그는 검시관보다 더 자세히 설명해줄 수도 있었다. 그러나 카메론은 그의 친절을 그리 달가워하지 않았다. 오히려 짜증스럽다는 반응이었다.

"그래서요? 그 일이 나와 무슨 상관이라도 있단 말이오?"

카메론은 결코 만만한 상대가 아니었다. 오히려 그는 세게 나왔다. 호의를 호의로 인식하지 못했던 것이다. 그래 봤자 소용없었다. 그럴수록 합의금만 커질 뿐이었으니까.

"그 여자, 사장님 애인이더군요."

일단 잽을 던져놓고 카메론의 눈치를 살폈다. 현명한 작자라면 이쯤에서 꼬리를 내린다. 그러나 그러면 재미가 별로 없다. 합의금이 더 커질 수 없으니까. 그는 사내의 사무실을 급습하기 전 선배에게 단단히 일러두었다. 선배, 내가 다 알아서 할테니까, 기분 더럽더라도 귀 막고 참아줘. 선배는 귀를 막지는 않았지만 뒤돌아서서 창밖을 응시하고 있었다.

"흥, 당신들 사람을 잘못 봤어."

카메론은 무례한 형사 나부랭이들의 시답잖은 짓거리에는 이미 이골이 났다는 태도였다. 수화기를 집어 들더니 전화기의 숫자 버튼을 꾹꾹 눌렀다. 모텔 주인 여자의 말처럼 곰 같은 게 행동은 재빨랐다.

스피커를 통해 전화기 저편 여자의 목소리를 똑똑히 들을 수 있었다. 그리고 그제야 석규는 득달같이 달려들어 전화기의 후크 스위치를 눌렀다. 카메론이 어떤 효과를 노린 것이라면 사실 그 정도만으로도 충분했다. 짧았지만 전화기 저편의 여자가 무슨 말을 했는지 그 방에 있는 모두는 분명하게 들었다. 부장 검사실. 이름은 기억나지 않지만 여자는 분명 그렇게 말했다.

"이거 왜 이러십니까?"

석규는 다시 한 번 후크 스위치를 눌렀다가 떼고는 능청스럽게 뒷말을 이었다.

"일부러 귀찮게 해드리려는 게 아니고 그저 일일 뿐입니다. 저희로서도 어쩔 수 없는 건데, 사장님 같은 분이 그쯤 이해하지 못하고 이러시면 대체 저희 같은 놈들은 어떻게 임무 수행을 하라는 겁니까?"

선배 형사가 석규를 슬며시 보았다가 이내 고개를 돌려 외면했다. 비굴한 태도의 그를 보는 게 역겨웠을 것이다. 카메론의 입가에 조소가 떠올랐다.

"암튼 사장님은 그날 그 모텔에 들렀습니다. 사장님과 헤어진 직후 여자는 목에 올가미를 걸고 창밖으로 몸을 던졌고요. 여자가 대체 왜 그랬을까요? 우리는 그 이유를 알고 싶은 겁니다. 보고서를 작성하려면 우리도 어쩔 수 없는 일이죠. 보고서를 써야 사건도 매듭지을 수 있는 것이고요."

"그거 자살이잖소. 그 여자가 자살한 이유를 내가 어찌 압니까?"

"목을 맨 건 사실이지만 자살인지 타살인지는 아직 모릅니다. 자살을 가장한 교묘한 타살일 수도 있으니까요."

당연히 사실이 아니었다. 여러 정황증거만으로도 자살일 가능성은 거의 100퍼센트였다. 그러나 아직은 사건에 대해 그 어떤 결론도 내려지지 않은 상태였다. 그러니까 아직은 자살인지 타살인지 모른다는 의미와도 같았다.

카메론이 민감하게 반응했다.

"그 말은 타살일 가능성도 있다는 거요?"

"문제는 그날 사장님이 그 모텔에서 나간 시각입니다. 좀 애매하거든요."

"지금 날 의심하는 거요? 이 사람들이 정말!"

카메론이 손바닥으로 책상을 내리쳤다. 단단히 화가 났는지 얼굴이 붉으락푸르락했다. 그러나 그것도 잠시 그의 표정은 언제 그랬냐는 듯 금세 차분하게 바뀌었다.

"당신들이 원하는 게 뭐요?"

카메론이 조롱하듯이 물었다. 석규는 그 정도면 충분했다. 신호가 들어왔을 때 그것을 낚아채는 것도 요령이었다. 석규는 즉시 반응했다.

"약간의 성의 표시면 됩니다. 섭섭하지 않을 정도로만."

"그래, 그거겠지."

카메론이 의자를 빙글 돌렸다. 의자가 워낙 커서 알지 못했는데, 거기에는 금고 하나가 벽에 박혀 있었다.

약간의 시간이 지나고 석규는 종이 가방 두 개를 손에 들고 카메론의 사무실에서 나왔다. 선배 형사에게 하나를 건넸으나 그는 한사코 사양했다.

카메론 리, 아니 이정국이라는 이름이 떠오른 건 엘리베이터 앞에 섰을 때였다. 그가 기억하고 있던 이정국의 얼굴과 덩치하고는 완전히 달랐지만 어쨌거나 그는 이정국이었다. 어렸을 적부터 온갖 기름진 음식만 처먹는데도 키가 작고 비루먹은 망아지처럼 늘 비쩍 말라 있던 녀석! 그런데 어떻게 저렇게 변한 것일까?

이정국에게 성씨조차 알려주지 않은 것은 잘한 일이었다. 이정국처럼 끔찍하게 외모가 변한 것은 아니지만 그도 어린 시절의 모습과는 확연히 달라져 있었다. 다행히 녀석은 그를 알아보지 못한 듯싶었다. 알아보았다면 순순히 돈을 넘겨주지도 않았을 것이다. 아니, 길길이 날뛰며 그를 형편없는 쓰레기, 부패 경찰이라며 몰아붙였을 것이다.

석규는 안심했다. 녀석은 완전히 잊은 것이다. 아니, 기억조차 못하고 있는 것이다. 기억한들 솔방울처럼 흔하디흔한 소작농의 아들놈 중 하나였을 뿐이라고 기억했을 것이다.

정말로 그런 줄 알았다.

그런데 그것이 아니었다.

순전한 석규의 착각이었을 뿐이다.

녀석은 그를 알고 있었다. 언제 알았는지는 중요하지 않다. 녀석이 그를 알고 있었다는 것이 중요할 뿐. 그랬으면서도 녀석은 황민기의 사무실에서, 그리고 장례식장에서도 줄곧 시치미를 떼고 모르는 척했다. 속으로 얼마나 비웃었을까?

능구렁이 같은 놈!

석규는 도망치듯 호텔 방에서 뛰쳐나갔다.

허정거리며 복도를 걸어갔다. 복도를 따라 이정국의 웃음소리가 그림자처럼 달라붙었다.

겨우 엘리베이터 앞에 섰을 때 버튼을 누르지도 않았는데 문이 열렸다. 안에서 누군가 내렸다. 스킨인지 향수인지 모를 냄새가 콧속으로 스며들었다. 그는 무작정 엘리베이터를 탔다. 올라가든 내려가든 상관없었다. 서둘러 그곳을 피하고 싶은 마음이 간절했다.

"저기……."

그런데 그럴 수가 없었다. 방금 전 엘리베이터에서 내린 사람이 그를 보며 두 눈을 끔벅거렸다. 석규는 사내가 누구인지 한눈에 알아보았다.

*

석규는 수첩을 펼쳤다.

1994년 6.

뒤쪽으로 꽤 많은 빈 페이지가 남아 있었다. 그는 한 면을 골라 자신이 조사한, 그리고 확인한 내용을 적기 시작했다.

이정국이 한 말은 모두 사실이었다.

다시 확인해봤지만 김영옥은 6월 17일 사망했다. 김영옥의 사망 시각에 이정수는 제주도에 있었다. 그 당시 세미나에 참석한 사람들의 명단도 확인했다. 마지막 날 오후 2시에 단체로 기념사진을 찍었는데 이정수도 분명 거기에 있었다.

한 가지 의문이 고개를 치켜들었다.

이지아가 김영옥을 보았다는 것이 사실일까? 착각한 것이 아닐까?

수첩에 이렇게 적어놓고 석규는 손을 멈추었다. 생각에 집중했다.

이정국의 호텔 객실에서 도망치듯 나오면서 만난 사람은 이시우였다. 서은희의 장례식장에서 잠깐 보았을 뿐인데도 그는 용케 석규를 기억했다. 그는 장례식에 찾아준 것에 대해 정중히 감사의 인사를 건넸다. 정신이 없었고 당황스러운 상황이었지만 석규는 이내 침착함을 되찾았다. 석규는 김영옥의 사진을 이시우에게 보여주며 알고 있는지를 확인했다.

이시우는 고개를 저었다.

"극단 소속 배우라고 하던데?"

이시우는 다시금 사진을 살폈지만 결과는 똑같았다.

"이 선생은 혹시 알 수 있을까?"

이번에도 대답은 부정적이었다.

"아마 모를 겁니다. 제가 알기로 지아는 연극을 그다지 좋아하지 않았어요. 공연을 보다가도 하품을 하거나 졸았고, 가끔은 밖에 나가 놀자면서 떼를 쓰기도 했거든요."

이지아는 연극을 좋아하지 않았던 건가? 단지 이시우와 어울리는 게 좋아 좋아하는 척했던 것일까? 그런 이지아가 극단 소속 배우인 김영옥을 어떻게 알고 있었지? 이지아가 거짓말을 한 것인가?

석규는 혹시나 해서 이지아와 통화했다. 그녀에게 다시 물었다. 그때 보았다던 그 여자가 문자로 사진을 보내준 그 여자가 진짜로 맞는지.

이지아의 대답은 변함이 없었다.

"네, 맞아요. 틀림없어요."

석규의 고민이 깊어졌다.

이지아의 말이 거짓이라는 증거는 그 어디에도 없었다. 그녀의 목격담이 거짓이 아닌 진실이라는 것은 역설적이게도 이정국과의 대화를 통해 밝혀졌다.

이정국과 이지아의 말을 종합해보면 사진이 든 봉투가 배달된 것은 6월 15일 밤 9시가 조금 못된 시각이었다. 이정수가 그 봉투를 우편함에서 가져간 것은 6월 17일 밤 9시쯤. 봉투가 우편함 속에 이틀 동안 계속 들어 있었던 것은 결단코 아닐 것이다.

이지아네 집에는 일을 도와주는 도우미 아줌마가 있었다. 사진이 든 봉투가 우편함 속에 들어간 것은 도우미 아줌마가 퇴근한 후였다고 이지아는 말했다. 그렇다면 도우미 아줌마가 출근하는 다음 날 오전에는 적어도 우편물이 발견됐어야 한다. 도우미 아줌마든 송정인이나 이지아든 이틀 동안 우편물을 발견하지 못했다는 것은 상식적으로 이해가 되지 않았다. 더욱이 이지아는 누군가 우편함에 무엇인가를 집어넣는 것을 목격하기까지 했다.

이틀이 문제였다.

이틀 동안 무슨 일이 있었던 것일까?

그때 번쩍하고 머릿속에 떠오르는 것이 있었다. 아주 단순한 이치였다. 봉투에 발이나 날개가 달린 것이 아니라면 누군가의 손이 개입되었다는 의미였다. 그러니까 누군가 봉투를 가져가서 보관하고 있다가 다시 우편함에 넣어두었다는 의미였다. 그것도 이정수가 돌아오는 날, 퇴근 시간에 맞춰.

석규는 까끌까끌하게 자란 턱수염을 손으로 어루만지며 다시 생각을 정리했다. 두 사람의 이름이 그의 머릿속에 오롯하게 떠올랐다. 그 이름을 수첩에 적었다.

송정인 & 이지아.

두 사람 중 누구였을까? 누가 그런 짓을 했을까?

유리벽 저편에 어둠이

현악사중주의 연주가 울려 퍼지는 가운데 손님들이 속속 연회장을 채웠다. 연출자와 여러 감독들, 배우들, 기획사 직원들, 정재계에서 문화통으로 알려진 몇몇 사람들이었다. 기자들도 어슬렁거리며 홀 안을 돌아다녔다. 기자들은 입맛에 맞는 사람들과 잡담을 나누면서도 자주 입구 쪽을 힐끔거렸다.

사실상 오늘의 주인공은 이시우였다.

그는 아직 연회장에 나타나지 않았다. 이정국도 마찬가지였다. 사람들은 부자가 나란히 연회장으로 들어서는 장면을 상상하고 있었다. 기자들은 노골적으로 그런 바람을 드러내기도 했다.

얼마쯤 후 기자들이 우르르 입구 쪽으로 몰려갔다. 이시우가 연회장으로 들어서고 있었다. 그는 혼자였다. 부자간의 투샷을 기대했던 기자들이지만 이정국의 부재를 묻는 사람은 아무도 없었다.

기자들은 '정지'를 외쳤다. 바닥에는 하얗게 한 뼘 크기의 점 하나가 찍혀 있었다. 기자들이 성급히 만들어놓은 포토존이었다.

"연회장에서 무슨 포토존이야?"

누군가 농담 반 진담 반으로 외쳤지만 사진 기자들의 카메라 셔터 소리에 곧 파묻히고 말았다.

이시우는 깜짝 이벤트를 준비했다.

그는 연미복 차림이었다. 플래시가 터지는 가운데 이시우는 손에 들고 있던 무엇인가를 천연덕스럽게 얼굴에 썼다. 그 모습을 보고 사람들은 왁자지껄하게 웃음을 터뜨렸다. 영락없이 〈오페라의 유령〉의 팬텀의 모습이었다.

기자들은 재빨리 사진을 찍어댔다. 그 와중에 콰르텟의 연주가 멈추더니 〈오페라의 유령〉의 넘버 〈Think of me〉가 흘러나왔다. 오페라의 유령에서는 여배우가 불렀지만 이시우는 아무렇지 않게 그 노래를 카운터테너처럼 불렀다.

노래가 끝나고 박수가 쏟아졌다. 그것으로 이벤트는 끝이었다.

가면을 벗고 겉옷만 살짝 바꿔 입었을 뿐인데 이시우는 완벽한 햄릿으로 변신해 있었다. 이번에는 콰르텟의 연주가 뮤지컬 〈햄릿〉 넘버로 바뀌었다.

"고맙습니다. 인터뷰는 사양합니다."

이시우는 잠시 더 포토라인에 머물다가 곧 사람들 사이로 스며들었다.

기자들은 자신의 직분에 지나치게 충실했다. 그들은 골목대장을 뒤따르는 꼬맹이들처럼 이시우를 졸졸 쫓아가며 두서없는 질문들을 쏟아냈다. 기획사의 몇몇 직원들이 달려와 기자들을 막으려고 했지만 그들로서는 역부족이었다.

얼마 지나지 않아 이시우는 옴짝달싹하지 못하는 신세가 되고 말았다. 기자들에게 둘러싸인 그는 꼼짝없이 갇힌 신세였다.

이시우를 구해준 사람들은 홀연히 연회장에 타나난 검정 양복의 사내들이었다.

그들은 이시우에게 달라붙어 있던 기자들을 하나둘씩 강제로 떼어냈다. 사내들의 손속에는 배려라는 것이 없었다. 떨쳐나지 않으려고 발버둥을 치는 기자도 있었지만 소용없는 짓이었다. 오히려 사내들의 손속만 더욱 거칠어졌을 뿐이었다.

짐짝처럼 바닥에 내동댕이쳐진 기자들로부터 악에 받친 고함소리가 터져 나오기도 했다.

"우리가 노조야 뭐야? 용역 새끼들이 여긴 왜 와!"

땅딸막한 사내가 기자들 앞에 불쑥 나타난 것은 그때였다.

"자자, 기자님들. 그만 진정들 하시고."

몇몇 기자는 금세 그를 알아보았다.

"전무님이 여긴 웬일이세요?"

"섭섭하네요. 우리 회사가 이번 뮤지컬의 후원사라는 걸 아직 모르는 분도 있었군요. 이 파티도 우리 회사에서 주최하는 겁니다."

"이시우 씨랑은 평소 친분이 있는 겁니까?"

어느 여기자가 물었다. 그러나 전무라고 불린 땅딸막한 사내는 들은 체도 하지 않고 자기 할 말만 늘어놓았다.

"좋습니다. 여러분의 입장도 있고 하니 나중에 별도의 인터뷰 시간을 마련하는 걸로 합시다. 한 시간 후에 어때요? 좋죠? 그럼 그때 합시다."

사내의 말투나 행동에는 거드름이 잔뜩 배어 있었다. 이시우는 제멋대로 지껄이는 사내가 맘에 들지 않았지만 상황이 상황이니만큼 사내의 하는 수작을 잠자코 두고 보기로 했다.

"보다시피 지금 이 자리엔 점잖은 손님들이 많이 와 계십니다. 여러분이 이렇게 소란을 피우면 그분들의 기분이 몹시 언짢아지겠죠. 또 그분들도 우리의 스타 이시우를 보고 싶어 하는데 예의상 여러분보다는 그분들이 먼저고요. 좋은 분위기 망치지 말고 제 말에 따라주기를 정중하게 부탁드립니다."

말을 끝내고 사내가 짧게 고개를 숙여 보였다.

"전무님의 약속, 믿어도 되는 겁니까?"

기자 중 한 사람이 목소리를 높여 인터뷰 약속을 확인했다.

"못 믿겠다면 지금 가셔도 됩니다."

기자들 사이에서 잠시 술렁거림이 일었다. 저희들끼리 의논이라도 주고받는 모양이었다.

"한 시간 후입니다, 한 시간!"

곧 술렁거림이 멈추고 기자 한 사람이 전무를 향해 소리쳤다.

전무는 고개를 짧게 끄덕이는 것으로 기자에게 화답했다.

기자들은 연회장 곳곳으로 뿔뿔이 흩어졌다. 기자들이 사라지자 이시우를 둘러쌌던 정체 모를 사내들도 곧 한쪽으로 물러났다.

"누군지 모르겠지만 아무튼 고맙습니다."

인사치레 삼아 이시우가 땅딸막한 사내에게 말했다.

사내가 능글맞게 웃으며 이시우에게 한 손을 척 내밀었다. 그러나 이시우는 떨떠름한 표정을 지을 뿐 악수는 받지 않았다.

"미안하지만, 악수할 기분이 아니군요. 내 허락도 없이 당신 멋대로 내 인터뷰를 약속한다는 게 말이 된다고 생각합니까? 분명히 말하지만 난 인터뷰 안 합니다."

"달라붙는 모기들을 쫓아줬는데 고맙다는 인사는커녕 오히려 냉대라니, 이거 너무하네."

사내가 느물거리는 목소리로 투덜거렸다.

"난 도와달라고 한 적 없습니다. 당신이 함부로 내 일에 끼어들었지."

"하긴 세계적인 뮤지컬 스타에게 인터뷰를 하라 마라 할 순 없겠지. 싫으면 안 해도 돼. 그 정도 뒷감당은 충분히 할 수 있으니까. 그나저나 예전이나 지금이나 까칠한 그놈의 성깔은 여전하네. 꽤 세월이 흘렀는데도 어째 변한 게 없어."

그제야 느낀 것이지만 이시우는 사내를 어디선가 본 것 같은 느낌이었다. 아니, 얼굴보다는 능글거리는 말투가 태도가 왠지 모르게 익숙했다. 도대체 이 인간을 어디서 봤더라? 일본? 미국?

"우리가 서로 아는 사이였던가? 당신, 누구지?"

이시우가 정색한 표정으로 물었다.

"이거, 실망인걸. 피치 못할 사정으로 얼굴에 칼을 대긴 했어도 옛 친구를 알아보지 못하다니. 난 잊고 싶어도 잊을 수 없는 친구였는데 자넨 안 그랬나 봐."

눈앞의 사내가 누구인지 그제야 어렴풋이 짐작이 갔다. 그리고 그 짐작이 확신이 되는 순간 그는 적잖게 놀랐다. 예전하고는 거의 모든 것이 사뭇 달랐다. 특히 얼굴과 몸은 완전히 딴사람이었다. 사람이 이렇게 달라질 수도 있는 것일까?

"설마, 뚱보?"

"이제야 알아보네."

뚱보가 그의 어깨를 손으로 툭 치더니 한쪽 입꼬리를 끌어올리며 소리 없이 웃었다.

안경은 아예 쓰지도 않았고, 뾰족했던 턱은 둥그스름해졌고 납작했던 코는 석고상처럼 우뚝 솟았다. 뭐야, 대체 이 얼굴은?

"칼을 댔다는 게 성형수술을 했다는 건가?"

"뭐 비슷해."

일일이 대답하기 귀찮다는 듯 뚱보가 미간을 살짝 찌푸렸다.

"하긴 뚱보 네 사정 따윈 나도 궁금하지 않아. 그런데 우리가 이렇게 단둘이 얘기할 정도로 친한 사이였던가?"

"그건 아니지. 다만 사람은 크면서 철도 들고 또 변하잖아."

"저기 저 까마귀들과 함께 다니는 것을 보니 까마귀 대장이라도 된 건가?"

"오해야. 저 친구들은 우리 회사 특감팀이거든."

그러면서 슬그머니 덧붙였다. 보통은 SS로 불리지만.

살다 보면 한 번쯤 꼭 만나고 싶은 사람이 있는 반면, 우연찮게라도 결코 만나고 싶지 않은 인간도 있다. 뚱보 마창기는 후자 쪽이었다. 인연이 넘치면 악연이 된다는 아랍인의 속담도 있지만 녀석과는 넘칠 만큼의 인연조차 없었는데도 악연이 된 경우였다. 그에게 마창기는 칼 같은 존재였다. 언제든 그의 심장을 후벼놓을 수 있는, 그래서 결코 가까이 해서는 안 되는.

"친한 척하려면 얼굴이 왜 그 모양이 됐는지나 설명해주던지."

이시우가 이죽거렸다.

"테러를 당했거든. 재수 없게도."

뚱보가 한쪽 어금니를 지그시 깨물며 그를 쳐다보았다.

*

사람들의 중심은 이시우였다. 그와 사람들은 보이지 않는 끈으로 서로의 몸과 몸이 연결되어 있었다. 그가 움직이면 사람들은 그를 향해 슬그머니 고개를 돌렸다.

마창기는 거머리처럼 이시우의 곁에 찰싹 달라붙어 있었다. 그는 끊임없이 자기 자랑을 늘어놓았다. 아버지 덕분에 전무직을 맡고 있으면서도 마치 자기가 잘나서 구멍가게를 지금의 대기업으로 키워놓은 양 거들먹거렸다. 행세 좀 한다는 정재계 집안의 딸들 그리고 여러 미인 대회 출신의 여자들과 맞선 본 얘기를 할 때는 입가에 번드르르하게 기름기가 번졌다. 마음에 차지 않아 그녀들을 퇴짜 놓았다고 말할 때는 어찌나 목에 힘을 주는지 눈꼴사나울 지경이었다.

자기 자랑이 어느 정도 끝나고 녀석은 추억 쪽으로 이야깃거리를 바꾸었다. 녀석과는 학교가 달랐기에 공유할 추억은 사실상 별로 없었다. 엄밀히 따지자면 녀석은 그의 친구도 아니었다.

마창기를 만난 건 연극 때문이었다.

뚱보를 추천한 사람은 어이없게도 지아였다.

다른 아이들은 가끔 연극 연습에 빠지기도 했지만 로렌스 수사 역의 마창기는 하루도 거르지 않고 꼬박꼬박 연습실에 나왔다. 지아가 이유였다. 녀석의 관심은 오로지 지아뿐이었다.

이시우는 뚱보가 마음에 들지 않았다. 마음 같아서는 당장 연극에서 빼버리고 싶었다. 하루는 지아에게 자신의 속내를 털어놓았다.

"뚱보 자식 뭐야? 저따위 녀석을 왜 끌어들인 거야?"

지아는 느닷없이 울음을 터뜨렸다. 그녀의 입에서 떠듬떠듬 흘러나온 얘기는 이시우를 깜짝 놀라게 했다.

하루는 지아의 친구가 그녀를 찾아왔다. 친구는 어떻게 알았는지 연극에 자기 오빠도 끼어달라고 부탁했다. 오빠는 꽤 유명한 학생 연극배우라고 했다. 그러면서 수상 경력을 주르륵 열거했다. 이지아는 마다할 이유가 없었다. 이시우도 기꺼이 허락했다. 그러나 그것이 실수였다. 첫 미팅 때 찾아온 친구의 오빠를 보고 지아는 까무러칠 듯 놀랐다.

친구의 오빠는 뚱보였다. 그는 지아의 스토커이기도 했다. 뚱보는 자신을 아예 드러내놓고 쫓아다녔다. 참다못해 몇 번인가는 강하게 항의도 했다. 하지만 씨알도 먹히지 않았다. 오히려 녀석은 뻔뻔하게 맞받아쳤다.

"널 좋아하니까 이러는 거야."

지아의 말을 듣고 난 후 이시우는 참기 힘들 정도로 화가 났다.

이시우는 지아를 야단했다.

"첫날 왜 사실대로 말하지 않았어? 그랬으면 녀석을 당장 쫓아버렸을 거 아냐?"

지아에게도 그럴듯한 이유는 있었다.

"연극을 시작하고는 스토커 짓을 안 했어. 그래서 괜찮겠다 싶었고."

연극 공연이 끝나고 이시우는 마창기를 따로 불러냈다. 그러고는 다짜고짜 샌드백처럼 흠씬 두들겨 팼다. 코가 깨지고 눈이 찢겨 피가 났고 이도 두 개나 부러졌다. 그래도 그는 손을 멈추지 않았다. 아니, 멈추고 싶어도 멈춰지지가 않았다.

가만히 생각해보면 그것은 살의(殺意)였다. 뚱보 녀석도 그것을 느꼈던 것 같다. 피로 범벅이 된 입술로 지껄이던 녀석의 말을 그는 아직도 생생하게 기억하고 있었다.

"사랑하는 게 죄냐? 왜 죽일 듯이 나한테 이러는 건데?"

왜 그랬을까? 마창기를 왜 죽일 듯이 두드려 팼던 것일까? 사랑이 죄라서? 사랑은 정말로 죄일까?

지그시 어금니를 깨무는데 뚱보 녀석이 그의 어깨에 팔을 걸치며 속삭였다.

"웃어, 웃으라고."

어이없게도 카메라 렌즈가 두 사람을 노려보고 있었다. 기자들의 인터뷰를 막던 놈이 도리어 포즈를 취하라고 요구해? 흥, 하고 코웃음을 치는데 그 순간 카메라의 셔터 소리가 챠륵챠륵 연속해서 들렸다.

"성가신 모기떼야. 무조건 쫓는 것이 해결책도 아니고. 가끔 이렇게 팬서비스 차원에서 대응하면 되는 거야."

사진을 찍고 나서 뚱보가 변명처럼 둘러댔다.

"그래도 모기는 목숨 걸고 덤비는 거 아닌가."

이시우가 톡 쏘듯이 되받았다.

"물론 그렇지. 그게 버러지들이 살아가는 방식이니까."

"예전이나 지금이나 넌 변한 게 없어. 여전히 미친놈이야."

뚱보가 히죽 웃고는 그를 보며 반박했다.

"그러는 넌? 미친놈은 내가 아니라 바로 너 아닌가? 혹시 그래서 귀국한 거 아냐?"

"입 닥쳐."

"아직 잘 모르나 본데, 예전의 나하고 지금의 난 많이 달라. 우리 그룹이 좀 많이 컸거든. 너희 아버지도 나를 깍듯하게 마 전무님이라고 불러. 돈의 힘이지. 옛 친구가 제발 빨리 좀 알아들었으면 좋겠는데 말이야."

"뚱보 너에게 돈이 많다는 건 알겠어. 그 얼굴이 증거니까."

이시우는 톡 쏘아주고 나서 유리벽 쪽으로 걸음을 옮겼다. 마창기는 그의 등을 향해 무어라 이죽거렸지만 더는 쫓아오지 않았다.

연회장의 한쪽 벽면은 바깥이 훤히 보이는 유리였다.

이시우는 칵테일 잔을 바꿔 들고 유리벽 저편으로 시선을 던졌다. 전조등을 켠 차들이 묘기를 부리듯 도로를 빠져나가는 모습을 한동안 우두커니 지켜보았다.

"사장님이 꽤 늦네? 어디서 연애라도 하는 거 아냐?"

그의 옆으로 다가와 농담을 던진 사람은 폴로니우스 역의 전상만이었다. 어렸을 적부터 친분이 있는 배우였다.

"곧 오시겠죠. 아버지가 안 오셔서 아저씨가 심심하시겠어요."

"뭐 괜찮아. 나도 젊은 친구들이랑 노는 게 더 재밌으니까."

전상만의 옆에는 호레이쇼[23]가 있었다. 호레이쇼의 이름은 김기준이었다. 이시우는 그를 향해 가볍게 손을 들어 알은체를 했다. 김기준 역시 그 정도로 인사를 받았다.

김기준은 원래 성격이 그런지 몰라도 그다지 살가운 친구는 아니었다. 무뚝뚝하다고 느껴질 만큼 말수도 적었다. 그와 지금처럼 손이라도 들어 인사하게 된 것은 그리 오래되지 않았다.

그날은 운이 나빴다. 컨디션도 좋은 편이 아니었다. 무대보다는 다른 잡스런 것에 자꾸 신경이 쓰였다.

희끗한 빛줄기를 본 것은 2막 2장 공연 때였다. 밖에서 안으로는 들어올 수 없으니 안에서 누군가 밖으로 나갔다는 의미였다. 문마다 직원이 배치되어 출입을 엄격하게 통제하고 있었지만 온갖 구실로 기어코 문 밖으로 나가려는 사람들을 막는 것

---

23 햄릿의 친구.

은 사실상 불가능한 일이었다. 출입을 제지당한 사람이 마구잡이로 소란이라도 피우면 그야말로 공연은 엉망이 되고 마는 것이니까. 실제로 미국의 오프브로드웨이에서 공연할 당시에 소란을 피우던 관객이 던진 술병에 맞아 이마가 깨진 적도 있다.

그런 경우를 대비해 사람이 들고 나더라도 빛을 막을 수 있게끔 암막 커튼이 출입문마다 설치되어 있었다. 그런데 그날은 암막 커튼도 제대로 역할을 해주지 못했다.

빛을 본 순간 이시우는 몸을 움찔했다. 사실 배우라면 아무렇지 않게 공연에 집중해야 했다. 더욱이 그는 그런 경우를 수도 없이 경험한 배우였다.

그런데 그날은 그렇지가 못했다. 한마디로 운이 나빴다. 몸을 움찔한 순간 그만 반 발짝 동작이 느려졌다. 수없이 맞춰본 블로킹인데도 그 순간은 어쩔 수가 없었다. 그 바람에 그와 호레이쇼가 몸을 부딪칠 수밖에 없는 절대적인 위기 상황에 직면하고 말았다. 두 배우가 몸을 부딪치는 순간 이시우는 뒤로 나자빠질 수밖에 없는 운명이었다.

그러나 그날 이시우는 그런 우스꽝스러운 모습을 관객에게 보여주지 않았다. 위기를 모면한 것은 순전히 김기준의 순발력 덕분이었다.

무대 사이드의 윙을 따라 백 스테이지로 들어가며 이시우는 호레이쇼의 어깨를 툭 쳐주는 것으로 고마움을 표시했다. 나중에 알고 보니 김기준은 그와 나이가 같았다. 이후로 두 사람은 좀더 가깝게 지내게 되었다. 그렇다고 흉금까지 털어놓는 허물

없는 사이는 아니었다. 만나면 손짓이나 눈짓으로 가볍게 인사나 주고받는 딱 그 정도의 관계였을 뿐이다.

오늘도 별다르지는 않았다. 파티를 즐기는 입장이었고 또 칵테일도 두어 잔 입으로 들어갔다. 그 때문에 확실히 평소보다 말이 많아졌다. 어쩌면 뚱보를 만나 망가진 기분을 다른 사람을 통해 풀어보려는 의도였는지도 모른다.

세 사람은 잡다한 농담과 에피소드를 늘어놓으며 한동안 즐겁게 대화를 나눴다. 그 와중에 얼마 전 공연 때의 일도 자연스럽게 이시우의 입을 통해 흘러나왔다. 그 얘기를 들으면서 김기준은 몹시 계면쩍어했지만 전상만은 칭찬이라도 하듯이 김기준의 어깨를 톡톡 두드려주었다.

세 사람의 대화가 끊긴 것은 다시 나타난 방해꾼 때문이었다.

"어이, 햄릿!"

보지 않아도 목소리의 주인이 누구인지 알 수 있었다.

마창기가 다가오자 전상만이 김기준에게 눈짓하여 슬그머니 자리를 비켜주었다.

"문득 이런 생각이 드는 거야. 내 얼굴이 이렇게 된 것에 대해 어쩌면 너도 책임이 있겠구나 하는."

"내가 너한테 그런 도움을 줬을 리 없잖아. 하지만 왜 그렇게 생각하는지 이유가 궁금하긴 하네."

"4년 전이었어. 컨디션이 영 지랄 같은 날이었지."

마창기가 자기 입으로 테러라고 한 그 일에 대해 떠벌리기 시작했다.

"마시면 마신 만큼 질펀하게 놀아줘야 하는데 그날은 어째 흥이 안 나는 거야. 화장실만 들락거렸지 뭐야. 그때도 화장실에 다녀오는 중이었는데 웨이터 한 놈이 다가오더니 밖에서 친구가 기다린다는 거야. 난 벌써 판이 끝났나 했지. 밖으로 나가 보니 아무도 없더라고. 뻘쭘해 있는데 어떤 놈이 뒤에서 내 이름을 부르는 거야."

누군가 싶어서 고개를 돌렸다. 그리고 그 순간 해머 같은 것이 마창기의 얼굴에 부딪쳤다.

"씨발, 시속 300킬로미터는 됐을 거야. 깨어나 보니 병원이더라고. 중간에 가끔 나오긴 했지만 무려 1년 가까이 병원 신세를 졌어. 수술도 지겹게 했지. 그 덕분에 안면을 거의 통째로 바꿨고. 병원에 있으면서 난 딱 한 가지 생각만 했잖아. 그게 뭔 줄 알아?"

물론 이시우는 알 턱이 없었다. 솔직히 알고 싶지도 않았다.

"어느 놈일까, 어떤 새끼가 날 건드렸을까, 이 생각뿐이었어."

뚱보는 자기에게 원한이 있을 만한 놈들을 하나씩 꼽아봤다. 노트에 명단도 작성했다. 쑥스럽게도 한두 놈이 아니었다. 헤아릴 수 없이 많은 이름들이 노트에 적혔다.

뚱보는 퇴원하고 나서 한 놈씩 찾아갔다. 그러면서 족쳤다. 그날의 알리바이를 말하지 못하면 기억할 때까지 두들겨 팼다. 그가 찾아간 놈들 중에 범인이 있든 없든 그것은 그다지 중요한 문제가 아니었다. 다시는 엉뚱한 생각을 품지 못하도록 따끔하게 맛을 보여주는 것. 사실상 목적은 그것이었다.

"이제 몇 놈 안 남았어."

얘기가 끝나고 마창기는 손가락을 튕겨 딱, 하는 소리를 냈다. 부리나케 다가온 검은색 정장 사내가 그에게 담배를 내밀고는 기다렸다가 불까지 붙여주었다. 연회장은 전체가 금연 구역이었지만 뚱보는 아랑곳하지 않았다.

"머지않아 놈을 잡겠지. 잡으면 손보는 건 특감팀이 하고 난 구경만 할 거야. 아니지, 카메라로 찍어서 보관해두는 것도 괜찮겠어. 두고두고 보면서 즐기려면. 아무래도 그게 낫겠지? 슈퍼스타 이시우 씨, 당신 생각은 어때?"

녀석이 묻고는 흐흐흐, 하고 웃었다.

이시우는 주먹을 꼭 쥔 채 녀석을 노려보았다. 그 언제인가처럼 녀석의 느물거리는 주둥아리를 피범벅으로 만들어주고 싶은 충동에 주먹이 간질거렸다.

"이시우, 내 카메라에 안 찍히길 바라야 할 거야."

담배를 입에 문 채 마창기가 손으로 카메라를 찍는 흉내를 냈다.

"뚱보, 나하고 장난하고 싶은 건가?"

유리벽에 깜박거리는 담뱃불을 노려보면서 이시우가 차갑게 말했다.

"장난? 우리가 장난하던 사이인가? 내 기억으론 전혀 아니었던 것 같은데."

"그럼, 예전처럼 나한테 맞고 싶은 건지도 모르지."

"지금은 옛날의 내가 아냐. 그렇게 말해줘도 아직 모르는 건가? 꽤 어리석어."

뚱보가 길에 담배 연기를 뿜어냈다. 연기는 이시우의 머리에 부딪치고 폭탄이 터지듯 사방으로 흩어졌다. 그 순간 이시우는 팔뚝의 혈맥이 툭 튕겨져 오르는 것을 느꼈다.

"조만간에 테러를 당하게 되면 그거 내가 그런 줄 알아."

"아니, 그전에 우리 직원이 조만간⋯⋯."

마창기가 도중에 말을 멈추더니 유리벽 저편을 쏘아보며 혼잣말처럼 중얼거렸다.

"저거⋯⋯ 뭐지?"

웬 엉뚱한 소리인가 싶어 마창기 쪽으로 고개를 돌렸다. 그 순간 마창기의 눈동자가 동그랗게 커졌다.

"저거, 저, 저거⋯⋯."

갑자기 말더듬이라도 된 것인가? 가만히 보니 마창기는 잔뜩 겁에 질린 얼굴이었다. 느닷없이 슬금슬금 뒷걸음질을 치더니 자기 발에 자기가 걸려 그만 엉덩방아를 찧고 말았다.

이시우는 실소했다. 마창기의 뒤쪽에 있던 나이 든 여배우의 입에서 자지러질 것 같은 비명 소리가 터진 것은 바로 그때였다.

꺄아아아아악!

그것이 사람들에게 보내는 어떤 신호였던 것일까? 콰르텟의 연주가 멈추었고, 사람들의 시선이 일제히 여배우에게로 쏠렸다. 그러나 단 세 사람은 전혀 엉뚱한 곳을 바라보고 있었다. 여배우와 마창기 그리고 이시우였다.

그의 시선은 당연히 마창기를 향하고 있었다. 여배우와 마창기는 똑같은 곳을 쳐다보고 있었다. 두 사람의 시선이 향한 곳은 그의 어깨 너머 어디쯤이었다.

꺄아아아아악!

또다시 연회장 어딘가에서 앙칼진 비명 소리가 터졌다. 그리고 곧바로 또 다른 비명 소리가 뒤를 이었다. 비명 소리는 곧 전염병처럼 연회장 곳곳으로 번졌다.

그 와중에 누군가 소리쳤다.

"사람이 죽었어!"

그제야 이시우는 지금의 상황을 이해했다. 사람이 죽었다고? 대체 누가?

"사람이 죽었어! 사람이 죽었다고!"

다른 누군가가 또다시 고함을 질렀다.

마치 째깍거리는 시한폭탄이라도 발견된 것 같았다. 연회장의 사람들은 비명을 지르며 앞다퉈 입구로 내달리기 시작했다. 그들의 얼굴은 하나같이 하얗게 질려 있었다.

얼마쯤 지나고 연회장에 남은 사람들은 겨우 서른 명 남짓했다.

그들 가운데 제일 먼저 이성적인 행동을 보인 사람은 기자들이었다. 그들은 낙오한 적군을 포위하듯 우르르 이시우를 에워싸더니 제멋대로 카메라 셔터를 눌러댔다. 그리고 유리벽 저편을 향해서도 연신 카메라 셔터를 눌러댔다.

이시우는 천천히 뒤돌아섰다. 말도 안 되는 상황이었다. 그런데 기자들은 자기에게 카메라 셔터를 눌러대고 있었다. 이시우는 그 이유가 궁금해서 미칠 지경이었다.

저건…….

허공에 무엇인가 덩그러니 매달려 있었다. 처음에는 엄청난 크기의 번데기처럼 보였는데, 자세히 보니 팔다리가 붙어 있는 사람이었다. 두 손과 두 발이 아래로 축 늘어지고 목에는 올가미가 걸린 한눈에도 결코 정상적인 모습은 아니었다. 희한한 것은 왠지 옷차림이나 얼굴이 몹시 익숙하다는 것이었다. 덩치가 꽤 큰 남자. 이시우는 그런 덩치를 가진 사람을 한 사람 알고 있었다.

…… 아버지.

이시우의 입술 사이로 바람 소리가 새어 나갔다. 바람 소리는 신음 소리와 흡사했다.

〈2권에 계속〉

춤추는 집 1

ⓒ 정석화, 2014

1쇄 인쇄일 | 2014년 4월 15일
1쇄 발행일 | 2014년 4월 29일

지은이 | 정석화
펴낸이 | 정은영

펴낸곳 | 네오북스
출판등록 | 2013년 04월 19일 제2013-000123호
주 소 | 121-840 서울시 마포구 서교동 396-33
전 화 | 편집부 (02)324-2347, 경영지원부 (02)325-6047
팩 스 | 편집부 (02)324-2348, 경영지원부 (02)2648-1311
E-mail | neofiction@jamobook.com
Home page | www.jamo21.net

ISBN 979-11-85327-44-0(04810)
      979-11-85327-43-3(set)

이 도서의 국립중앙도서관 출판시도서목록(CIP)은 서지정보유통지원시스템 홈페이지
(http://seoji.nl.go.kr)와 국가자료공동목록시스템(http://www.nl.go.kr/kolisnet)에서
이용하실 수 있습니다.(CIP제어번호: CIP2014011157)